肥沃的黄河滩 上

段艾生 [著]

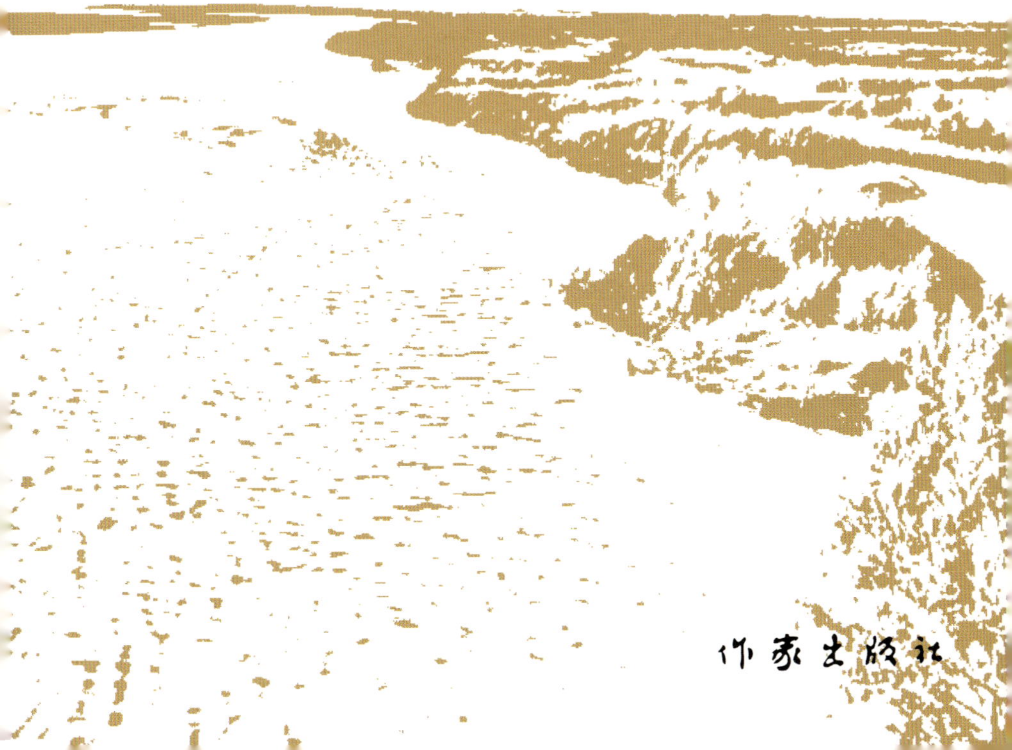

作家出版社

图书在版编目（CIP）数据

肥沃的黄河滩 / 段艾生著. -- 北京：作家出版社，2024.4
ISBN 978-7-5212-2570-9

Ⅰ.①肥… Ⅱ.①段… Ⅲ.①长篇小说 – 中国 – 当代 Ⅳ.①I247.5

中国国家版本馆CIP数据核字（2023）第204931号

肥沃的黄河滩

作　　者：段艾生
责任编辑：宋辰辰
装帧设计：意匠文化·丁奔亮
封面题字：段艾生
封面摄影：谭建国
出版发行：作家出版社有限公司
社　　址：北京农展馆南里10号　　邮　　编：100125
电话传真：86-10-65067186（发行中心及邮购部）
　　　　　86-10-65004079（总编室）
E-mail:zuojia@zuojia.net.cn
http://www.zuojiachubanshe.com
印　　刷：中煤（北京）印务有限公司
成品尺寸：152×230
字　　数：533千
印　　张：41
版　　次：2024年4月第1版
印　　次：2024年4月第1次印刷
ISBN　978-7-5212-2570-9
定　　价：89.00元（上下册）

作家版图书，版权所有，侵权必究。
作家版图书，印装错误可随时退换。

作者简介

段艾生,中共党员,大学文凭。1960年出生,山西新绛县人。当过农民、工人、教师、军官、法官。1978年参军入伍,1988年转业到山西省高级人民法院工作。先后在报刊媒体发表杂文、散文、中短篇小说及新闻报道、理论文章一千余篇。中国经济出版社2006年出版《创业者的52个黄金理念》和《创业者的100个误区》两部专著。其中《创业者的100个误区》被中宣部等九部委列为全民读书推荐书目。

走过滩上的美丽少女,有人看见的是她凹凸柔美的线条,有人看见的是她曲折多变的人生。

文学作品中的元宇宙

张　平

段艾生是我的学生，是我四十年前在老家山西新绛县教初中时的学生。有意思的是，那时候我十七岁，段艾生十二岁。我之所以能教了初中，因为我写过两个小戏剧，参加过地区和县里的戏曲汇演，居然还有了一些轰动。当然，我能写小戏剧，主要是因为我是一个"右派"教授的孩子，教授的孩子，应该什么也会。于是，大概是看我有写作天赋，县文化馆就推荐我在创作之余，去县城关的一个学校教初中语文。

就这样，作为代理教师的我，就有了段艾生这样的几十个学生。

段艾生当时给我印象最深的是，一、家境特别贫寒；二、学习特别出众；三、特别老实内敛，课上课下，总是怯生生的，说话很少。

他好像一年只穿两身衣服，天热的时候一身单衣，天冷的时候一身棉衣，没见过他穿新衣裳，也不知道他如何换洗衣服。极有可能的是，晚上临睡前洗了衣服，第二天上学前再穿上。脸色总是黑黢黢的，上学时，大多数时间都是静静地坐在那里。

他的学习就像他的性格，十分扎实用功。门门功课成绩都很好，阅读的课外书也很多。《三国演义》《水浒传》《桐柏英雄》《吕梁英雄传》《苦菜花》《艳阳天》……在那个时候，他能看到这么多书，实属难能可贵。甚至还背了《新华字典》和《汉语成语小词典》，平时课本里所有的成语，他都能在第一时间给你准确回答解答出来。那时他在家里已经算是个劳动力，锄地割草，打草放羊，什么活儿都得干。你无法想象他哪里来的那么多时间、那么多精力，门门功课保持优秀，居然还读了那么多大部头。

令人惋惜的是，他没有上高中，上完初中就停学了。

再见到他的时候，已经过了十几年。没想到，他竟然已经由一名解放军军官变成了一名人民法院的法官，而且已经完全靠自学拿到了三个大学文凭。

又过了十几年，他从太原来到北京，说他写了一个名字叫《肥沃的黄河滩》的长篇小说，让我"指导指导"。

作品中浓烈的生活气息扑面而来，仿佛让我一下子又回到阔别几十年的故乡。

作品中的北韩村，地处黄河岸边，风雨飘摇一百年，几经兴盛衰败，历数屈辱蹂躏，水灾、旱灾、鼠灾、狼灾，腐败政权的压榨搜刮和国外列强的烧杀抢掠，村民不屈不挠的反抗和英勇顽强的抗争，无尽的坎坷和无穷的挫折，各个时期的洗礼和各种各样的磨难，最终来到了改革开放的探索追寻和新时期的复兴崛起。当然，这其中也经历了无数次的村斗、家斗、族斗、内斗和人斗。

在同天灾人祸的斗争中，形形色色的人物呼之而出，悉数登场。

有侍弄庄稼行，而侍弄女人不行，但却钢筋铁骨，不向任何恶势力低头的韩成根；有奋发读书，矢志不移，带领全村走向富裕、文明的新生代韩石山；有呱呱坠地就长了两颗牙、耄耋之年又长了两颗牙，因逃婚逃到游击队烧火做饭，因生孩子多成了英雄母亲，一生叛逆曲折、扑朔迷离的传奇女性韩秀秀；有弃暗投明、弃匪投共，后来做了新政权县长的刘老虎；有机关算尽、计谋用尽，聪明反被聪明误的韩六娃；有贪色淫乱，违背人伦，其实也是当时社会受害者、受压者的水白菜；有心胸狭隘，睚眦必报，不断挑起村斗、械斗、血斗，依仗人多势众、欺凌邻村、强占豪夺的韩黑虎；有不计前嫌，胸怀宽广，力促斗了一百年的南韩村和北韩村合成一个村的韩强国；当然，也有一些贪生怕死、嗜财如命，欺压平民百姓，榨取民脂民膏的许知事、马区长、王警佐之类的贪官污吏，虎狼之辈。

长达一百年的村史变迁，正好巧合了中华民族的百年历史。因此，作品中的整个布局和情节推进，国仇、民仇、村仇、家仇交织生发，国史、民史、村史、家史交汇递进，既是一部中华民族近现代沉沦崛起的厚重史诗，也是一部黄河儿女倔强不屈、生生不息、薪火相传、源远流长的悲壮史话。

作品中跌宕起伏的事件、出人意料的情节、扣人心弦的细节、耳目一新的描写，采用现代科技成果"元宇宙"手法，将一连串传奇的故事、传奇的人物、传奇的人生，镶嵌在滔滔的黄河岸边、镶嵌在神奇的龙兴塔下、镶嵌在古绛州这片古老的土地上。

古老悠久的绛州，是中华民族的发祥地和中华文化的发源地。它始建于三千年前的西周时期，曾为"春秋五霸"之一的晋国国都，秦始皇统一六国设立三十六郡，此地为绛州郡。其后，虽多有兴废，但多数时间，领辖正平（今新绛县）、龙门（今河津市）、闻喜、曲沃、翼城、稷山、绛县、垣曲、万荣等八县。

1912年，也就是民国元年，绛州废州改县。因绛州辖下有一绛县，故改绛州为新绛县。

古老的绛州，物华天宝，人杰地灵。

最为神奇的是矗立城北的龙兴塔。

此塔初建于唐朝咸亨元年（670年），高达四十多米，由十三级浮屠组成。此塔原名碧落塔，因宋朝开国皇帝赵匡胤发迹前曾寓居于此，故而易名龙兴塔。

龙兴塔是世界上绝无仅有的一座会冒烟的神塔。每每相隔若干年，龙兴塔就会连冒几日直上云天的白色烟雾。

光绪己亥年（1899年），"塔顶腾烟，金为青云直上"。

上世纪四十年代、六十年代、七十年代、九十年代，均有腾烟之奇事发生。

1993年8月，塔上青烟又起，引来三省八县市数万人争睹为快。

在古代绛州州府所在地的新绛县，有远古时期被敬奉为谷神的后稷佐臣伯益始教庶民耕获狩猎的稷益庙，有至今保存完好的唐朝花园绛守居园池，有珍藏世界上最大玉佛的白胎寺，有原貌未变的宋代建筑夫子庙，有风貌依旧的元代鼓楼、钟楼、戏楼和衙门。

古绛州辖区内，有祭祀我国农耕文明的先创者后稷的稷王庙，有皇天后土其二有一的后土庙，有"西来一曲昆仑水，划断中条太华山"的黄河湿地西滩景区，有中国历史上独一无二、出过五十九个宰相和五十九个大将军的裴柏村，有纪念商汤王灭夏建商、奠定商朝六百年基业的汤王山，有励精图治、成就霸业的晋文公重耳墓，有小沉香劈山救母、用神斧把华山一分为二的东华山，有舜帝传播农耕的舜王坪，有新石器时代至周代、汉代的大河口古墓遗址，有供奉"尧、舜、禹、汤"的四圣宫，有馆藏大量从远古时代到叔虞封唐、春秋争霸、战国争雄时期大量墓葬、墓棺和石器、陶器、铜器的中华博物馆。距古绛州城十几公里处，还有我国华北旧石器时代猿人向现代人过渡时期的"活化石博物馆"——丁村文化遗址。

在古绛州大地，历史名人举不胜举，数不胜数。

有辅佐晋平公图谋霸业的太傅羊舌、战国时期的思想家荀子、唐代著名诗人王之涣、"初唐四杰"之一的王勃、被世人称为舆学鼻祖的郭璞、唐代中兴名相裴度、唐朝名将薛仁贵、史学家司马迁、主编《论语》的卜子夏。

《肥沃的黄河滩》采用现实主义与新写实相结合的手法，采用虚拟世界与现实世界高度融通、融汇、融合的"元宇宙"手段，将北韩村传奇的人物、传奇的故事、传奇的变迁，融通到龙兴塔下这块神奇的土地上，融汇到黄河两岸的历史人文长河中，融合到中华文明的源远流长中。

作品呈现给读者的人物、景物、事物，既是一个小山村的百年巨变，也是中华民族的百年缩影；既是一群黄河人同命运博弈的翻身史，也是中华儿女的近代斗争史；既是一个古老村庄的再次振兴，也是中国大地的再度复兴。

一滴水可以见太阳。

一个北韩村涵盖了一个古绛州。

通过北韩村这个黄河岸边的小山村，折映出中华民族、中华文化、中华儿女顽强不屈、前赴后继、奋发勇为、走向富强，这大概是段艾生花费二十多年心血创作这部作品的初衷和用意。

《肥沃的黄河滩》即将出版之际，我深信这部作品能得到应有的回应和共鸣。

十分喜欢这部作品，并不仅仅因为作者是我的学生，也不仅仅因为这部作品里有我浓浓的乡情，而是这部作品中顶天立地的气势，惊天地、泣鬼神的血性人物和壮怀激烈的"中国故事"。

为此我也深信读者一定会因他们而升华，为他们而感动。

是为序。

作者为茅盾文学奖获得者，历任山西省作协主席、中国作协副主席、中国文联副主席。

一

韩成根侍弄庄稼行，但侍弄女人不行。他拢共娶过三个女人，却没能结出一粒果实。

头一个女人娶的是杨家圪垯杨三的大女儿梅梅。他那时才十三岁，而她已经十九岁。她是他在男女之事上的启蒙老师，也是他一辈子都未能愈合的心灵伤疤。

成亲那天，他在大人们的摆弄下懵懵懂懂娶回了她。席摊子一散，洞房里就剩下了他和她。

头一回和一个女人单独待在一间屋里，如同把他和老虎关在一个笼子，吓得他脑瓜子上直冒汗，心窝里就像有只兔子，扑腾扑腾直往嗓子眼里圪跳。他低着脑袋坐在炕沿上，两只手不停地搓动，掌心里的油腻被搓成一根又一根的黑泥条。

过了一阵，她轻轻地说："咱们睡吧。"

他连看都没敢看她一眼，就日里慌张地脱光衣服，吱溜一下钻进被窝，连脑袋都不敢露出一点儿。

又过了好长好长一阵儿，她伸过手一把把他拽进她的被窝，搂进她的怀里。一股他从未闻过的女人特有的味道窜入他的鼻眼里。她摸他的背，摸他的尻蛋子，摸他自穿上合裆裤就从不让人随便看的地方。

"这是啥?"她问他。

他慌慌地说:"雀雀。"

她又问:"天黑了,雀雀为啥不钻窝?"

他说:"哪儿有窝?"

她就牵着他的手,引到她穿上合裆裤更不让人看的地方:"这不是?"她一边说着话,一边就把他的小雀雀引进了她的窝窝里。

又待了一会儿,她躺在他的下面说:"你咋的不动弹?"

他嘿嘿笑道:"这里面还挺暖和的。"

她说:"你没看见雀雀一会儿进窝一会儿出窝吗?"

他说:"见是见过,可不知道咋个进法,咋个出法?"

她说:"我说雀雀进,你就进;我说雀雀出,你就出。"

于是,他在她的引导下,反反复复地进,反反复复地出。忽然,他浑身汗渍渍地趴在她的身上不动弹了。

她说:"你咋又不动弹了?"

他红着脸不好意思地说:"雀雀屙到窝里了。"

第二天早上,她把他从睡梦中推醒。

他用手背揉了揉糊在眼圈上的眼屎,迷迷糊糊地问:"咋哩?你又要咋哩?"

她笑着说:"咋哩?你说咋哩?日头都晒到尻子上了还不起来?"

他朝窗户一看,太阳早都爬到了房顶上。他赶忙穿上衣裳,手脸也不洗就跐着鞋往饭厦跑。夜里闹腾了半宿,他早饿得耐不住了,端起饭碗就呼噜呼噜大口大口地吃喝。

填饱了肚子,他拿手抹掉嘴边的饭渣,一抬头看见她正笑着拿眼睛瞄他,腾一下脸就红了,傻乎乎地就冒出一句愣话:"笑尿哩?夜黑儿扳得我尻子这会儿还疼!"

他爹听了,狠狠地瞪了他一眼:"这娃,胡说啥哩!嘴里连个把门的也没有?"他爹虽然嘴上日砍他,但心里却很熨帖:扳得好!扳得好!不扳你你晓得爹给你费劲巴事地娶媳妇做啥?不扳你你狗小子能成了真正的男人？不扳你人家梅梅能迈过从姑娘到媳妇的坎儿？

韩成根这句愣话，消除了他爹韩耀祖积存了很久的一块心病。夜儿个黑里，韩耀祖还担心成根心憨，梅梅害羞，让成根枉担了娶媳妇的名儿。总管韩六娃昨儿个醉醺醺地对着他的耳朵问："给娃请襻裆吗？"

"襻裆"是这一带的土话，意思相当于队伍上的教练官。大户人家时兴给娃子娶大媳妇，小娃子不懂娶媳妇做啥，就请个做过这号事的男人教娃子。

韩耀祖原本也想给成根请个襻裆，但一寻思头年韩虎儿的娃子韩狗蛋弄下的那桩丢人事儿就改变了原先的想法。

狗蛋年头里娶了一个比他大半轮的女人。他爹韩虎儿怕他懵懂，就请了刚娶过媳妇的韩三三给狗蛋当襻裆。狗蛋笨得咋教也教不会。三三就说："笨死啦！你看，就这样。"说着，就自个儿上到羞得把被子蒙在脸上的狗蛋媳妇身上，给站在一旁的狗蛋示范了一遍。

第二天，狗蛋把这事儿给韩虎儿学说了一遍，韩虎儿听了半截，就抡起锄把把狗蛋打得一瘸一拐，一半个月都走不成路。打完狗蛋，韩虎儿又掂起锄头找到三三家。见了三三，韩虎儿二话不说，抡圆了膀子就把锄头往三三的脑袋上砸。三三自知理亏，抱住脑袋就跑。

三三爹弄不清咋回事，一边夺锄头一边问："这是咋啦？这是咋啦？"

韩虎儿黑着脸不搭话，丢下锄头就追三三。

三三日急慌张地往院门外面跑，被门槛绊了个狗啃屎。

韩虎儿追上去，一边"日死你先人，日死你先人"地胡唉乱骂，一边朝三三身上没头没脸地狠命踏了几脚。

三三从地上爬起来，正要从韩虎儿拳脚轮击中挣脱出来。韩虎儿急了，抱住三三在三三脸上啃下一块血淋淋的肉。

三三爹赶上来使着浑身的劲儿掰韩虎儿的手，三三娘也赶来把三三往一旁扯。

韩虎儿临丢手时，又抓住三三的头狠狠地揪下了一绺带着头皮和血迹的头发。

一想起这事，韩耀祖就有一种利刀剜心的感觉，生怕狗蛋的事再发生在成根身上。所以，六娃夜儿个一提请攀裆的事，韩耀祖就连忙又是摇头又是摆手："不请，不请。咱娃心眼灵灵的，请那做啥！"

娶过梅梅的头一年，成根一家倒也过得平平安安、和和美美。但一闪过年，他爹就开始渐渐地给梅梅脸子看，动不动不是摔碟子摔碗，就是骂牲口骂鸡。梅梅一开始也没把这事放在心上，但日子一长，梅梅就觉么到公公的脾气全是冲着她来的。每回公公冲她使完性子，她总要背过弯躲进自个儿的屋子里偷偷哭一回。她知道公公之所以给她使性子、甩脸子，是嫌她肚子总是瘪瘪的不给他怀孙娃子。

养鸡为了下蛋，播种为了留后。天底下哪个老人费劲巴事地给儿娃子娶媳纳妻，可不是光图了让你和人家儿娃子行皮肉之乐，终归是要你给人家传宗接代、延续血脉。对于这一点，梅梅理解公公的急切想望和迫切心情。可这怀胎生娃也和耕地播种一样样的，光有肥沃的土地不行，还得有饱满成熟的种子才行呀。成根还是个没有长成的奶娃子，有没有下种的能力都很难说，她的肚子里怎么可能凭空生出来胎芽芽？两个人才能弄成的事，凭啥就把棍子往我一个人的头上打？

看见梅梅背地里泪儿泪儿地哭，韩成根就劝梅梅："你别和他一般见识，咱爹就是这号屄脾气。只要咱俩心往一处想，劲往一处使，终究会熬到秋收那一天。"

听了成根说的宽心话，梅梅一口气把灯吹灭。两人迅即铺褥展被，脱衣褪裤，纵横连合。

此后的日子，成根爹虽然常和梅梅怄气，但小两口儿却从未红过脸、拌过嘴。对韩成根来说，梅梅给他的爱、给他的情，就是来生来世也忘不了。

韩成根之所以一辈子忘不了梅梅，不仅仅是她做了他初尝人间欢爱的启蒙老师，更重要的是她给了他从未体味过的母爱。他还不会叫娘的时候，他娘就得了痨病，无奈地撇下他到了另外的一个冰凉世界。直到他娶过梅梅，还有尿炕的毛病，这使他在村里的小伙伴们跟前抬不起头。梅梅天天夜里叫他起来尿尿。有时候梅梅累了睡得沉顾不上叫他，他不小心尿了炕，梅梅就不声不响地用自己的身子悄悄暖干。他夜里尿完尿老肚子疼，梅梅就用手给他揉，就拿她的肚子暖他的肚子。至于浆洗缝补、吃吃喝喝的事儿，就更侍候得他说不出半点儿不是。好多时候，他都差点儿忍不住喊她一声娘。记得他十四岁那年的秋天，他割猪草时被蛇咬了一口，梅梅看见了，就趴在他的腿上用嘴把蛇毒吸了出来。他没事了，但梅梅却头晕得好几天躺在炕上起不来。

秋天是收获的季节，但不是每个人都有收成。韩成根和梅梅经过几年的不懈努力，虽然经历了好几个秋收时节，但却在生娃这件事上连个胎芽芽也没努出来。

韩成根十八岁那年的三伏天之后中秋节之前，和他共同努力了三千六百多个日日夜夜的梅梅终于离开了他，在他心里留下一块流了一辈子血的伤疤。

这事他一点儿也不怨梅梅，全怪他那脑子眼糊涂得像一盆糨糊的爹。他和梅梅过了几年，梅梅的肚子总是平展展的，没有一点儿要开怀坐胎的兆头。他爹眼巴巴地盼了几年孙子没盼上，就一股脑儿地怨梅梅，就要把梅梅休了。他向他爹说："这事咋能光怪人家？弄不好过几年就好了。"

"不怪她怪谁？人家比她早嫁人的也有，晚嫁人的也有，都是肚子下头一个挨着一个的扑当扑当下崽娃。人家有的女子进了别人家门、上了别人家炕，当年开花、当年挂果、当年娃崽就吊在了奶头上。她倒好，展展过了六个年头，从下月初一到腊月三十，从年顶顶上到年根根上，任凭日落月升，任凭春去秋来，寸草不长，颗粒不生，分明是一个不下蛋的二混子草鸡、不下驹子的三混子母骡。"韩成根爹指天指地、指鸡指马，吹胡子瞪眼地发泄心中的愤懑。

韩成根心想：梅梅生不下娃崽，也许根蔓在梅梅那里，也许根蔓在自己这里，也许是他和梅梅生子传后的缘分未到。这样糊里糊涂怪罪到梅梅一个人头上，那梅梅不是像岳飞一样没有缘由地顶了"莫须有"的罪名。

"也许不是梅梅的过。让梅梅留下再等等看。"韩成根带着几分乞求地看着他爹。

他爹立时把眼睛瞪得比卵子还大："往哪里等？等到我咽了气闭了眼？等到我装进棺材里埋到土里头？"

不晓得咋搞的，爹的话竟传到了十几里外的杨家圪垯。老丈人杨三儿听说后，当下就风风火火打上门来。

他爹韩耀祖脸红脖子粗地说："你有啥脸找上门来。你不知道你家女子是块不长庄稼的盐碱地？"

"呸！"杨三儿狠狠地啐了一口痰，指着韩耀祖的鼻子说："放屁！你拿秕谷往地里撒能出苗吗？你家的底子你不清楚?!"

杨三儿的话就像一块冷黏糕一样，噎得韩耀祖半天干张嘴说不出一句话来。

韩家三代单传，村里村外早有他家男人不行从外人那里借种的传言。

如果杨三儿当时闹到这一步罢手的话，梅梅还不至于离开他，偏偏杨三儿是个得理不饶人的货。闹完之后，就胁唬着把哭得眼睛肿得像核桃一样大的梅梅弄回了杨家圪垯。

几个月后，在家里一手遮天的老爹连问都没问他，就托人给他说下了刘家沟的刘虎子的三姑娘红果。

他勾着脑袋对他爹说:"爹,这事你别忙活了,我这辈子再也不娶了。"

他爹把烧得红红的烟灰磕到鞋底上,用滚烫的烟锅在他脑门子上狠狠地敲起了一个血疙瘩:"这是爹的事,用你瞎操心?"

他一声不吭从屋里退出来,扛起锄头就往他家那块紧靠河边的滩地走。碰上人和他打招呼,他也不搭理。

在村巷里正赶着羊往滩地里走的韩茅勺拦住他笑嘻嘻地问:"成根,你干啥去?"

他头也不抬就甩过去一句:"锄地去!"

"大冬天地里啥也没有你锄啥?"韩茅勺眊着把脖子梗得像镢把似的韩成根哂笑道。

韩成根凶凶地瞪着眼吼道:"管老子锄啥?锄你娘的腿板子去!"

韩茅勺望着走远了的韩成根,嘴里咕哝道:"这厮娃今天疯了。"

进了腊月门,风里面就有了割人的刀子。平日不耐冻的韩成根却一点儿也没感觉。河边的风刮得很大,天上的鸟雀被吹得歪歪斜斜,努着全身的劲儿才能勉强控制住飞翔的方向。滩地的柳树东摇西晃,发出呜呜的哭声。韩成根觉得自己很像天上的鸟雀,不知道将要被刮到什么地方;又像身边的柳树,不知道将要被揉搓成什么样子。在自己的婚事上,他的确像他爹说的那样,自己管不了自己。这不光是他一个人是这样,祖祖辈辈的人都是这样,满世界的人都是这样。哪个做老子的不是把儿子娶媳妇的事当成自己的事来办?哪个做儿子的娶媳妇能由得了自己。他很想梅梅,好多次做梦都梦见了梅梅。他梦见梅梅又回来了,梦见梅梅又和他睡到了一盘炕上,还梦见梅梅给他生了一个和他一个模子里脱出来似的黑小子。他真想把梅梅再接回来,真想再钻进梅梅每天给他暖得热烘烘的被窝里,真想再投进梅梅那满是奶香味的棉花一样的怀里。他不敢跟人说,更不敢跟爹说。他只能睁着眼睛对天想,只能闭上眼睛在梦里想。可梅梅对他来说,只能是镜子里面的一朵花,只能是河湾里面的一弯月，只能是心中一块永远流血的伤疤。

正月初六，韩成根带着他心中的梅梅，带着他流血的伤疤，娶回了他极不情愿的第二个女人——红果。

办事那天，韩成根像个木头人一样，执事总管韩六娃叫他换新衣裳他就换新衣裳，叫他骑上马去接亲他就骑上马去接亲。

韩六娃拍拍他的尻子说："不要像木头橛子似的硬硬地戳着，脸上喜欢着。"

他强按下心中的不快，努着劲笑了笑，结果笑得比哭还难看。

他爹见了，就跑到跟前说："你狗日的，人家都欢欢喜喜地来给咱帮忙，你个丧门星给谁甩脸子？"

韩成根眊了他爹一眼，把脖子一梗，把脸扭到一边。

他爹火了，嘴里也就没了好话："我看你狗日的今天是脑袋上顶驴尿，本事大得要日天哩！"说着，就脱下鞋子要拿鞋打他。

韩六娃连忙拉住："不敢这样，不敢这样。其实成根挺喜欢的，我是故意逗他哩。"

一帮帮忙的乡党围过来劝解，把他爹往一边推。

韩六娃高声喊道："好了好了，大家都高兴着。"接着，又脖筋暴突地扯开嗓门长长地吆喝一声："起身——"

"走了——"接亲队伍应着韩六娃的号令，嘻嘻哈哈拥着韩成根出了院门。

韩成根心里本来就不顺和，让他爹这么一弄，就越发不痛快了。他憋着气，黑着脸，好像谁欠了他二百六十吊银钱似的。

韩六娃在路上一边走一边劝，好话说了一河滩，但韩成根脸上终究也没露出一点喜欢劲儿。

到了丈人家，韩六娃叫他叫丈人叫爹，他就木木地叫一声爹；韩六娃叫他叫丈母叫娘，他就木木地叫一声娘。坐席的时候，韩六娃叫他吃菜他就吃一口菜，叫他喝酒他就喝一口酒。吃了喜面，韩六娃叫他把红果抱到马上，他就铁青着脸把红果像抱木头一样抱起来,"咚"的一下拖到马背上。

韩六娃见韩成根不听人劝,就闭住嘴再也不言烦了。

把红果接回来后,韩成根仍然像木头人一样,韩六娃让他拜天地,他就木偶似的拜天地;韩六娃让他拜高堂,他就木偶似的拜高堂;韩六娃让他与红果对拜,他仍像木偶似的与红果对拜。直到进了洞房,他仍像铁棍子似的杵在炕沿上。

十三岁的红果满身奶胎味,一脸娃娃气。让人摆弄了一天,身上早乏得没了精神。见人走光了,也不管成根的脸好看难看,自个儿脱光衣裳就钻进了被窝。不过半袋烟工夫,就呼噜呼噜跑到梦州国里了。

过了三天,红果的哥哥接红果回门,红果胡乱拨拉了两口饭嘻嘻笑笑跟着走了。又过了三天,成根爹让成根把红果接回韩家。

韩成根寻思了几天,心里也慢慢转过了弯。梅梅没一点想望了,老和红果打别也不是长事。昏暗的油灯下,他瞄了一眼红果,猛然发现胎味还没褪尽的红果并不比梅梅差到哪里。他撩起衣襟把油灯扇灭,一下把红果搂到怀里死死地抱住。

红果吓得叫喊:"你要干啥?你要干啥?"

韩成根不言声,用长满硬茧的手脱红果的衣裳,摸红果的下身。

红果使劲推他,但推不动,带着哭腔说:"你这是做啥?你这是做啥?"

韩成根把嘴贴到红果耳朵梢上说:"我想敌你哩。"

红果听了,就哇哇哇地大声哭了起来。

韩成根见硬来不行,就松开手想给她说软话。没想到红果紧紧地抱住胸口,一阵风似的跑回了娘家。

红果头发乱糟糟地跑回家,把全家人都吓呆了。

红果娘脸色煞白,一把把她搂进怀里:"咋啦,谁欺负我娃了?"

红果委屈地哭了一阵,就把事情原委说了一遍。

她爹和她娘听了她的述说,舒展开圪蹴到一堆的眉眼,虚惊一场地松了一口气。

她嫂子扭过头，捂着嘴偷笑。

她爹对她娘和她嫂子说："这是女人们的事，你们劝劝她，一会儿让她哥把她送回去。"说着，端着烟杆就走到另一厢房里。

她娘叹了口气，眼里落下几滴浑浊的泪："女人呀，天生的受罪坯子。小的时候比男娃们矮半圪节，嫁了人要受男人的摆弄，老了还要伺候了大的再伺候小的。你不让成根……"觉得后面的话不是当娘的能说出口的，就看着她嫂子说："你把道理给她说道说道。"说完，就扭着小脚也跑到另一厢房里。

她嫂子拉着她坐到炕沿上说："妹子，你不懂，成根那样不是欺负你，他是爱你哩。"

红果说："那也不能脱人家的衣裳，在人家身上胡摸呀？"

她嫂子笑了："你真是个憨憨，那就是成根爱你哩。男人爱女人都是这样爱法。"

红果疑惑地问："嫂子，你哄我哩吧？"

她嫂子板了脸说："嫂子是过来人，嫂子还哄你？男人头一回爱的时候，女人都害怕。头一回过去了，后面就不怕了，时间一长，女人倒还想让人家男人这样哩。"

红果不好意思地低下头说："那我哥也是这样爱你？"

她嫂子脸上也红了，朝红果"嗯"了一声。

"那我哥也是他那样，又脱衣裳又胡摸？"红果又问。

她嫂子脸红透了："不是这样又是哪样？"

天亮前，红果跟着她哥回到了韩家。

韩成根本来打算丢下心里的梅梅和红果好好过日子，但红果半夜出走的举动，一下又把他的倔圪揽脾气惹犯了。红果哥把红果送到他跟前，他梗着脖子铁着脸冷冷地说："有本事跑，就有本事别回来！"

红果哥红着脸说："红果还小，还不懂事，家里老老小小说了她好半天才把她劝回来。我走了，人给你留下了。"

韩成根说："留下干什么？昨天咋走的今天还咋走。"

正说着，他爹端着烟锅进来说："回来就好，回来就好。我今天还说让成根去接哩。麻烦她哥给送回来，真让人不好意思。成根，还不快给你哥倒茶？"说着，就给成根递了个眼色。

韩成根只当没看见，把脸扭到一边："倒茶可以。但咱得把话说清楚，人我是不要了。"

他爹火了，打雷似的吼道："由了你了？只要老子不咽气，家里的事就得由我做主！再给我胡说，看我不把你的狗腿打断！"

韩成根气呼呼地说："留下她可以，让龟孙子和她过去！"说完，噔噔噔走了出去。

韩成根前脚走出院门，红果后脚就跟着捂住脸哭着跑回了刘家沟。

他爹眼巴巴地看着送回门里的儿媳妇又被成根给呛回去了，一下气得发了疯似的从门后面捞起一根胳膊粗的柳木橛子满村子找韩成根。

他爹一边在村子里找韩成根，一边瞪着血红的眼珠子连喊带骂："成根！成根！你躲到哪里了？你有本事你回来，老子今天不把你的狗腿打断就不是人！"

韩成根听人说了，吓得躲在外面一天一夜没敢回家。

第二天早上，他觉得爹的气消得差不多了，才浑身圪圪颤颤地往家里走。

没想到，爹把院门关得死死的。

他不敢敲门，更不敢喊爹开门，悄悄翻过院墙进了院里，做贼似的往马棚里溜。

展展一夜没合一眼的爹见成根往马棚里钻，忽地站起来，提起木橛子就扑了上去。

韩成根吓毛了，慌忙收紧皮肉站在那里等着挨揍。

他爹扑过来抡起木橛子就朝他身上乱打一气，一边打一边骂："我让你驴日的倔！我让你驴日的跑！我让你驴日的本事大得日天去！"

韩成根站在原地也不动窝，也不遮挡，任凭爹的木橛子暴风雨般地打来。

他爹见他也不挡也不护，只是用一双不服气的眼睛反瞪着，窝在肚里的气就越发大了，手里的木橛子专门朝他腿上打："我让你犟！我让你硬！我让你硬邦邦地再给我顶！"几下下去，就把韩成根打得趴在地上不能动了。

他爹丢下木橛子，弯下腰哆哆嗦嗦地指着成根的脑袋问："说！还给老子耍不耍犟？"

韩成根死死地咬住牙不说话。

"说！你给我把红果接回来不接回来？"他爹颤动的手指都快要戳到他的脑门上了。

韩成根闭住眼，不言声。

他爹见他不服软，不回话，气得又拿起木橛子打，打一阵又问："说！你给我把红果接回来不接回来？"

不管他爹怎样打怎么问，韩成根自始至终不说一句话，不点一下头，硬圪橛橛地杵在他爹脸前。

他爹气得没法，丢下木橛子杀牛般地吼道："给老子跪下！多会儿不犟了再给老子起来！多会儿愿意接红果了再来见老子！"

韩成根跪在院子里，被毒毒的日头晒得一身一身地出汗。

他爹木棍似的坐在炕上，一锅一锅地抽烟。

日头快挪到天空当间的时候，韩成根一头栽倒在院子里。

他爹舀了一瓢凉水，浇在他的头上，扭过身走回屋里坐在炕上又抽开了烟。

尽管他爹拿木橛子把他的腿给打断了，但韩成根却宁死也不和红果过了。

他爹管不下他，气得一病不起。正月根上，他爹带着没能在自己手里给儿子最终娶妻成家的终身遗憾、带着后继无嗣愧对列祖列宗的愧疚、带着对儿子不服管教的满腹恼恨离开了阳世。

死的时候，他爹眼睛一直瞪着，怎么也不肯闭上。

韩成根虽然哭得死过去两次，却终归没有给已经咽气的爹服软回话。

丧事总管韩六娃急得没法，只好把韩成根搀出去，对直挺挺地躺在炕上的韩耀祖说："耀祖叔，你放心地走吧，侄子我一定给成根弄回个让你称心的媳妇，一定让成根给你早日生子传宗。"说完，就用手去抹韩耀祖的眼睛。韩耀祖这才闭上了怎么也不肯闭上的眼睛。

七天之后，早已长眠在村后老虎沟的成根娘的坟堆，被村里人用铁锹和铁镐刨开，把成根爹放进去合葬到一起。

二

韩成根的头两个女人梅梅和红果是他爹凭着做父亲的权威硬弄来的,而第三个女人黑妮却是他自己一手谋划、一手操办、一手扯揽来的。

娶梅梅的时候,韩成根迷迷糊糊、懵懵懂懂,不知道男人为啥要娶女人,更不知道把女人娶回来弄啥营生。当他和梅梅度过了简短的磨合期,如胶似漆地黏到一搭儿的时候,他爹却嫌梅梅不会生养娃崽而硬给拆散了。在他心里留下了疼了一辈子的创伤和疤痕。

娶红果的时候,他从内心里打底儿就一点儿也不情愿。犟得能一头撞倒一座山的爹,牛不喝水强按头,驴不拉磨强上套,问都没问他一声,便一手遮天、两脚踩地,霸王硬上弓地箍住他硬逼着他把红果娶进门。

刚娶过红果的时候,他心里有两个女人打架,一个是梅梅,一个是红果。一开始,梅梅的劲儿大,把拦着不让红果往他的心里走。后来寻思了几天,渐渐地认命了,服软了,愿意和红果死心塌地地过日子了。没承想,当红果把梅梅从他的心窝里刚刚赶出去,红果却因不让他敌她半夜哭逃。红果的出走,像一把铁刷抽烂了他的脸,像一把利锥扎伤了他的心。他觉得留下红果,他就无法再在人前活人了,他的心就会一辈子血里糊啦。

为了梅梅,他和他爹怄了好长时间气。为了红果,他和他爹撕破了脸皮。他爹气得打坏了他的腿,使他在炕上躺了两个来月才能下地。他气得不理他爹,使他爹一病不起,撒手而去。

每每寻思起这些伤痛的往事,每每抚摩着总也愈合不了的心灵伤疤,他就一辈子再也不想娶女人了,甚至一提及"女人"这两个字就心痛流血。

三年之后,接连发生了两件让韩成根丢尽脸面的事儿,迫使韩成根不顾伤痛流血的心而决意要娶第三个女人。

头一件事是梅梅嫁给了黄河对面的南韩村的韩四小,第二年半截窝里就生了一个小女娃。

第二件事是红果家里故意和韩成根置气作对,把红果嫁给了本村因请襻裆让韩三三破了媳妇的处女身而把媳妇休了的狗蛋。红果当年坐胎,当年开叉,当年就给狗蛋生下一个男娃。

梅梅和红果竞相受孕分娩的事,很快就成了北韩村和南韩村的闲谈主题和热议焦点。当然,话头儿自然一概从梅梅和红果生娃的腿板起头,话尾儿自然也都全部落在了韩成根那不争气、不长脸的裤裆结尾。

"梅梅的地是好地,四小的种是好种。好种配好地,一种就发芽。"

"红果是好果,狗蛋是好蛋,狗蛋红果一上炕,马上就结出新果子,跌出来一个小狗蛋。"

"是骡子是马,拉出来遛遛就知道了;是好种孬种,和女人睡睡就晓得了。"

"是啊。成根那东西行不行,梅梅和红果从他家出来时瘪瘪下半截就是证明。"

"对。成根能不能种了女人腿板里的那块地,四小和狗蛋家炕上躺着的小娃就是反证。"

"是呀。成根费劲巴事地娶了两回女人,连个崽芽芽也没弄下。人家狗蛋和四小一娶进门娃崽就扑哧扑哧地往外冒。成根那东西是骡子家伙不管用。"

这些凉飕飕、刺扎扎的话，影影糊糊传进了韩成根的耳朵里，把韩成根圪搅得肚子里像别进一根柴火棒，怎么摆治也摆治不顺和。

老天一连下了两天雨，地里泥得进不去。韩成根闷得没事可干，便到村巷里闲逛，逛到村中的碾盘时，看见几个后生在一起闲扯，便凑过去想听听热闹散散心。

茅勺被一帮人围在中间，正起劲地讲着一个带荤味的故事："过去呀，有这么一家子，请女婿吃饭，老丈人叫大家一人先作一首诗再吃。诗里面必须有'四四方方，摆在中间，一进一出'这几个词。老丈人先叫儿子作，儿子吭哧了半天不会作。老丈人就叫闺女作。闺女想了想，就说：我这个手绢四四方方，我把它摆在我的两腿中间，我拿起绣针一进一出，绣出了一对戏水的鸳鸯。老丈人说了声好，就让女婿作。女婿想了想说：我这个砚台四四方方，我把它摆在桌子中间，我拿起毛笔在里面一进一出，画出了一幅好山好水。这时，老丈母端着炒好的菜出来了，老丈人就叫她也作一首。老丈母想了想说：我这个桌子四四方方，我把它摆在咱们中间，咱们拿起筷子在嘴里一进一出，吃得我一家人舒舒服服。最后轮着老丈人了，推推辞辞不想作，大家不让他，硬逼着他作。老丈人见推不过去，努了半天才想出一首，他咽了好几口口水说：我这个炕四四方方，我把你娘摆在中间，我趴在上面一进一出，弄出了你们这些好儿好女。"

一帮人笑得前仰后合。

韩成根也笑了，冷不丁冒出一句不该说的话："好你狗的，说出的话咋这么臭，怪不得你娘给你起名字叫了个茅屎勺。"

韩茅勺一听，一下就恼了："你不是种地很日能吗？咋人家两块很肥的地摆在你家的炕中间，你咋就给荒了？"

韩成根见韩茅勺当着众人揭了他的短处，脸上当时就搁不住了，二话不说就和韩茅勺扭打在一起。

韩茅勺的话重重地刺痛了韩成根倔强而自尊的心。他打小生就了一副从不服人、从不服软的倔圪搅脾气。从叉开腿尿尿和泥捏人人的小崽娃开始，满村子的娃崽们都服服帖帖地尊他为老大，都心甘情愿地当他的喽啰兵。

穿上合裆裤走进田地里，他抹耙锄犁，下种浇灌，一看就会，一干就精，是男人们眼里都佩服、女人们眼里都羡慕的头号把式。

其实，他种地并不比别人多费多少劲儿，并不比别人多受多少累，但经他摆弄出来的庄稼苗儿总是比别人的长得旺，打下的粮食总是比别人的多。他靠的不是使笨劲、耍蛮劲，靠的是巧劲和灵劲，凭的是天性和悟性。单就种地来说，谁也比不过他，谁也跟不上他，只能摇头叹息，自愧弗如，羡慕嫉妒恨。

然而，等他下巴颏长出胡楂儿娶过两房女人后，就隐隐约约觉么到人们似乎不像以前那么高看他了，甚至还有人时不时流露出鄙夷的神色。

韩成根并不是那种脑子眼不清楚的笨尻货，他完全知道这一切的枝枝叶叶、根根蔓蔓，知道这一切全是因他娶了两房女人而没留下一娃半崽的缘故。

细想起来，韩成根心里对旁人冷眼和讥讽并不咋的怪怨，因为事情明显显地摆在那儿，就好比黄泥巴抹在裤裆，是屎不是屎，自个儿能说清楚？自个儿能讲明白？

面对这种千口难辩、万言难释的事儿，韩成根心里头能想过个理儿，但肚里头总是别不转这股劲儿。

和梅梅在一搭的那阵儿，他还是个嫩芽儿，骨头里面的东西还没有长全，自然就不可能生出什么娃崽。他虽然和红果在一盘炕上睡了几夜，其实只是顶了虚名，因为他并没有真正挨了红果的身，并没有真正把生产崽娃的胚芽给了红果。人们拿梅梅和红果瘪着肚子离开他家的事来断定他没有生崽产娃的能耐，拿梅梅和红果改嫁后很快就能生儿育女的事来否定他是一个健全的男人。对于这些，韩成根不怨天怨地，不怨人怨己，他只能用事实向人们说明自己是健全的男人，是完全有能耐生儿育女的。于是，当全村人欢天喜地吃上多年不曾丰产的新麦子时，韩成根托人用五斗小麦、两斗高粱、六丈棉布、二十块银元、三身衣裳说下了本村三三的妹子黑妮。

黑妮长得像个黑漆疙瘩，除了脖子有点粗外，眉眼模样却不算难看，但总不及梅梅和红果水灵喜人。对黑妮的长相韩成根并没有怎么从心里弹嫌。他觉得黑妮长得虽不打眼，但人性好，很能干，地里屋里都能提得起放得下，比她名声不好的哥哥韩三三强得多。

一个女人家，居家过日子才是实在的，眉眼长得再好也不能顶馍馍饭。况且他娶黑妮的真正用心，并不是当成摆设让外人看，而是让她来验证他是个真正的男子汉，通过她和他的共同努力，洗却他淤积在心头的羞辱，使他在村里人面前直挺挺地抬起头活人。

黑妮的确是个善解人意的贤妻良妇。一进成根家，她就巴望着能早一天祛除丈夫心里的那块病瘤。白天，丈夫下地干活，她在家里忙碌，忙完了就到地里去做帮手。天一黑下来，她就闩了院门屋门，暗暗地想着法儿努着劲儿来圆丈夫的生崽梦。

然而，天不遂人，事与愿违。

韩成根尽管劳累得脸盘瘦了两圈，脸色褪了红润，但黑妮的下面该来红还来红，该凸起的肚子却总也不凸起。时日一长，他对自己失去了自信，他对自己也起了疑心。

难道自己果真不行？难道自己果然有病？带着对自己的疑虑和疑问，韩成根和黑妮瞒着人偷着跑到城里找半巫半医的许半仙诊治。

许半仙先是摇头晃脑地问了他们的生辰八字，说他们命里该有娃崽。然后又慢条斯理地给他和她号了号脉，问他们的房事："你们几天一回？"

韩成根黑着脸不情愿说，站在旁边的黑妮红着脸不好意思说。

许半仙不高兴了，板着脸说："不说不行，不说我没法治。"

黑妮羞得躲到韩成根后面拿手捅韩成根，意思是叫韩成根给许半仙说。

韩成根也不好意思，红了脸吃吃结结地说："有时候隔一天一回，有时候一天一回。"

许半仙笑了："弄反了，弄反了，再这么折腾人就顶不住了。想生娃不能闹这么欢，要有意隔个十天半月攒攒劲才行。"

许半仙如此这般地给韩成根和黑妮讲解床笫之事和生娃奥妙，韩成根和黑妮这般如此地听许半仙给他俩传授行房孕育秘诀和良方。

看完了病，许半仙开了六服草药让黑妮喝。

从县里回来后，韩成根和黑妮便照着许半仙说的法儿行事吃药。两人眼巴巴地过了整整一百天，黑妮的肚子一点儿动静也没有。连着去城里找了许半仙几趟，总也不见一点儿效果。正在灰心泄气，一件让方圆几十里几万人着迷发疯的事儿使他俩重又燃起了希望的火苗。

村后的石头坡上有一棵两个人才能抱住的苦槐，不知道来到世上有多少年了，枯萎了十三年后突然又神奇般地发芽长枝。有人看见上面有一个白胡子神仙。不过两天工夫，这一爆炸性的事件就在几十个村子风传开来。

神汉巫婆们一个个率先五体投地诚惶诚恐地拜倒在苦槐面前，并对围观的人说，这神仙灵着哩，只要诚心诚意地跪拜了这位大仙，有灾祛灾，有病治病。拜的时候要给大仙许愿，许了愿一定要记住还愿，不然大仙会惩罚的。

第二天，人们就传说有一个瘸腿老汉一吃拐一吃拐走到苦槐前拜了一服药，拿回去一喝，当时就挑着木桶往家里挑了满满两桶水。还有一个老婆婆，眼睛瞎了十年，她女儿给她拜了服药，喝了后当时就睁开眼睛忽闪忽闪地啥也能看见了。于是，求神拜药的人便逶逶迤迤，鱼贯而至，把个石头坡围挤得满满当当，水泄不通，比县里一年一度的中秋骡马大会还要热闹许多。

歇晌午觉的时候，韩成根和黑妮挤进人群里看热闹。

从坡底到坡顶，黑压压的人群蚂蚁似的在石头坡上涌动蠕挪。数不清的善男信女虔诚地跪在苦槐面前，闭着眼睛心里默默地向神灵述说着祷词，其中有的嘴里还咕噜咕噜地说出声来。

所有跪拜的人跪拜完后都要看看面前用白麻纸折成三角形的小袋儿。

有的人见里面有颗粒或粉末状的药，便喜眉笑眼地包住揣进衣服兜里；有的人看看空荡荡的纸袋儿，神情懊丧地悻然而去。更多的人则仰头望着苦槐顶端的枝杈，指指画画地互相谈论着什么。

一个二十来岁的女人指着苦槐对怀里的娃崽说："快看，那树梢梢上是不是有个白胡子老爷爷站在上头？"

小娃崽嘴里吮着食指摇摇头。

那女人又指着树杈说："乖娃儿，你再给娘好好看看，那树上到底有没有一个白胡子老爷爷？"

小娃崽仍吮着指头摇摇头。

旁边一个拄着拐杖的白发老婆婆张开没有一颗牙的窝窝嘴对那女人说："能看见的，三岁往下的娃崽都能看见的。你再让娃好好看看，那树上肯定有个白胡子老爷爷。"

那女人听了白发老婆婆的话后，在小娃崽的脸上亲了一口："好娃儿，再给娘好好看看，最上面的那个树圪杈上有没有一个白胡子爷爷？听话，娘待会儿给你买两个糖蛋儿。"

小娃崽把指头从嘴里拿出来，朝那女人点了点头。

那女人半信半疑，使劲搂了搂怀里的娃崽说："好乖娃，不敢说假话，有就有，没有就没有，说假话娘就不给你买糖蛋了。"

小娃崽迟疑了一阵，朝那女人又一次点了点头。

拄着拐杖的老婆婆咧开窝窝嘴笑了，走风漏气地说："你看看，你看看，有就是有嘛，娃娃家哪会说谎？"

韩成根和黑妮把这一切看在了眼里，记在了心里，萌生了在生娃这件事上求求白胡子大仙的想法。怕被人看见了笑话，只好避开白天趁黑夜偷偷来拜。

挨到下半夜,韩成根和黑妮偷偷溜出家里,悄悄跑到石头坡上的苦槐前拜药。他俩先把事前准备好的三角形小纸袋儿放在苦槐树下,规规矩矩地朝苦槐磕了三个响头,按照事先商量好的祷词,各人心里默默念道:"好神神,灵神神,大恩大德大慈大悲的大神神,请您发发善心显显灵吧,可怜可怜我夫妻俩吧。我们结婚好几年了,老是生不下娃崽,可村子的人都在背地里笑话我们,让我们在村子里抬不起头。要是能让我俩生下娃崽,到时候我们拿全猪全羊谢偿您。"

祈祷完神神,黑妮一只手拿住纸袋,另一只手伸进去摸了摸,里面空荡荡啥也没有。

她附在韩成根的耳朵边悄悄说:"没拜下。再拜一回吧?"

韩成根"嗯"了一声,两人就又恭恭敬敬地重新跪拜了一回。

这时,突然起风了,苦槐被风吹得发出"呜呜呜"的响声。

黑妮立时被吓出了一身鸡皮疙瘩,本能地向韩成根身上靠了靠。

韩成根心里一颤,有意识地稳了稳心:"不怕,啥也没有怕什么?"说着,就拿起纸袋揣摸了揣摸,感到里面有了药粒。

韩成根低着声儿对黑妮说:"有了。"

黑妮用手在纸袋里摸了摸,也对韩成根低声说:"有了。"

为了表达对白胡子大仙的恩施,两人又朝苦槐拜了拜。

拜谢了白胡子神仙后,两人起身在漆黑的夜色中回到了家里。

当晚,黑妮就将神药喝了下去。

过了不一会儿,黑妮的肚里开始咕咕作响。

也许是声响过大的过,也许是夜深过静的过,黑妮肚里的响声连旁边的韩成根也听到了。

黑妮侧过身问韩成根:"这是咋啦?像有个东西在肚里叫唤似的。"

韩成根高兴地一把搂住黑妮:"好家伙,这么快就显灵了。"

黑妮喜不胜喜,刚要说"这神药果真这般灵验就好了"。话还未出口,下面的排气口却"嘣"的一声,崩出一股凉飕飕的冷气。

黑暗中,黑妮被自己突然释放出来的这个凉屁吓了一跳,慌忙问一旁的韩成根:"我这是咋了?"

片刻之后,韩成根一字一顿、慢慢悠悠地说:"灵气入了内,浊气被排出,神药显灵了。"

黑妮听了韩成根的话,怀着满肚子的感谢朝石头坡方向,向百验百灵的白胡子大仙作了三个揖,叩了三个头。

为了配合神灵保佑,二人当即摆开阵势,展展折腾了一宿。

之后,韩成根和黑妮眼巴巴地盼着自己的娃崽能早一天呱呱落地,但两口儿盼来盼去却盼了个透心凉。

那神药不仅没能让黑妮受孕怀胎,反倒使黑妮闹了半个月的肚疼,拉了一十五天的稀屎,并且还时不时地老放凉屁。

胎娃子虽然没怀上,倒是把黑妮多年的便秘治好了。黑妮捂着肚子对韩成根说:"看来,这神药还真有个屁用。"

韩成根指着黑妮的嘴歪了她一眼,叫她不要说对神灵不恭的话。

短短三年光景,韩成根承继下来的原本就不薄的家业日渐丰裕起来。家里的粮食一瓮一瓮地墩在地上咋吃也吃不完,满窝满圈的鸡鸭猪羊除了逢年过节宰上个把头自己吃外,还时不时拿到集上换成银钱。院里的骡马能套整整两挂马车还有余头。原先的五间大瓦房两侧,东西两厢又盖起了各三个大间口的崭新砖房。收罢秋粮,又用全砖垒起了一座全村最排场的高大门楼。这些,都使韩成根在北韩村拔了头旗,成了远近有名的大户人家。农闲时他和黑妮两个人忙乱,农忙时就从本村雇几个人打短工。远房近邻都很羡慕他,都说可村子里就数人家韩成根的日子过得最滋润。像人家那样活一辈子才真真是不枉来世上走一遭。

人们在赞羡韩成根的同时,往往忽略了他在人前抬不起头来的另一面。现在他成了北韩村的首富,没人再敢像茅勺前些年那样在人前揭他的疮疤了，但他肚里的那块伤疤还存在心里。那伤疤还在流着血，还在疼着他。每当人家恭维他称赞他的时候，他就觉得那些话像一把把锥子直刺他的疤痂，使他的心汩汩流血，生生发疼。

不孝有三，无后为大。其实，无后不仅不光是个不孝的问题，更厉害的是它还是个让人羞、让人耻、让人不把你当人看的短处和毛病。在人们的眼里，这个不是病的病比瘸病比瞎病比聋病比憨病还要是病。人们虽说不当着他的面说他，并不等于人家背过他不说。他断定人们闲聊浪扯的时候，肯定会不时谈及他的短处和毛病。尽管他也仰着脸在人前走来走去，尽管他也时常强撑着腰板和人说说笑笑，但内心里总觉得在人前抬不起头，总觉得站在一起比别人矮了半头。

黑妮虽然人长得笨些，但心眼并不笨。她见成根成天愁眉苦脸、默不作声，知道他心苦，知道他有心病。过罢大年，她试探着问成根："石头坡上的娘娘庙，听说前些年香火很旺，也很灵验，咱们不妨去那里试试，兴许还管点用哩。"

韩成根想了想，觉得娘娘庙供奉的娘娘神虽然说不准灵验不灵验，但他眼前这种状况也只能有病乱求医，死马当活马医了。

五天之后，趁村里人正月十五到城里看花灯的当儿，韩成根和黑妮偷偷跑到了娘娘庙里。

庙里供奉的菩萨自然是上天专管生儿育女的送子娘娘观世音。只有不能生儿育女的人才来这里供奉。因此，多年来香火一直不旺。

大厅里碎瓦烂砖遍地都是，高粱秆子玉米轴儿横七竖八，偶尔还可见几摊狗屎或人屎。

观世音的脸上身上落满了尘土，头上的幕幔也布满了蜘蛛网。

两人进了庙里，恭恭敬敬地往神龛上供了一个猪头、五个馍馍、六个石榴，而后又点上蜡烛、香烛，将随身带来的早已退下来不用的旧炕单铺在地上，虔诚至极地朝观音菩萨作了三个揖、磕了三个头。

黑妮嘴里咕咕哝哝地小声祷告："救苦救难的观世音菩萨，全知全能的观世音菩萨，您救救我们吧，您行行好吧，不管是男是女，只要您给我们一个，您的大恩大德我们永生永世也感谢不尽。"

话刚说完，神龛上咕咚一下就掉下一个东西。

昏暗的烛光下，黑妮影影糊糊地看见是一个男娃，便闭起眼说："好菩萨哩，这个也太大啦。您救人救到底吧，您最好给我们一个胎芽芽，让我们自己生吧。"

一群娃崽嘻嘻哈哈从神龛后面钻出来蹦跳着跑出庙外。

掉到韩成根和黑妮面前的那个娃崽并不是观世音菩萨显灵给他俩恩赐的娃儿，而是他们的冤家韩狗蛋和红果的娃崽铁柱子。

一个时辰之前，铁柱子和几个娃崽来娘娘庙里捉迷藏。看见有人朝庙里走来，就赶紧躲进菩萨像后面。

看见黑妮恭恭敬敬把供品摆到神龛上后，贪吃的铁柱子就蹑手蹑脚地爬到神龛上去拿供品，没想到一脚没踩稳，一下就从神龛上掉了下来。

韩成根从庙里出来逮住铁柱子，狠狠地踢了铁柱子两脚，铁青着脸气哼哼地和黑妮回了家。

第三天，这事儿就传遍了全村旮旮旯旯，男人们笑得前仰后合，女人们笑得捂住胸口直喊肚子疼。

红果知道后，笑得岔了气，腰疼得好几天干不成活。

韩成根和黑妮羞得躲在家里，整整半个月没出院门。

求医不行，求神也不行，韩成根渐渐地开始疑心自己那东西是不是有问题。

背着黑妮，韩成根一个人偷偷跑到许半仙那里让许半仙看。

许半仙让他脱下裤子查看了查看，拈着一拃来长的山羊胡说："应该没啥问题。要是有问题的话，能不能治好就没啥准头。这种病女的好治，男的不好治。我给你开上几服药试试。"

韩成根拿着许半仙给他开的补肾活精的药，哄黑妮说是他肚里不舒服，开了几服养胃的药。

黑妮不知内情，就把这治腿板里的药当成治肚子的药熬了让韩成根喝。

韩成根喝了三个疗程，一点儿也不见有啥效果。

过罢正月，年前说定的后山小木匠扛着家伙来到韩成根家，准备住在他家给他打两个立柜、两个卧柜和一些零碎家具。

韩成根本来心里被娘娘庙求子的事弄得泼烦得不行，哪里还有心思做什么家具。但年头里已经把做家具的话说出去了，就等于把一碗水泼到了地上，不能再往回收了。他对这事虽然不十分情愿，但还是按年前的约定把小木匠留下了。

再说，做家具的木头已经买下好几年了，放在院里风吹日晒的，再不做就会沤烂走形。自个儿心里不痛快，和人家小木匠又没啥干系，不做又在人家嘴里落下说话不算话的话把子，何苦呢？

这小木匠长得俊眉俊眼，心性挺灵，说出的话甜得像蜜。开口大哥长，闭口大嫂短，作哄得韩成根心里倒是渐渐地熨帖起来。

韩成根心里有点熨帖，但整个身心还是笼罩在娘娘庙的羞辱之中。他实在咽不下这口窝囊气，无论如何都要想法子祛除积存在肚里的这块心病。

他坐在房檐下的杌子上，心不在焉地看小木匠给他打家具。看着看着，他心里又开始寻思他这些年来老是生不下娃崽的事。

他寻思来寻思去，觉得他娶过的这三个女人都没啥毛病，倒是自己那东西有毛病，不争气。难道自己给梅梅和黑妮的都是些不发芽的秕谷？看来，这辈子靠自己那点能耐是不能生下一男半女了。他越想越觉得对不起祖宗和黑妮，弄得祖宗和黑妮跟上自己背黑锅、落不是。

一连愁闷了几天，终于想出了一个不能见人的办法。

他和黑妮一说，黑妮哭哭啼啼死活不愿意。后来，他就板下脸说："你要是实在不情愿，我也不为难你。你回你家算了，不要再跟着我受这份洋罪了。"

黑妮听了，这才大哭一场，强咽下泪水勉强同意了。

在院子里一门心思给韩成根做家具的小木匠，忽然见内掌柜的哭成了泪人。他弄不清怎么回事，以为是自己不小心惹着了内掌柜，吓得一整天没敢说一句话。

小木匠心灵手巧，做出的活又快又好。原先打算半个来月的活，刚过十天就全出手了。

打发小木匠起身的头天夜里，韩成根搬上铺盖走进了小木匠临时住的西房里。

他今夜要给小木匠腾窝，让小木匠代替他做他没能做好的事儿。

他一开始和小木匠谈这件事时，小木匠还以为掌柜的不是日哄他要笑他，就是想给他挖陷阱、使套子，讹赖他的工钱，吓得心窝里扑腾扑腾乱跳，白刷刷的脸上连一丝血色都没了：钻进主家老婆的被窝和主家老婆行云布雨，耕耘播种，给他天大的胆子也不敢呀，给他天大的好处也不能呀，不要命了还是不要卵根子了？

韩成根一脸正经地说："我不和你打诳，我这是请你帮忙哩。除了原先说好的工钱外，我再给你加两斗小麦。但有一点，事成之后，你再不能来我们北韩。"

小木匠见韩成根脸上看不出有一点儿说谎打诳的气色，估摸韩成根说的是真话实话。且不说这事是人财两得的好事，单就从成人之美、解人之难这头来说，虽然谈不上助人为乐、积德行善，但好歹也算是解除了他人的难言之隐，帮他人挽回了颜面撑起了尊严。权当是做好事不留名，只求付出不求回报。

小木匠再次仔细观察了韩成根半天，确定韩成根让他做这事确无恶意，也确无恶果后，就默默地点点头表示同意了。

韩成根起先觉得这虽是个没有办法的办法，但终归也能将就着算是个办法。神不知鬼不觉，小木匠完事后就拍尻子走人，再也不来北韩了,谁晓得黑妮日后生下娃崽是小木匠的还是他韩成根的。管他呢,只要是自家地里的庄稼,长成了就是自己的收成。

想到这里,韩成根用被子蒙住脑袋,用两手捂住耳朵,横住心窝狠下心:不管今夜有啥事情,就是天塌地陷死了娘老子,他都不朝正房那头看一眼、听一声。

然而,性情再犟的人,其实都犟不过自己。等他韩成根下意识地感觉到北房响起"吱呀"一声关门声后,原先的想法一下又翻转过来。他"刷"的一下撩开被子,"腾"的一下坐了起来:自己的女人让外人睡,这是羞先人哩,这是拿刀子剜自己的心哩。他忽地站起身,"咕咚"一下跳到炕下,"嗵嗵嗵"地走出去,"咚咚咚"使劲擂着北房的门。

小木匠提着裤子,浑身筛糠似的颤抖着双手打开了北房的门。

韩成根进去后,喘着很粗的气对小木匠说:"这事不办了,这事不办了。"

小木匠吓得连忙跪到地上,像捣蒜似的给韩成根磕头:"大哥饶我,大哥饶我。"

韩成根喘了好大一阵,终于用平缓的语气对小木匠说:"你起来,这事不怪你,是我反悔了。事情虽然不办了,但原先说好的工钱和小麦我一点儿不会少你的。你还回西房睡去,明天打早我给你结账。"

经过韩成根这么一闹,原本就瞻前顾后的小木匠躺在西房里一宿都没敢合一眼。直到第二天结完账,小木匠悬到嗓子眼的心才回到心窝里。

黑妮对韩成根的做法一点儿也不抱怨,她知道丈夫这样做是心里苦得实在受不了了。眼睁睁地让别人在自己的地里插犁播种,如同把锋利的犁刀插进了他心窝,他忍受不了;眼巴巴地让自己的地里干涸得连一棵草苗也不长,他忍耐不住。他如同在刀山上行走,他如同在火海中煎熬。他左不得,他右不得;他进不得,他退不得;他上不得,他下不得。

韩成根心里难受得要命，黑妮心里也难受得要命。

过了几天，黑妮想下一个法子，就和韩成根用试探的口吻说："咱生不下娃去旁人那里抱一个吧。"

韩成根说："那又不是自己生的，还不是让人笑话咱？"

黑妮笑了笑说："那咋会呢？我先假装怀上了娃崽，再托人从远处打听个口儿，看人家谁家生下娃崽不想要，咱们再抱回来，外人哪能知道不是咱们生的？"

韩成根想了半天，再也想不下比这更好的办法，就只好依了黑妮。

第二天，黑妮就对外人说她有喜了，暗地里却将棉布缠进腰里，果真像个怀了娃崽的女人。

黑妮一边一层一层地往腰里加布，一边托人打问到一户很远很远的人家正好怀上娃崽不想要，生下来准备给人。

黑妮赶忙上门求人，托中人说合，讲定生下来不管是男是女都给她，她酬谢人家五斗小麦，外加两丈白布。另外再给中人两斗小麦，一丈布。她要他们必须守口如瓶，千万不敢说出去。

没想到老天爷不作美，那女人生了个死娃。偏巧黑妮又不当心，下面来红时将腿板里夹的草纸跌落在外面，被人拾起挂在她家院门的铁环上，又闹出了一件让人耻笑的事来。

三

韩成根为生娃崽的事心烦得觉睡不安然，饭吃不香甜。他怎么也不会想到，北韩村还有一个也为生娃崽的事而麻烦的人。他更想不到这个为生娃崽而麻烦的人竟是他们的村长韩六娃。

韩六娃和韩成根虽然都是为生娃崽的事犯愁，但却愁的是两股道上的两路事儿。

韩成根愁的是生不下娃崽，而韩六娃则愁的是堵不住他女人绿豆生娃崽的口子。自他十八岁上把绿豆娶进家门，绿豆就以三年两头生娃崽的速度给他一气生了十一个娃崽，除了一个没长成人形就跌出来，一个虽挣出来但却得了"四六风"死了外，仍有九个一个差一个半拉脑袋地张着嘴朝他要吃要喝。原先他在北韩村是第一富户，这几年因为娃崽们的拖累，不知不觉让韩成根跑到了前头。

韩六娃和村里绝大多数成了家的男人一样，特别怕自己的女人。不是怕女人的上面，而是怕女人的下面，怕女人的下面没遮没拦一股劲地往下跌肉蛋子。男人们就不敢挨一下女人的下面，稍微挨一下就挨出一个小东西来。女人们生娃崽就像母鸡下蛋一样容易，只要一嫁了男人很快就给你生下一堆小猴崽子。不知是老天爷故意作害北韩人还是北韩村的风水有问题，生下的娃子不是粗脖子就是小矮子，要不就是脑子里面缺根弦的傻瓜蛋。弄得外乡人不是叫北韩村猪脖村就是叫北韩村小人国。

在他们这辈人里面，韩六娃算是长得拔了头旗，尽管脖子比普通人些微粗点，骨节比普通人些微大点，但总还算能端到人前摆到台面上。狗蛋就不行了，长了个猪脖子不说，下巴颏底下还长了个像女人的奶头一样的肉疙瘩。还有茅勺，个头三尺有余四尺不到，脑袋长得像个猴头，骨头结大得往外暴突，两条罗圈儿腿罗得并在一起能钻过去一条狗。

男人们长得一个个丑头鳖脚，女人们的眉眼也很扯淡。

女大十八变，越变越好看，十八的女人一朵花。

这话要是用到其他地方的女人身上，误判率虽然不敢打十成十的保票，但八九不离十的准头还是有的。但如果用这句话与北韩村的女人一比对，其误判率和准确率就实实屈指可数了个彻头彻尾的颠倒。因为从老辈子起，北韩村的女人里头就没出过一朵像模像样的花。只要不得粗脖子大骨节病，她们小时候都还算是个不很难看的花骨朵。但一到了开花的年龄，一下子就全变成了歪瓜裂枣。特别日怪的是，女娃们一长到十五六岁，全都齐刷刷地龇出一嘴又黑又黄的大板牙。平心而论，韩成根长得倒还展展活活、高高大大，但他生路不明、来路不清，谁也弄不清他是他爹从外路人哪里借来的种，还是他爹从外乡人哪里偷着抱回来的。扣紧点说，他不能算是北韩人，最多只能算半个北韩人。

绿豆生大小子的时候，下面还疼得呻唤了几声。打从生了头胎之后，后面的就像拉泡屎撒泡尿那么便宜，稍微努一努就出来了，甚至不努自己就跌出来了。刚开始生娃还叫上一两个人帮帮忙搭搭手，到后来自个儿拾掇拾掇就行了。

生四娃的时候，韩六娃去滩里犁地。日头快要直直地照到头顶时，他回到家里卸下牲口走进屋里，绿豆就把做好的饭菜端到了小方桌上。韩六娃当时也没在意，也没说啥，搬了个小凳坐下就吃。吃完饭一抹嘴，看见炕上睡着一个满脸皱纹的小婴崽。

韩六娃猛然一惊，问蹲在灶前烧火的绿豆：“那是谁家的娃？”

绿豆笑笑说："谁家的娃？谁家的娃能睡在咱的炕上？我刚生下的。"

原来，韩六娃打早起来套上牲口出去没一个时辰，绿豆扫院子不小心踩到卧在院子当间的狗尾巴上，狗被踩疼了，猛地站起来回过头要咬她。绿豆赶紧往后一退，尻蛋子一下蹾在了地上。她感到肚里娃崽离了胎根，咕哟咕哟地往下出溜。

绿豆想把这情况告诉给婆婆，忽想起婆婆到外面借簸箕去了。她赶紧丢下手里的扫帚，把两壶热水倒进两个盆里兑上凉水，放进去两条羊肚子毛巾，解开裤子坐在炕上。

尻子刚一挨炕，一个小男娃就跌了出来。她拿做衣裳的剪子把娃崽的脐带剪掉，又倒了半碗烧酒烧热给娃崽消了毒。

在炕上躺了一会儿，绿豆觉得身上没啥不爽快的，就起来拿温水把娃崽的身上和自己的下面擦洗干净，下了炕该干什么还干什么。韩六娃吃到嘴里的饭菜就是绿豆生完娃做完家里的营生给他做好的。

这些年来，韩六娃和绿豆白天忙得顾不上发愁，但一到天黑看见炕头一个挨一个娃崽脑袋，就愁得张不开眉眼展不开眉头。

一开头娃崽少还能招呼过来，到后头娃崽多了，能喂饱肚子点够数就行了。就这，还成天龟吵鳖闹、鸡叫狗跳，把原本又瘦又小的绿豆累得更瘦更小了。

绿豆管不过来，光成天吼这个喊那个就耗磨得她气都出不匀、胸都挺不起了。实在熬不下来，绿豆就想出了一个节省体力并且一招制胜的独特办法。白天，她把他们一竿子撵出去，各干各的，各玩各的；晚上吃罢饭，全都赶到炕上睡觉。这时候，她便静下心来不是纺线织布，就是缝衣纳鞋，但身边总也放着一根丈把来长的木杆子。碰上哪个不老实捣蛋，她从不问情由断是非，甚至连话都不待说一句，照直就用长杆子捅过去。

有一回黑夜，韩六娃在马号里给牲畜拌草料，绿豆坐在织布机前织布。

炕上的二小子对四小子悄悄说：

"四四，我的尻门子眼痒痒哩。"

"咋就痒痒哩？"四小子问道。

"不知道，你看看是不是有个虫虫？"二小子一边说着，一边把尻子撅得高高的让四小子看。

四小子不知是计，当真凑上去看了看，笑着说："胡说，你尻子眼好好的，哪里有啥虫虫。"

"咋的没有？你靠近点看。"二小子诡秘地说道。

四小子靠近看了一会儿："没有呀。你尻子眼上没有虫虫呀？"

"你张开嘴就看见了。"二小子轻声说道。

四小子刚把嘴张开，二小子就"咚"地放了一个响屁。

"娘——二小把屁放进我嘴里了——"四小子咧开窑门洞一样的嘴就哭着喊开了。

绿豆放下手里的梭子，拿起杆子就朝二小子和四小子睡的地方捅了几下。吓得沾了光的二小子缩进被窝里不敢笑出声，吃了亏的四小子悄悄缩着头不敢哭出声。

每天天一亮，绿豆就安排大些的割草放羊，小些的轰出去自个儿玩耍。开饭的时候，就站在院子西边的平房上扯开嗓子喊："吃饭了——"绿豆个子虽小，但嗓门却特亮，喊起来可村子可滩里都能听到。过不多会儿，娃崽们就叽叽喳喳地全回来了。

吃饭的时候，她从不让娃崽上桌子。她给他们在院子当中摆了一个长长的青石桌子，九个小石凳分两边一字儿排开。每人一套木碗木筷。她给他们实行分餐制，各人碗里的饭菜全是她事先夹好的。有谁不听话，也就拿长杆子来捅。

北韩村的女人虽然生娃生得凶，但多少年来北韩村在周围十几个村子里头却一直是人口最少的小村子。

这全是因为北韩人长得牙齿比别人黄，骨节比别人大，脖子比别人粗,个头比别人矮。外头的女人有一份奈何轻易不肯嫁给北韩的男人,本村的女人人家又嫌长得丑嫁不出去,只好在一个小窝窝里矮子娶傻子,黄牙嫁粗脖,你也别嫌我丑,我也不嫌你傻。就这么一个二百来人的小村子,一来二去差不多都成了八竿子正好能打着的这亲戚那亲戚。实在擦不开身扭不转脸,就只好表哥娶表妹、堂妹嫁堂哥。名义上是亲上加亲、骨肉相连,实际上是丑上加丑、傻上加傻。就这么一个窝里娶来嫁去,嫁来娶去,人的眉眼和脑瓜子咋能跳出傻粗丑小的怪圈子?要是这样的小窝窝里能飞出什么金凤凰来,那才日了怪了。

更让韩六娃伤脑筋的是,女人们生的娃崽带把把的比不带把把的多得多,弄得北韩村半数以上的男娃长大后娶不上媳妇打光棍。这样一来,尽管女人们能怀能生,北韩村的人丁数目就总也追不上周围村的人丁数。

韩六娃作为一村之长,一闲下来就琢磨这事儿。他虽不识字,肚里头没喝过墨汁,但他会用笨办法想笨理儿。他觉得越是不沾亲带故的,越是血脉离得远的,生下的娃崽就比亲上加亲的要好些。不要说人,就拿牲口和树来说吧,马和驴配下的骡子就比马和驴长得高大,长得顺溜,干起活来也比马和驴的劲儿大,身子骨硬实得还常年没病没灾。把苹果树的芽芽插进梨树的枝条上,结出的果子又大又甜,又耐看又耐放。反过来说,也有一点不好,骡子虽然比马和驴长得好劲头大,但公的不能配种,母的不会怀胎。苹果和梨嫁接下的果子比苹果和梨都大都好吃,但开的花少,结的果子就更少。如果能有又高又大的骡子会下崽,又好吃又结得多的梨苹果,那是他韩六娃求之不得的好事。但如果让他二好选一好,他宁愿选择不会下崽的骡子梨苹果,也不选择会下崽的马和驴,更不选择结得多的梨和苹果。

为了变变北韩人的模样,韩六娃也曾想了许多办法。他鼓动男的娶外面的女人,不要弹嫌人家的眉眼好赖和家里穷富;鼓动女的找外面的男人招亲倒插门，不要嫌弃人家有钱没钱，有本事没本事。碰上出门办事，总是想着法儿往回扯揽。费了老大劲儿，不仅一个也没扯揽上，反倒又弄了一肚子怨天怨地的闷气和认命由天的无奈。

韩六娃灰心地想：这生娃生崽的事儿由不得人，全是老天安排的。撇开旁人不说，就说他自个儿吧。当初，他也想从外面给自己扯揽一个女人，但人家一听说他是北韩村的，一看他脖子有点粗，说下啥人家也不愿和他结亲。耽搁了几年，就只好把他的一个远房叔叔的女娃绿豆娶上了。绿豆人长得碎小些，但很灵泛，骨节和脖子有点粗大，不细看也和平常人没啥区别，在可北韩村来说，算得上是一朵数一数二的鲜花了。可女人毕竟不像花朵一样光好看就行，她是要给你怀娃生崽的。绿豆头年就给他生了一个胖小子，但却是一个说话说不清楚、干活干不利索、睡觉不知颠倒、穿衣不知冷暖的半拉憨憨。后面的，没有一个不得大骨节和粗脖病的。为这，他也在石头坡后的娘娘庙里磕过头，也在石头坡上的苦槐下拜过药，也到城里许半仙那里看过病，但都不顶事，都不显效。绿豆该怎么生还怎么生，该生啥样的还生啥样的。

四

韩六娃正为女人们生娃崽的事犯愁，区里的王警佐通知他到区里开会。

王警佐是马区长的小舅子，是专管保卫全区治安和稽查村中"匪人""捕拿强盗土匪""查禁贩卖烟土金丹"三件事的。

马区长一见韩六娃就把又瘦又长的脸拉下来了："六娃你架子好大，是不是要我当区长的拿八抬大轿抬你去？"

韩六娃一看，全区十九个村的村长全都来了。他这才知道马区长嫌他来晚了。

马区长曰砍完韩六娃，伸着脖子咳嗽了两声说："现在咱们开会。前天和昨天我在县里开了两天会。许知事，也就是原先的许县长，要咱们区作为全县的试点，按照阎督都在五百人进山会议上的训话，摸索一条符合咱们绛州县实际的村本政治新道道。村本政治是阎督都把政治放在民间一个很重要的措施，是要我们做好人、吃好饭。我考虑了一下，村本政治的内容很多，咱们先拣要紧的抓紧办好么几件事——

"头一件事是重新编村。三百户为一村，设村长村副各一人。不足三百户的，并入其他村。村下面设闾，二十五户为一闾，设闾长一人。闾下设邻，五户为一邻，设邻长一人。咱们区共十九个村，只有北韩村不足三百户，应该撤销。"

韩六娃一听，头上就冒出了汗：不足三百户的村要并入其他村？北韩村不到三百户，按马区长刚才说的规定，马上就要并入其他村。换句话说，这其实就是要撤掉北韩村，把北韩村这个村级架子推倒抹掉。如果把北韩村撤了抹了，那自己这个村长也就没法存在了，头上的村长帽子也就等于自然而然地被一把扯下来扔到了地上？

马区长看了一眼韩六娃，接着说道："第二件事是成立息讼会和保卫团。"

"啥？成立稀松会？"南韩村的村长韩七七打断了马区长的话。

村长们哗地笑了，七嘴八舌地吵吵道："叫人稀松还不好稀松，没有必要成立什么稀松会嘛。"

马区长止住大家："不是稀松会，是息讼会。息讼会是调解村民纷争和安定村里秩序的，是劝人不要打官司的。每个村成立一个息讼会，由村长兼会长，另外再推举四人或六人为会员。除村里出了人命案外，遇有两造争讼事件，由息讼会公断。如果是甲乙两村村民争讼，由两村息讼会联手共断。公断后不服的，由区里出面公断。区里公断后仍不服的，再由争讼者起诉打官司。保卫团是这样的。每间为一牌，由间长当牌长。一村为一村团，由村副当村团长。一区为一区团，由区长当区团长。一县为一总团，由县知事当总团长。今后，凡是十八岁以上三十五岁以下的男丁，农闲时入团练习。"

马区长展了三根指头，咽了一口唾沫接着说："第三件事是栽树。上面已经布置了，叫我们搞好六政三事。六政是兴水利，栽种果树林木，栽桑养蚕，禁止吸食鸦片烟土，男子剪除辫子，女子禁止缠脚。三事是种棉、造林、养畜。这六政三事咱们都要抓，但先把种树抓好，县里许知事过些时日要亲自来巡查。"

"大家听清了没有？"马区长伸着长脖子问道。

村长们你看看我，我看看你，迷迷瞪瞪不吭声。

"没有听清的留下，听清了的走人。"

村长们一看马区长要把没有听清的留下，都知道谁留下谁就会被马区长狠命地日砍一顿，便一齐说道："听清了。"

韩六娃是村长里面听得最认真、最清楚的一个，特别是北韩村不再设村这件事，像一把枣刺一样扎进了他的心窝。等其他村长都抬起尻子走了后，他点头哈腰地对马区长说："马区长，晌午有事吗？"

"咋哩？"马区长把脸一沉。

"要是没事的话，咱们到馆子里坐坐？"

"坐啥哩？坐坐你们北韩村就不撤了？"

韩六娃尴尬地搓着手说："撤不撤由你区长来定。就是撤了，我还能忘了你这些年对我的好处？别的不说，就冲你扶持了我这几年，我也应该请你坐一坐呀！"

"咱们可是丑话说在前面。坐一坐可以，但坐一坐和你们村撤不撤可不能沾到一块。"

韩六娃见马区长留下了活口，就赶紧到区公所对面的饭馆里订了一桌最好的饭菜。

马区长有两个嗜好，一个是爱喝，一个是爱抽，他之所以那么瘦，全是成天抽料子抽的。

吃饭的时候，韩六娃毕恭毕敬地向马区长敬了一杯又一杯，直到把马区长灌得当场醉倒，才把他托店主给马区长准备的两包烟土悄悄装进马区长的兜里。

在马区长手下干了这么多年，韩六娃对马区长的心性摸得特别透。但凡他要吃诈你的东西，从不当面朝你明着要，总是扭着圈转着弯从公事上找借口。但凡你求他办什么事，他又从不当面答应你，事情也就自然不用你再去和他啰唆。马区长今天喝了他的酒，拿了他的烟土，他心里就有了数，北韩村撤不撤的事他一点儿也不用再担心了。

回到村里，韩六娃按照马区长的安排，当天就召集村民大会，成立了息讼会和保卫团。息讼会自然由他担任会长。而后又指名道姓让大家推举了四名年龄虽长但做事没谱的男人做了息讼员。

给几十个人脑袋上安了闾长邻长的帽子后，韩六娃在保安团这件事上又自己任命自己为保安团的村团长。

按说，保安团的村团长应该由村副担任，但北韩村这些年来一直没配村副。既然没有村副，保安团的村团长一肩挑了。

北韩村之所以一直不设村副，是因为韩六娃多年来一直以北韩村村小人少为由将村副这个位置空着。

北韩村这么多年不设村副、不配村副的真正原因，是因为韩六娃觉得北韩村如果有了村副，无形之中会对他这个村长构成潜在的威胁。时间一长，村副的势力就会悄悄发展起来，就会危及到村长的地位，就有可能把村长推下台。

因为韩六娃的阻拦和反对，北韩村竟成了全区十九个村里唯一一个没有村副的村子。在这一点上，韩六娃对上对下都有一个能摆到桌面上的理由：北韩村村小人少，没有必要设什么村副，没有必要再多一个吃官饭的村官。

息讼会和保卫团成立的第二天，韩六娃把村里十八岁以上三十五岁以下的男人们集中到一起，前晌让人们上路边栽树，后晌让人们到村中的碾盘那里练武。其实练武仅仅是个样子货。只不过男人们拿锄头、铁锹胡抡一抡，胡耍一耍。

刚把马区长安排的事安置妥当，村里的一些烂事便接二连三地找到了刚成立没几天的息讼会。

按照过去的习惯，村里婆媳不和拌嘴怄气，邻里不和骂架打架，林林总总，这纠那纷，旁的人说和不了都要找他这一村之主说事断事。

每每碰上这类事，韩六娃虽然嘴上老说烦，但内心里却总巴望村里老有事找他断。他觉得只有在这种时候，才能显出他当村长的能耐，才能显出他当村长的威风。旁人说不和断不清，当村长的说和了断清了，就说明当村长的比旁人能耐大。旁人说事断事人家不听不尿，当村长的断完事后人家都乖乖的不再闹了，就说明当村长的比旁人说话嘴里有风，做事身上有威。他不仅不烦，而且还有瘾。时间长了没人找他说事断事，他不仅不感到清闲，反倒感到心里发慌、身上发毛。

打从老辈子起，这北韩村的一村之主就是他韩六娃家的。中间虽然断过一些年，但那不是他韩六娃家的人无能被夺了去，而是他爹有意给让出去的。

韩六娃是他爹生的第六个娃崽。

韩六娃前面五个，他爹娘都没养成。

韩六娃后面，他爹娘又生了两个男娃，也没养成。

八个娃崽，只有韩六娃命大，活了下来。

于是，村里便有人说，韩六娃不仅命大，还命硬。他前面的五个同胞和后面的两个胞弟，都是被他克死的。

韩六娃十岁那年，才刚刚过了四十二岁的爹因得了一场伤寒过早地离开了人间。

于是，村里又有人说，他爹这么年轻就见了阎王，也是他克的。

那时，韩六娃还小，本家子里头又找不出一个合适的人来，他爹临死之前就将这一村之主暂时托让给被他认为最可靠最要好的老伙伴韩耀祖。

十八岁那年，也就是韩六娃娶了绿豆那年，韩耀祖就把这本该由他来当的一村之主给他还了回来。

韩六娃当村长有瘾，还因为当一村之主能享受一宗别人都眼馋但又享受不到的事——

每次招待上面派来的公差和说事断事的时候，都可以美美地吃上一顿葱花烙饼和粉条炖猪肉。而用于支应上面公差的东西在村里轮着摊，用于说事的东西由纠纷双方从家里拿。不管是摊下来的还是拿出来的，都送到韩六娃家由绿豆来做。剩下的饭菜，管够一家人好吃好喝好几天。

再者，村里不管谁家办红白喜事，只要有他韩六娃在，主家就必定无疑地请他做执事总管。除了办事那天吃正席外，办事前一天必得请他吃一顿开宴席。办完事的第二天还得请他吃一顿闭宴席。吃完之后，主家还要给他提二斤酒，包两包肉，送两袋旱烟叶。

韩六娃过去断事都是以村长的身份出面的。现如今息讼会成立了，他就以息讼会会长的名义出面了。

息讼会头一宗断的是脖子上长了个女人奶子的韩狗蛋和个子长得才几拃拃高的韩茅勺的事。

天黑下来后，韩六娃家就来了好多看说事的人，挤得满院子都是。

韩六娃披着褂子，端着烟锅，伸直腰板面朝南、背朝北，坐在上了黑漆的方桌正中。东西两边分别坐着四个息讼员陪韩六娃说事断事。

原告韩狗蛋坐在方桌前面靠东的条凳上，被告韩茅勺坐在韩狗蛋对面的另一条条凳上。

韩六娃板着脸深深地抽了两口烟，瞪了韩狗蛋和韩茅勺一人一眼，然后把眼皮耷拉下来，咳嗽了两声说："原告韩狗蛋，你要告被告韩茅勺什么？"

韩狗蛋霍地站起来，指着韩茅勺说："他欺负我女人！"

韩六娃"啪"地拍了一下桌子，厉声喝道："坐下！"

韩狗蛋看了看威严端坐的韩六娃，乖乖地坐下了。

韩六娃顿了顿，又重复了一遍刚才的问话："原告韩狗蛋，你要告被告韩茅勺什么？"

韩狗蛋蔫蔫地说："他欺负我女人。"

"他咋欺负的？为啥要欺负？欺负成啥样子了？"韩六娃一字一板地问。

"他……他……他……"韩狗蛋结结巴巴，吭吭哧哧，半天说不出后面的话。

"轰"的一下，所有看说事的人全都被韩狗蛋的窘态逗笑了。

韩六娃站起来瞪着眼说:"笑什么?啊——有什么好笑的?啊——谁再笑就给我滚出去!"

刚才跟着大伙一块笑的韩茅勺收住笑说:"我和他开玩笑哩。"

"谁问你了?啊——谁问你了?啊——没问你你瞎说什么?啊——"

韩六娃把韩茅勺狠狠训斥了一顿,见韩茅勺软蔫蔫低头耷眼后,突然提高嗓门问韩茅勺:"被告韩茅勺,你为什么要欺负原告韩狗蛋的女人?你是咋欺负原告韩狗蛋的女人的?你把原告韩狗蛋的女人欺负成啥样子了?"

韩茅勺见村长韩六娃开始让他说话了,这才一五一十地将他和韩狗蛋的事说了出来:

"夜儿个白天,我和狗蛋说,狗蛋,你不要和我牛皮,你女人背地里和我有一手哩。狗蛋说,你胡吹哩,我女人能看上你个屌尿样子。

"我说,你不信?你不信咱就打个赌。狗蛋说,赌就赌,你说赌啥?我说,要是今儿个黑夜我把你女人闹了,你请我喝一顿酒;要是我把你女人闹不了,我请你喝一顿酒。

"狗蛋说,行,我还不信你个屌尿样。不过你把我女人闹了没闹了拿啥来证。我说,你明天好好看看你女人,我给她身上留个记号。咱们以你女人身上的记号为证。

"天黑了后,我就从我家的锅底下弄了一把黑油灰,偷偷溜到他狗蛋家茅房,把黑油灰抹到了他家尿盆的圪沿上。他女人半夜蹲到尿盆上撒尿,尻子上自然就留下一个圆圆的黑圈圈。

"今天一大早,狗蛋就牛皮烘烘地叫我请他喝酒,说我没有把他女人闹。我对狗蛋说,凭什么我请你喝酒,应该你请我喝酒才对。我夜儿个真的把你女人闹了,你不信回去看看你女人的尻子,我在她那儿画了一个圈。

"狗蛋回去后把他女人的尻子扳开一看,果真看见他女人的尻子上有一个黑圈，就以为我真的把他女人闹了。他把他女人打了一顿，还把我也打了一顿。"

看说事的人听了，都偷偷地笑。

韩茅勺和大家一样，也看着韩狗蛋笑。

韩六娃没笑，他仍板着脸说："被告韩茅勺，你不要胡诌瞎编。你说你没把原告韩狗蛋女人闹了，而原告韩狗蛋却说你把他女人闹了，你有什么证见？有人证吗？有物证吗？"

韩茅勺想了想说："有，人证就是狗蛋女人，物证就是狗蛋家的尿盆。"

韩六娃说："好，只要有证见，这事情就好断了。原告韩狗蛋，你回去把你女人叫来对证，把你家的尿盆拿来验证。"

过了一会儿，韩狗蛋就把他家的尿盆提来了，但没把他女人叫来。

韩六娃一看，尿盆的边沿上果真抹了一圈锅灰。他和四个陪说陪断的人商量了一下，就给这事下了定断：

"原告韩狗蛋状告被告韩茅勺欺负自己女人一事，经过本村息讼团现场询问了解、当面对质对证和全面调查核实，查清了事情的来龙去脉，查实了问题的前因后果，分清了是非对错。本息讼团认为，原告韩狗蛋以自己女人能否被被告韩茅勺欺负了为赌注，以请对方喝一顿酒为结果，并以韩狗蛋女人尻子部位有一黑圈为证，造成韩狗蛋误以为自己女人被韩茅勺用锅灰抹予尿盆并拓印至尻子部位，即被韩茅勺将其弄了，导致两人恶语相向、拳脚互殴。这是一起双方误会诱发和开玩笑过头引起的纠葛和纠纷，双方都有不是，都有过错，都有责任。但由于本纠葛原告及原告女人在村人面前的名誉受损，而被告并无实质损失。故本息讼团断原告免去请被告喝酒一顿，被告赔偿原告小麦一斗，明天一早送到原告家，并当面向原告和原告女人赔礼道歉。"

韩六娃顿了顿，看着韩狗蛋问道："原告韩狗蛋有意见吗？"

韩狗蛋想了想，觉得息讼团断自己免请韩茅勺喝酒一顿，并断韩茅勺赔偿自己小麦一斗、给自己和自己女人赔礼道歉,既为自己和自己女人洗清了名声,也让韩茅勺受到了惩罚,便朝韩六娃摇了摇头,说了声:"没意见。"

韩六娃又顿了顿,看着韩茅勺问道:"被告韩茅勺有意见吗?"

茅勺也想了想,觉得自己用尿盆上的锅灰在人家韩狗蛋女人尻子上拓了一个黑圈,并以此炫燿自己弄了人家韩狗蛋女人,的确坏了人家的名声,毁了人家的名誉,韩六娃和息讼团断自己赔偿一斗小麦和赔礼道歉就把自己闯的这么大的祸给了了,自己还真得好好谢谢韩六娃和息讼团,便也朝韩六娃摇摇头,说:"没意见。"

韩六娃觉得自己在这么短的时间里就把一起闹得能把老天翻过来的麻缠事断清摆平,心窝里立刻泛出浓浓的得意和快意。他站起来朝着韩狗蛋和韩茅勺,当然也是朝着满院子的人说:"好,今天的事就到这里,散场!"

看说事的人走完后,韩六娃就和几个说事的吃夜饭。刚动了几下筷子,韩六娃看见狗蛋也站在门槛外面拿着一张葱花烙饼大口大口地吃。

韩狗蛋是韩六娃手下的村丁。平时说事断事,韩狗蛋是个跑腿叫人的角色,也算是村公所的一个小职员,也跟着吃点喝点。韩六娃虽然许可他吃点喝点,但从不让他上桌,只是让他混在绿豆几个做饭的女人里混吃混喝。

韩六娃看见韩狗蛋一点儿也不避人地站在门口大口大口地吃烙饼,心里很不高兴,沉下脸对韩狗蛋说:"狗蛋,今天是你的事,你回去吧。"

韩狗蛋听了心里虽不喜欢,但嘴上还是满口答应:"我这就回去,我这就回去。"

临走时,韩狗蛋趁韩六娃和绿豆没注意,又从饭厦里卷了三张烙饼揣进怀里。

刚出锅的烙饼温度极高,烫得韩狗蛋胸部火烧火燎,一路吸溜吸溜紧喘气。

两只脚刚跨进家门，韩狗蛋赶紧把滚烫的烙饼从怀里拿出来，这才看见自己的胸口被热滚滚的烙饼烫了几个很大很大的燎泡。

三天之后的晚上，韩六娃又支开摊帐说断韩三三女人和韩三三娘的事。

韩三三的女人叫桃花，是韩六娃一个未出五服的本家堂妹。十五岁上嫁给本村的韩狗蛋，新婚之夜被请来当襻裆的韩三三破了身。

韩狗蛋爹娘费劲巴事花钱给娃娶的新媳妇被外人弄了，这是羞辱家门侮辱祖宗的奇耻大辱，是被人笑破肚皮戳烂脊梁的绝世凌辱。第二天一大早，韩狗蛋爹娘上午等不得下午就咬牙切齿地把桃花给休了。

韩三三的女人听说了韩三三做了猪狗不如、不齿人类的事后，气得用一根麻绳拴在门框子上上吊死了。

按照桃花爹娘和韩三三头一个女人爹娘的意思，这事本来是要动官的。如果当时真动了官，韩三三绝对要被官府动刑的。村长韩六娃觉得这件事如果动了官，不仅是韩三三家、韩狗蛋家以及桃花家的家丑事，同时也是北韩村的村丑。

家丑不可外露，村丑不可外扬。为了不让这几个涉丑家庭和北韩村露丑丢丑，韩六娃极尽所能，硬是把这事压了下来。

韩六娃对韩三三女人的爹娘说："动官能咋的？动官能把你女子的命要回来？要叫我说，倒不如叫三三家赔你家一头骡子、三石小麦。"

韩三三爹娘虽然为女儿上吊自杀而痛惜，但想想把三三送到官府里判进牢房，的确也换不回已经死去的女儿。再说那黑洞洞的官府也不是专门为自家开的，不给擩点黑钱哪能想判谁就判谁？于是，老两口虽然心里不是十分情愿，但还是接受了韩六娃赔骡子赔麦子的方案。

抹了韩三三女人家的事，韩六娃又去抹桃花爹娘的事。他对桃花爹娘说："你们要是非要动官，我也不拦。但临了能动出个啥样，你们以后也别找我。女子被人破了身，这已经够丢人的了，再吵吵闹闹地闹到官府，你们当爹娘的就不嫌丢人败兴？再说动官是那么好动？不先动银钱能动了官。你会拿银钱到官府走动，别人就不懂得拿上银钱到官府走动？你也拿钱动官，他也拿钱动官，临到最后还不是动不了官？"

桃花爹娘见动官不合适，就问韩六娃："不动官咋了这事？"

韩六娃说："要叫我说，我看这事这么办吧。反正你家女子已经不是姑娘身了，搁在家里也是麻烦，倒不如生饭生吃、熟饭熟吃，把桃花嫁给三三算了。到时候多要点彩礼就是了。"

桃花爹娘想想也是，只好托韩六娃给韩三三家多要些彩礼。

就这样，韩三三闯下的连环祸不仅被韩六娃一手遮盖、一掌压下，除了钱财上受了点破费外，还娶了桃花做新媳妇。应验了老先人说的"逢凶化吉、因祸得福"那句老话。

这件事之前，桀骜不驯的韩三三原先还真有点不尿韩六娃，但自此之后，他从心底里敬畏韩六娃，特别听韩六娃的话。韩六娃叫他走东他不走西，韩六娃让他上墙他不下沟。

韩六娃说事断事分明断和暗断两种。像吵嘴打架这类没有必要瞒人的事，一般采用公开明断的方法。如果里面有不便让人听的隐秘事儿，就采用不让众人听的暗断方法。

划分明断暗断的标准仅仅有个囫囵杠杠，是明是暗全凭韩六娃自个儿心里揣摸。

上一回说韩狗蛋和韩茅勺的事，找他之前早都在村里吵得翻过了天，没啥必要捂着众人的耳朵和眼睛暗断。这一回断的是婆婆和媳妇因生娃生崽拌嘴怄气的事，弄不好里面还牵扯着一些裤裤裆裆的纠缠。再说，韩三三女人桃花又是自己的本家堂妹，前些年因为被破身的事弄得名声不好，这一回万一再有啥不太能说出口的羞丑嚷嚷出去，外人不仅笑话桃花，还要笑话他这当村长的堂哥。所以，韩六娃决定对三三娘和桃花的事用暗断的办法来说断。

天一擦黑，韩六娃就让韩狗蛋把韩三三女人桃花和韩三三娘叫来。他盘着腿坐在炕的中间，让韩三三娘和桃花分两头坐在炕沿上。

韩狗蛋把人叫来，就知趣地退出去了。

按照韩六娃给他定的规矩，暗说暗断的时候不许他旁听。

韩六娃见韩狗蛋出去了，就笑着对韩三三娘说："好我的老婶哩，您老这么一大把年纪了，犯得上和桃花这个小娃娃家置气？要是有个三长两短，那多不合算。"

韩三三娘瘪着窝窝嘴走风漏气地说："好我的村长叽叽（侄子）哩，我哪里敢给人家叽（置）气。人家本稀（事）大着哩，醒（生）了一窝女娃还成天厉害得骑（吃）人。"

"哎——"韩六娃拉长声说，"要是为这事呀，我这当侄子的就要说您老两句了。生男生女哪能由得了人？那是老天爷管着哩。您以为桃花不想让您老抱孙子？她能惹得老天？其实要叫我说，女娃也一样，大了招上个上门女婿还不顶儿子顶孙子用？三三和桃花都还小哩，说不定哪天老天睁了眼开了恩，打发观音娘娘给您老送个孙子哩。"

三三娘撇了撇嘴，翻着眼皮说："说稀（是）这样说，可搁到谁的头上也想不开。"

韩六娃搁下韩三三娘，转过脸对桃花说："好我的弟媳哩，你小小的年纪哪里来的那么大的火气？你把老人气得不合适了，不让人家都笑话你？老人能多活几年，这是咱当小的的福气。"

桃花哭了："我多会儿给她厉害了？我多会儿给她发火了？我生不下男娃怨我没本事吗……"

"放扑（屁）！你没给我伊（厉）害，你没给画（发）火，为瞎（啥）好好的就不给我提尿盆倒盐（脸）水了？好枪（长）伊叽（日子）了，你见了我油（扭）得连娘也不唤了。"

"你看看,你看看。"韩六娃瞅着桃花说,"不怨你怨谁,啊——你心里再不高兴,也不能不给老人提尿盆倒洗脸水呀?啊——也不能连娘也不唤呀?啊——"

韩六娃说说韩三三娘,又反过来说说桃花,直到说得韩三三娘不瘪嘴了、桃花不再哭了,才笑着说:"行了,我今天好话说了一长河,道理摆了一大摊,我也不管你们谁对谁不对,谁是谁不是,看在我的脸面上,你们娘儿俩今天就说开笑开吧。"

说到这里,韩六娃对着桃花说:"你是小的,你应该尊让老的,你今天就当着我的面唤一声娘。"

桃花圪等了一下,扭扭捏捏低着脑袋红着脸叫道:"娘——"

三三娘笑着应道:"哎——"

韩六娃见韩三三娘和桃花脸上都笑开了,自己也满脸喜欢地笑道:"既然你们娘儿俩已经笑开了,你们娘儿俩就一块喜喜欢欢回去吧。桃花,你把老婶子扶好,拿胳膊搀住老婶子往回走——"

桃花把韩三三娘从炕上扶下来,用胳膊搀着婆婆往回走。

韩六娃把韩三三娘和桃花送到院门外,看着两个人的人影对桃花说:"桃花,记住回去先到茅房里给老人家提尿盆——"

"嗯——"桃花的回话虽然声音很低,但韩六娃却听得清清楚楚、真真切切。

黑色的夜幕里,韩六娃笑着目光落向整个北韩村。

息讼会的事还没忙完,马区长亲自来到村里告诉了他一件很重要的事:三天之后,许知事要带着县里的一干要员和各区区长到马家区和北韩村巡察参观。这时,韩六娃才知道在推行阎督都的村本政治这件事上,马区长和他都干得非常露脸。马区长领导的马家区成了全县的模范区,他自己领导的北韩村成了全县的模范村。韩六娃听了喜欢得嘴都合不住了,赶紧兴冲冲地让闾长邻长们把全村的老老少少都吼喊出来,尻子上插了柴火棒似的不停点地忙乱开了。

韩六娃日急慌张地正在忙着，许知事就领着县里的官员和各区的区长来到了北韩村。

韩六娃先把村里推行村本政治的事情连编带捏地向许知事和一帮官员作了汇报，然后就领着参观保卫团的训练情况。

韩六娃站在碾盘上指挥保卫团成员舞了一阵锄头，抡了一阵铁锨。许知事以为表演已经完毕，抬起身子正准备夸奖几句。忽见韩六娃把手一挥，大声喊道："土匪来了——"

保卫团成员圪夹着锄头铁锨，"呼啦"一下向四边散开。

装扮成土匪头子的韩茅勺腰间挎着一把用木头做的大刀，领着十几个小喽啰杀气腾腾地走到中间。

一个保卫团成员呐喊一声："抓土匪——"

所有保卫团成员蜂拥而上，三下五除二将韩茅勺和"土匪们"捆绑起来，摁到地上。

"好，好，保卫团就得这样保卫。"许知事看得哈哈大笑。

韩六娃接着朝官员们说道："现在请许知事观看抓小偷。"

被解了绳子的韩茅勺立即假扮成一个鬼头鬼脑的小偷，一会儿趴到地上贼眉鼠眼地东张张西望望，一会又起来猫着腰装出一副偷鸡摸狗的样子。

三个保卫团成员分头从三个方向，连爬带滚地学着匍匐前进的样子包抄过去。

韩茅勺发觉有人，慌忙转身就逃。

一个保卫团成员站起身，"嗖——"的一脚，踢到了韩茅勺的腿板里。

韩茅勺连忙捂住裆部，龇牙咧嘴地叫唤道："说的是踢腿，咋就踢了你爹的老二？"

一帮官员笑得前仰后合。

三个保卫团成员也不管踢得是对是错，上去就把"哎哟哎哟"叫唤的韩茅勺扭到许知事跟前："请知事大人发落。"

许知事高兴得连声夸赞："好！好！要是全县都这样，社会治安就不用愁了。"

保卫团的表演一结束，韩六娃又领着官员们参观种树情况。

刚一出村，许知事突然感到腹部憋胀，跑到路边小解。

韩六娃害怕了，因为路边的树有好多并不是树，而是用树枝、木棍插进去的。

他急忙把这事的实情给马区长说了。

马区长脸色当时就变了："我咋给你交代的？嗯——你咋就这样日哄人哩？嗯——"

许知事小解完回到路上，马区长慌忙向许知事交了实底，并一个劲地检讨。

许知事把脸一板，训开了马区长："谁让你多嘴！谁让你多嘴！人家韩村长还给作假，别人连假也不作。让区长们知道了，我当知事的脸上就光彩吗？"

韩六娃听了，赶紧一边领着许知事继续巡察，一边心里暗暗偷笑：多亏许知事跟前没有旁人，要是叫旁人听去了，许知事可就真和他翻脸了。

许知事没有和韩六娃翻脸，但马区长却和韩六娃翻了脸。

马区长应付完许知事的巡察后，把韩六娃叫到区公所，要他再给区里增缴六石小麦、五百块钱的捐税。韩六娃虽然当面答应了，但心里却很不情愿。区里这几年给北韩村摊派的捐税像上了屎尿的茅草，日日日地往上长。原先的田亩税、人头税、村头税，三年时间翻了三番，去年又向村里收开了房税、马头税、牛头税。他费了老半天劲刚把今年的捐税收齐，马区长就给他本来已经承受不了的肩上又压了一块石头。他回来后愁得没办法，觉得怎么也不好向村里人开口说这件事。

六天后，区里的王警佐来到村里，告诉了韩六娃两件事：一件是村里有人告发，说他有贪污官税的行为，县里督促严厉查办；一件是区里还是要按上面的布置，把北韩村抹掉并入南韩村。

韩六娃明白马区长这是在敲瓮震鳖，明里是要撤村查他，暗里却是逼他增缴税捐，要是再拖下去，马区长可是啥事也能做出来。他向王警佐答应："增缴的捐税正忙着摊派，三天以内向区里缴齐。"

第三天头上，尽管韩六娃作了好多难，但还是硬着头皮厚着脸面箍住村里人把六石小麦和五百块钱收齐送到了区里。

马区长很不高兴，村里人更不高兴，背地里都骂韩六娃是个税村长、税老虎。

五

转眼到了五黄六月，黄河岸边的庄户人家正顶着炎热的夏日撅着尻子心境十分灰丧地收割长得如狗尾草一般的小麦时，绛州县接连出了三宗日里古怪的事儿，使得一直因生不下娃崽而烦闷愁苦的韩成根和黑妮又添了几分忧虑和惊慌。

先是直挺挺地立在城北头的龙兴塔忽然神奇般地冒出一股白烟。那烟比白云还轻，比奶液还白，像一条长长的神龙，缭缭绕绕，直上九天。

按照老祖宗传下来的说法，这龙兴塔是唐朝的白袍将军薛仁贵发迹前所建。那时，神州大地国泰民安，丰衣足食，但绛州一带的黄河却连年泛滥，水患不断，沿河百姓房塌田毁，黄水泡天，一个个熬煎得仰起菜黄色的瘦脸朝天喊道："老天爷呀，你睁睁眼吧，你救救你受苦受难的小民吧！"

然而，这苦难的喊声并没有惊动天上的神灵，却惊动了远在千里之外的朝廷。太宗皇帝亲自御批，从国库拿出三万两白银慰劳灾民，沿河修坝，限知府于七月初七前建造一个九层高的塔镇妖。

高塔起了六层之后，由于附架又高又窄，运料不便，人少了劲头不足，人多了反而碍事，致使工期进展大大迟缓。

眼见得朝廷限定的时日日渐逼近，急得知府大人火烧眉毛团团转。

一日，知府大人哭丧着脸亲自到现场督工，恰逢工头怒斥一个彪形大汉。知府上前询问，才知这大汉是个伙夫，名叫薛仁贵，饭量大得惊人，工头因他一人吃了两笼馍馍非常恼火，便怒目愤脸，厉声呵斥这个伙夫。

知府斥去工头，上前问道："你既能吃，可否能干？"

薛仁贵答道："小人说不上能干，只是劲头比旁人大。"

知府捻着胡须说道："你有多大劲头？可否让本官看看？"

薛仁贵当即将一根丈把来长、一围来粗的木柱抱起在知府面前走了三圈。

知府惊叹不已，遂令薛仁贵由伙夫改为运工。

薛仁贵大显身手，大发神力，运料的活儿多由他一人来干。

工程进行到最后，需把一个用生铁浇铸的上千斤宝葫芦形状的塔尖运到塔顶。工头和建工们都很发愁，薛仁贵喝令他们将宝葫芦捆绑结实，站在附架上一个人就将宝葫芦吊了上去。

几百年来，龙兴塔蒙着一层神秘而恐怖的色彩。每当天下大变乱大灾难的时候，龙兴塔都会事先冒出烟来兆示世人。神塔又一次冒出神烟，人们便骤然陷入了大难临头、大灾临身的恐惧之中。一连几天，数不清的男男女女老老少少蜂拥到龙兴塔前，齐刷刷地跪在被日头晒得炙热滚烫的石板地上烧香叩头，祷告许愿，祈求神灵保佑他们逃脱祸乱，免遭灾难。

不几日，又有一宗更加让人恐慌的事在全县传开：后山根里一个即将临盆生崽的女人晚上睡觉时嫌家里闷热，把铺盖搬到院子里睡了一宿，被一只夜游闲转的蝙蝠精扑上身子，钻入胎中。

第二天晚上，这女人的男人正在牛棚里给牛搅拌刚刚添进槽里的草料，猛然听见他女人在屋里像有人要杀她似的惨叫了一声。

他慌忙丢下搅料棍跑进家里，看见一个圆咕噜噜的黑色的肉球在昏暗的灯光里从炕上滚到地下，又从地下飞快地滚到炕上。他愣了一下，从桌子底下抽出一把半尺来长的杀羊刀，手忙脚乱地朝那肉球乱砍乱剁，一连砍了十几下才砍住那肉球。

只听见"扑哧"一声，那肉球被他一刀刺破，从里面飞出一只特大的蝙蝠，"呼呼呼"地在屋里乱飞一气。

那男人拿着杀羊刀边追边砍，边砍边追，但总是追不住，总是砍不住。忽然，那蝙蝠径直朝窗户撞去，一头将糊在窗棂上的麻纸撞破而逃。

过了几天，又传出一宗让人更为惊怕的事儿：不晓得是哪个村子里有一个女人，怀上娃崽一年不生。

第十三个月头上，这女人忽然感到肚里刀绞般疼痛，约莫着姗姗来迟的产期到了，急忙从院里往屋里跑，还没来得及上炕脱裤，就从生命之门里跌出一个娃崽。

那娃崽竟一声未哭，咧开长着两颗门牙的小嘴，笑嘻嘻地叫道："娘，娘。"

如此怪异的娃崽，从娘身上掉下来竟然不哭一声，竟然长着两颗门牙，竟然张开嘴叫开了"娘"，吓得那女人当即昏死过去。

那女人的男人回来，吓得心惊肉颤，毛发倒竖，趁夜黑无人时将娃崽扔到了荒山野外。

三宗怪事，把整个绛州县搅得一片慌乱。女人们吓得偷偷抹泪，娃崽们惊得目瞪口呆，就连那些平日里牛皮烘烘地站着撒尿的大男人也慌得心惊肉跳，一脸惧色。

北韩村第一富户韩成根自然也不例外，整日愁怕得如坐针毡，如立烙鏊。

这天，他心烦地到河滩地里闲转，猛然听见干热的空气中传来夹着奶腥味的小婴崽哇哇的哭声。

韩成根循着哭声走过去一看，见一棵柳树下有个用破布子裹着的小娃崽张着嘴可着劲儿哭。

这是谁家的娃崽？咋扔在野地里没人管？这当爹娘的心也忒狠了，好好的娃崽就扔了不管了？与其生下不要，何苦当初瞎逼圪弄？

韩成根当时也没多想什么，弯下腰就把娃崽抱进怀里回到了家里。

黑妮见了，问韩成根从哪里弄来的这个娃崽。

韩成根将娃崽递给黑妮，拍了拍手上的土说："河滩里捡的。"

黑妮笑着说："没有人家就是咱家的了。"

韩成根没有吭声，心里说道：养就养下吧。反正他俩这些年了也没生下个一子半崽。

黑妮解开包裹，扒开娃崽的腿板看了看，脸上掠过一丝不悦："哎呀，怎么是个女娃？"

韩成根不很在意这娃崽是男娃还是女娃，脸上并无一丝惊讶。

"管她男娃女娃，想要就要，不想要我再把她扔出去。"韩成根一边说着，一边转过身走到饭厦里，舀了一瓢水倒进盆里，把两只沾满泥土的手放进盆里洗了起来。

刚洗了半截，韩成根听见黑妮在院子里叫他："哎呀！你快来，快来——"

韩成根听见黑妮叫唤的声儿都变了，没顾上擦手就跑了出来。

黑妮满脸慌张地说："你看你捡了个啥娃？小小的一个嫩娃怎么嘴里就长了两颗门牙？"

韩成根心里一沉：坏他娘的鳖了，这小娃莫不是那个一生下来就张开嘴叫娘的怪崽？真是倒了八辈子霉了，净让咱干不冒烟的鲁事。

好好的一个嫩娃娃，嘴里怎么会长两颗门牙来？莫非这娃崽就是那个怀了十三个月才出生、在胎里头就长了两颗牙、一生下来就张开嘴叫"娘"的怪娃子？如果真是这个怪娃子，那可怎么办呀？是留下还是扔掉？如果留下是不是会引来祸灾？如果扔掉没人捡怎么办？如果扔了没人捡会不会被狼叼走被狗啃了？

韩成根蹲在地上，像被人狠狠地打了一闷棍，半天想不出一点儿招数。他闷声闷气地抽了一锅烟，又抽了一锅烟，一连抽了四锅烟，脑子里还是一片空白。

倒是黑妮这时稳住了神，她问韩成根："你往回抱这娃儿的时候，路上碰见人没有？"

韩成根狠狠地抽了一口烟，想了想，使劲摇摇头。

黑妮捋了捋额前的头发："那就啥也别说了，天黑下来偷偷扔到外面算了。"

说完，黑妮就将院门关死。两口子一整天都没敢出去。

吃过晌午饭，外面有人敲门，黑妮慌忙答应："没人——"

韩成根瞪了黑妮一眼："胡闹，没人你吭什么气？"

幸好敲门的人没听见黑妮的应声，敲了几下门就扑沓着脚步走了。

再后来，不管外面的人把门擂得多响，黑妮就使劲憋住连气都不敢大出一下了。

黑妮从羊厩里把刚刚下了羊羔的母山羊牵出来，圪蹴到羊的后腿下面捋下半碗奶水，用铁锅滚热凉凉，然后又用小勺一点一点地慢慢喂那小婴崽。

那小婴崽可能是饿坏了，张开小嘴贪婪地咕叽咕叽地吮吸起来。

喂饱了那女娃，黑妮又用自己的干奶头哄那女娃睡了。

那女娃不知在河滩里哭叫了多长时间，累得一觉就睡到天色发黑才醒了。

黑妮见女娃醒了，就又热了点奶喂了喂。

那女娃吃饱喝足缓过了劲，咧开小嘴朝韩成根和黑妮熨帖地笑了起来。

到了下半夜，黑妮抱起那女娃和成根一起悄悄溜出院子。

出了院门，他俩并没有一起走。韩成根在前面，黑妮在后面，他俩之间拉开了一段距离。

为了防止被人发觉,他俩事先约好,如果发现有人,韩成根就在前面咳嗽一声,黑妮就在后面赶紧躲藏起来。直到出了村子进了河滩,韩成根连个人毛也没看见。

正在韩成根感到庆幸时,没想到走在后面的黑妮忽然向他咳嗽报警。

韩成根一下慌了,赶忙返回身去看黑妮。到了黑妮跟前一看,才发现是他家的那条黄狗跟来了。

韩成根气得朝他家的黄狗狠狠地踢了一脚,悄声喝道:"回去!回去!"

黄狗扑到韩成根身前,又是摇头,又是晃尾,怎么撵也撵不走。韩成根没法,只好让它跟了去。

漆黑的夜色中,韩成根领着黑妮走到他白天捡那女娃的那棵柳树下,将那女娃照着原先的样子放好后,两人就神不知鬼不觉地悄悄回到家里。

尽管他们扔那女娃时没有被人发觉,但还是心慌得一夜没能睡稳。天快亮时,韩成根和黑妮正在迷迷糊糊地打盹,影影糊糊听见院子外面传来那女娃的哭声。

黑妮推了推韩成根,抖着身子说:"你听,那女娃在咱院门外面哭哩。"

韩成根侧耳再听,那女娃的哭声真真切切,越来越大。

怎么回事,活见鬼了?夜儿个明明把那女娃扔到河滩里了,怎么现在又在他家院子里哩?成根嘴里咕哝道:

"他娘个鳖,真的有了鬼了。"韩成根一边嘴里咕哝道,一边披上衣服,从屋门后头捞了根杨树棍子走出屋外。

"吱呀"一声,韩成根把院门打开了。

出了院门一看,韩成根果然看见那女娃躺在了他家的门楼下面。卧在小女娃旁边的黄狗霍地站起身来,仰起头伸出长长的舌头眼巴巴地看着他。

看着朝他邀功请赏的黄狗,韩成根心里的火苗一下就蹿出好几丈高。但他当下又不好撒气,只好恼怒地抱起那女娃就往回走。

把那女娃递给黑妮后,韩成根把黄狗唤回来把院门关死,抡起杨木棍子把黄狗打得满院子乱转。

黄狗挨完打后,眼泪汪汪地看着韩成根向他认错。

韩成根这才丢下棍子,气哼哼地训斥道:"叫你个畜生以后再多管闲事!"

头天夜里没扔掉那女娃,第二天夜里他俩又接着扔。不过他俩这次接受了头天的教训,下半夜出门时将黄狗关在了院里。

与头天夜里一样,韩成根和黑妮还是一前一后地往河滩里走。

走到村子当间的石头碾子跟前时,韩成根看见碾盘上有一团黑乎乎的东西。走近一看,发现石碾上圪窝着一个满身酒气的男人,连忙朝后面的黑妮咳嗽了一声。

抱着娃崽的黑妮赶忙躲到拐弯处的房角后头。

那男人被韩成根的咳嗽声惊醒了,嘴里含混不清地说:"干啥?不服气?不服气咱再划六个。"说着,就软不沓沓地伸出手指要和韩成根划拳。

韩成根听见是韩狗蛋的声音,心里一紧,大声说:"狗蛋!你深更半夜不回家干啥?当心把你凉日塌了!"

韩成根之所以说话声音那么大,是故意说给躲在后面的黑妮的。他怕他说话的声音小了黑妮听不到,怕黑妮弄不清他在前头遇到了什么样的情况。

韩狗蛋从碾盘上坐起来,拉住韩成根说:"不……我还没喝好,你和我再喝几杯。"

韩成根嗓门很高地说:"你今儿喝多了,改天我再和你喝。"

韩狗蛋一把推开韩成根:"放屁,你才喝多了。"

纠缠了好长一阵，韩成根才从韩狗蛋那里脱开身。

韩成根伸了伸腰，抬起头对着天空长长地嘘了一口气。

当他返回去找黑妮时，黑妮早已抱着那女娃跑回了家。

回到家里，黑妮问刚才那人是谁，韩成根说是狗蛋，黑妮当时脸就被吓得煞白。

这个冤家，要是让他知道了，还不给咱吵下一河滩？好在没让他发现。要是被他发现了，那可就触了霉头，遭了大殃，倒了八辈子霉。

两人稳了一会儿神，就又一前一后抱上那女娃往河滩地里走。

这一回，韩成根和黑妮改了个道儿，绕开了村中的那盘石碾。

进了滩地，迎面撞上了几个提着马灯给娃崽叫魂的人。韩成根急忙返回来，和抱着小娃崽的黑妮一起躲到了路边。

那提马灯的人不是别人，正是村子尽北头的韩六娃。

韩六娃提着马灯在前面走，韩六娃娘抱着娃崽跟在韩六娃后面，六娃女人空着手跟在六娃娘后面。

走在最后面的韩六娃女人走一步嘴里叫一声："驴驴……驴驴……"

原来，韩六娃的小男娃驴驴白日里在河滩里玩耍时，被草丛里突然蹿出来的毒蛇缠住了身子，当时就昏了过去。

其实，那蛇并没有咬着驴驴，驴驴只不过是被吓得昏死过去的。

驴驴经这突然一惊，整整一天迷迷糊糊，不省人事。

六娃娘说驴驴的魂儿让蛇给吓丢了，要把驴驴的魂儿从河滩里叫回来。

不知从何时兴起的，黄河中游一直有这个做法：不管是大人小娃还是男人女人，只要受了突然惊吓昏迷不醒，就被认定是丢了魂儿，就必须把魂儿叫回来。

叫魂儿的时候，必须在晚上夜深人静时由一人提着马灯，一人抱着娃崽或用平板车拉着昏迷的人，一人用一块红包袱皮铺在受惊吓的地方开始叫着受惊吓者的名字，走一步叫一声，走一步叫一声，一直叫到家里，一直叫到受惊吓者应了声儿。

整个叫魂儿的过程中，外人不得打扰，参加叫魂儿的人也不得与外人说话。否则，受惊吓者的魂儿就会重新丢了，弄不好就再也找不回来了。

韩成根和黑妮躲过韩六娃他们，就又摸黑往河滩边上走。刚走到那棵柳树下准备把怀里的女娃放下，韩狗蛋又夜游神般地游荡到河滩地里。

黑妮和韩成根急忙抱上女娃就往回跑。

韩狗蛋就跟在后面追，一边追一边喊："干尿啥哩！不要跑，不要跑。"

韩成根和黑妮气喘吁吁地跑回家里，关上院门缩在炕上叹了整整一晚上气。

黑妮盘着腿坐在炕上看着沉睡的女娃说："这个冤家咋扔也扔不掉，看来命里注定是咱门里的人。"

韩成根展着身子一声不吭。

黑妮又说："扔不掉咋办？留下吧？"

韩成根翻了个身背对着黑妮说："留就留下，她命再硬还能把咱俩都克死？"

第二天，黑妮就对外人公开讲了，她家从外面抱养了一个女娃。

韩成根和黑妮给这个女娃起了个很好听的名字：秀秀。

六

绛州县出了三宗怪事之后,老天爷果然降下了灾难。

继去年冬天和今年春夏持续干旱之后,一直到来年夏天,天上干得连个雨星也没飘过。当年的小麦长得像干燥燥的狗尾草似的,好多人家连头年下到地里的种子都没收回来。秋天的作物刚冒出嫩苗儿就旱死在地里了。过了中秋,眼看着就到来年小麦下种的季节了,地里干得连犁都插不进去。

十几个月的连续干旱,把个本来肥得流油的黄河滩弄成了寸草不长的不毛之地。地里的地老鼠先是偷吃人们下到地里的种子。种子吃完了,就吃草根树根。待到草根树根也吃完后,地里就再没有供它们可吃的东西了。于是,饥饿难耐的地老鼠们为了保住它们弱小的性命,便成群结队地会合到一起,互相壮着胆子窜入农家院舍,像明火贼似的连人也不避,大摇大摆地见油就喝、见馍就吃、见粮食就啃。

一开始,猫狗们还尽职尽责地叫喊着扑上去撕咬,但地老鼠们一点儿也不示弱,发疯似的一起蹿到猫狗们的身上拼命撕斗。尽管地老鼠们死伤许多,但一个个依然毫不畏惧地奋勇向前,顽强抵抗。猫狗们见了这帮虽然屡战屡败但又屡败屡战的亡命之辈,吓得只好躲在一边睁一只眼闭一只眼。

主人们见猫狗们惹不起这帮家伙,就拿了棍棒驱赶追打。但无论怎么追打,地老鼠们宁死也不撤退。人们继猫狗之后,也被地老鼠们这种不要命的劲头打败了,他们将地老鼠们爱吃的东西用盖子盖紧,用麦草泥封死。吃剩的饭食也不敢敞开晾了,全都放进笼屉里面扣得严严的。

  地老鼠们吃不到它们能吃的东西,就开始转移目标向家畜们发动进攻。它们不是咬鸡,就是咬鸭,不是追鹅,就是撵兔,后来连猪羊睡着了也敢上去啃咬几口。再后来,地老鼠们就向人发起了攻击。有个村里的一个小男娃被地老鼠把鼻子疙瘩咬下来了,还有个村的一个小女娃被地老鼠啃去了半个耳朵。更让人感到邪乎的是,有个村的一个大男人睡着后竟被地老鼠撕下来半拉脚指头。

  其实,地老鼠咬动物咬人并不可怕,可怕的是鼠疫很快在绛州县靠近黄河的村庄传开了。

  得了鼠疫的人先是像得了伤寒似的浑身难受发低烧,接着是忽冷忽热、忽热忽冷,冷的时候盖三层被子还嫌冷,热的时候扒光了衣服还嫌热。到了最后,就上吐下拉,两头排泄。直到肚里的东西拉没了,上面还是一个劲地往外呕吐。吃什么东西吐什么东西,吃多少东西吐多少东西,一直把像草汁一样发绿像狗屎一样发臭的内脏化成的水水吐完吐尽,才能咽下最后一口气直挺挺地离开人世。

  北韩村是个仅有三百来人的小村,就有百十号人死于这场灾难。据老辈子人讲,好像是老天爷规定的,北韩村的人口不能超过三百。只要一到了这个数字,老天就会降灾降难,北韩村就会大量死人。年头里村里的人口刚刚三百冒头,今年就遇上了这场鼠疫,一下又使北韩村成了二百来人的村子。

  韩成根一家躲过了这场灾难。

  当地老鼠成群结队地大量窜入村子的时候,韩成根就预感到一场瘟疫可能降临。他在平日的生活中,发现老鼠和其他动物都不到石灰窑上,吃蒜吃醋又能防病治病,就早早采取了吃蒜吃醋撒石灰的办法。吃每顿饭时,他都要和黑妮吃几瓣蒜,喝一勺醋,就连刚几个月的秀秀也要喂上一点儿。同时，他还每天给屋子里洒点醋，隔几天给院子里撒上一层石灰。人们一开始还笑话他脑子出了毛病，好好的石灰和醋胡抛乱撒，有钱花不了烧的。及至韩成根一家在这场灾难中安然无恙，人们才醒过劲来，但此时再用这办法黄花菜早已凉了。除了韩成根一家，北韩村躲过这场灾难的还有黑妮的娘家。这个秘密当然是黑妮告诉她娘的。

在这场波及几百个村子几十万人的鼠疫中，韩六娃家被瘟神夺走了四个娃崽的性命，加上前些日子因被毒蛇惊丢了魂而没缓过阳的驴驴，他家在短短的三四个月里就减了五个人口。就这，还不算最惨的，北韩村在这场鼠疫中有二三十户全家染病，满门绝根。

鼠疫刚开始的时候，韩六娃心里并没当一回事。他觉得他家的人比别人家的人根旺命硬。他家的人要是顶不过去，谁家也甭想扛过去。再说，人的生死又不由人，老天爷早有定数。老天要是叫你明天死，你今天黑夜脱下鞋就再也不会自个儿穿上了。老天要是不叫你死，你就是蹬了腿装进棺材里阎王爷也会打发小鬼把你再送回来。当他听说韩成根一家成天吃蒜喝醋往院里撒石灰时，嘴上虽然没有给人随便说啥，心里却想：这个俫尿货，能得往针尖尖上屙屎哩。就是你韩成根有日山的本事，你还能惹得过老天？闹不好山没日上，倒日到刀子上哩。

闹鼠疫的头两个月里，村里接连死了几十口子，韩六娃家竟没有一个染病。暗地里正在感到庆幸，二女子突然蔫不叽叽，浑身发烧。紧接着，下面就"突突突"地一个劲地往外拉，上面就"呼呼呼"地往外吐。又过了两天，上面就吐开了血，下面就拉开了脓。到了第六天上，二女子就狠狠地发了整整一天烧，迷迷糊糊地撒开小手过早地上了黄泉路。他找了一张草席用麻绳捆上，提溜着送到村后的老虎沟里挖了个窑窑放到里面。

二女子刚死，三小子、四小子和五女子也染上了鼠疫。这下，他心里才发了毛，赶紧学着人家韩成根的办法，吃蒜喝醋撒石灰，并把得了病的三个孩子和没有得病的大小子隔离到院子西边的平房里。没想到，傻里傻气的大小子倒躲过了这场灾难，而三小子、四小子和五女子却很快被瘟疫送到了阎王爷那里。

鼠疫还没过去，绛州一带的狼又反了。

由于连年干旱不雨，兔子狍子之类的草食弱小动物干张嘴吃不上东西，饿得死的死逃的逃，剩下一些皮包骨头的，也很快被狼们吃得几乎绝迹。

狼们没了可吃的东西，饿得实在忍不住了，就不得不急红了眼悄悄窜到村子里袭击人畜。

邻近村子里连着有几十头猪羊被狼咬死背进山里。北韩村也有几头猪羊遭此厄运。

前几天，黑妮娘家那头猪因个头长得过大，虽没被咬死背走，但脸却被狼咬掉了半个。这头猪虽然当时没有丢命，但因此吓得不会叫不会走也不会吃，几天之后就死了。

韩成根一家差点儿没躲过这场狼灾。

七月初五那天，从不闹夜的秀秀不知咋了，突然闹开了夜。不管黑妮怎么哄她，总是挣命似的一个劲哭。韩成根火了，在她尻子上扇了几下。这一扇不要紧，秀秀哭得更厉害了。

黑妮咋也哄不下秀秀，便把秀秀抱到院子里。没想到，张着嘴哇哇大哭的秀秀竟戛然而止，咯咯咯笑了起来。

秀秀一进屋就哭，一出屋就笑。这是怎么了？难道秀秀在屋子里热燥得受不了，只有到了院子里才感到爽快？

黑妮估摸着是这样，便怯怯地对韩成根说："三伏天气，娃热得受不了，咱们到外面去睡吧？"

韩成根板着脸说："这阵子正闹狼灾，还是在屋子里睡。"

黑妮撇着嘴说："呀，狼再厉害还能厉害得吃人？再说咱家门关着，它还能从墙上飞进来？"

韩成根见黑妮说得在理，就从炕上抽下席子铺到院里，然后返回去又把被子搬出来，两人就将秀秀夹在中间睡在了院子里。

一向细心的韩成根和黑妮忽略了一个很重要的事情：院门下的门槛烂了，韩成根白天取下来还没换上新的。

天快亮的时候，黑妮恍恍惚惚听见秀秀叫了一声，伸出手往中间摸了摸，中间空荡荡不见了秀秀。她急忙坐起，看见一头像狗一样的东西拖着一条硬邦邦的尾巴，轻轻地迈着四条像麻秆似的细腿叼着秀秀往院子门口走。

韩成根和黑妮后来才知道，那狼是从没了门槛的院门下钻进来的。

"狼——"黑妮叫了一声，光着身子就随手抓了个东西追了出去。

韩成根听见黑妮的叫声，也急忙穿上衣服，拿了一根木棍追了出去。

黑妮手里攥着条红裤带，梦游般地跟在狼后面。一边追着，一边嘴里咕哝着：

"狼——我日你娘哩！"

"狼——我日你娘哩你吃我的秀秀！"

"狼——我日你娘你吃我的秀秀你不得好死！"

韩成根跟在后面，一边追一边喊：

"狼吃人了！狼吃人了！"

"快追狼呀！快追狼呀！"

"快打狼呀！快打狼呀！"

狼叼着秀秀逃到一个山沟里回过头来，看见一个女人光着身子追来，便将秀秀放下准备换口。

狼吃动物有个习惯，第一口随便咬住什么地方叼上就走，走到背地里放下再咬第二口。第二口必定冲着脖颈咬去。这一口下去，被狼捕获的猎物十有八九就没命了。绛州一带管这一过程叫"狼换口"。

也是合该秀秀不死。那狼正要冲着秀秀的细脖子换口时，被狼放在小陡坡上的秀秀骨碌骨碌滚到了坡下。

狼追下来张开嘴准备咬第二口时，黑妮赶上来，把狼的脖子紧紧地搂住了。

狼非常恼火，嗥叫着使劲把黑妮的胳膊往开甩。

黑妮不管狼怎么甩她，死死地抱住狼的脖子不敢有一丝一毫的放松。

黑妮被狼甩过来甩过去，甩得光溜溜的身子被枣树的刺儿扎得满是血道。她一点儿也感觉不到疼，任凭狼把她怎么甩，只是使着全身的劲儿死命地搂着狼的脖子。

韩成根提着棍子追上来，抡起来就朝狼的腿部扫过去。黑妮被狼吓得像丢了魂儿一样，但韩成根此时却还清楚。

韩成根清清楚楚地记得祖祖辈辈流传下这么一句话："麻秆腿，豆腐腰，铜脑袋，铁屁股。"意思是说狼的头部和尾部像钢铁一般结实，但腿却像麻秆一样脆弱，腰却像豆腐一样酥软。向狼发起攻击应避开它的头尾而攻击它的薄弱之处腿和腰。

"叭叭"两下，狼的两条后腿就被韩成根用棍子打断了。刚才还疯狂肆虐的狼疼得用脖子拖着黑妮在地上直打转转。

韩成根见黑妮手里攥着一条裤带，就冲黑妮喊道："用裤带勒它！用裤带勒它！"

黑妮听见了，就拿裤带在狼的脖子上绕了两圈使劲往紧了勒。

韩成根拿棍子使劲打狼的腰部，黑妮用裤带使劲勒狼的颈部。不一会儿，狼就伸出长长的舌头倒在了长满蒿草的地上。

黑妮放开狼的脖子，慌忙抱起早已昏迷过去的秀秀。

韩成根从地上捡起石头蛋子，一颗一颗地狠命向狼砸去。狼死了，舌头伸得老长老长，眼睛瞪得溜圆溜圆。

韩成根和黑妮被狼灾袭扰后，心中一直闷闷不乐。

忽一日，又传说绛州土匪反了。

黑妮听了成天担心土匪洗劫北韩，而韩成根则预感到他家迟早躲不过这场劫难。

韩成根听人说，这帮土匪都是些在灾年穷家败业后因忍受不了饥饿而落荒的，为首的老大名叫刘老虎。他们明火执仗，不遮面目，专门打劫那些大户富户。而对那些穷民百姓，他们则概不骚扰。

对于这些土匪，韩成根心里暗暗做好了迎接的准备。

七月十五过鬼节这天，韩成根经受了这帮土匪的光临。

三更时分，韩成根听见有人从墙上跳进院里。

睡觉很轻的黑妮听见，推了韩成根一下。

"有人进了院子。"黑妮慌慌地小着声说。

韩成根非常冷静地说："是，不要说话。"

两人屏气翘耳，倾心辨听外面的动静。

顷刻之后，就听见有人"吱呀"一声把院门开了。

黑妮吓得缩成一团，惊惊地说："贼进来了。"

韩成根黑咕隆咚地瞪了黑妮一眼："别乱说话。"

院子里扑沓扑沓响了一阵脚步声后，屋门就被人突然用脚给踹开了。

领头的小头目窜到屋里，对着炕上的韩成根和黑妮厉声喝道："起来！起来！把衣服穿上起来！"

韩成根和黑妮摸黑穿好衣服坐在炕上。那小头目又喝道："当家的到厅里来！"

韩成根穿上衣服，不慌不忙地走到屋子当间的厅里，沉沉稳稳地把桌子上的煤油灯点着。

一帮小喽啰也不说话，上去就把韩成根用麻绳捆了，摁在厅里的地上。

这时，走进一个五大三粗的黑脸大汉，坐在椅子上慢悠悠地问他："你是叫韩成根吗？"

韩成根跪在地上不说话。

那黑脸大汉又问道:"你是叫韩成根吗?"

韩成根仍然跪在地上不说话。

那黑脸大汉提高嗓门:"韩成根!你为啥不说话?"

韩成根一字一顿地说:"我韩成根生来只对神灵跪拜,只对父母跪拜,向来不对任何人跪拜。你是我等了好久的客人,你让我跪在地下,我哪里还像个接待客人的主人?我这个样子不能同你说话。"

一帮小喽啰上去就要打韩成根。

那黑脸大汉把脸扭向小喽啰们:"不要打他,给他松开绳子,让他坐下和我说话。"

韩成根被小喽啰们松绑之后,不慌不忙从地上起来,不紧不慢地坐到黑脸大汉对面的椅子上,不急不缓地对黑脸大汉说:"说吧,这回我可以接待你了。"

黑脸大汉侧过身来,对着韩成根说:"我是刘老虎。"

"这我知道。你的名字我早听说了。"

"我刘老虎明人不做暗事。我干事从不蒙面遮脸,隐姓埋名,免得人家日后报仇的时候把人弄错。"

"这个我也知道。有人已经领教过了。你明说吧,今天到我这里要拿点什么?"

"好!看来你是个爽快人!就冲你不是个守财奴,咱们今天这事你说了算。你给什么我们就拿什么。我刘老虎绝不拨你的灰。"

"要叫我说,你们想拿什么就拿什么,想拿多少就拿多少,想给我留点就给我留点,不想留的话,我韩成根今天也绝不拨你的灰。"

刘老虎和韩成根说完话走到外面,见小弟兄们已经把韩成根家的白面小麦、骡马鸡鸭全都弄到了外面。

韩成根跟到外面,脸上并没有一丝心疼的表情。

刘老虎看看劫来的东西,又看看韩成根的脸,把那个小头目叫到跟前,指着那些东西说:"一样留一件,其旁的再送回去。"说完,就转过身往村子东头走去。

那小头目愣了一下，旋即指挥小喽啰们按照刘老虎的吩咐办事。临走时，小头目竖着大拇指说："好一个韩成根，有种！"

韩成根一直把这帮土匪送走，才转过身来返回家里。

看见韩成根进了屋里，早已尿到裤子里的黑妮余惊未散地问："走了？"

"走了。"韩成根答道。

"东西都拿走了？"

"没有。"

"拿了多少？"

"一样拿了一件。"

"你这人真憨，咋就叫人家随便拿呢？要是都拿走了，咱们吃啥喝啥？"

"这些人，你让他随便拿，他不一定随便拿，你不让他随便拿，那他肯定就要随便拿了。弄不好连命都会搭上的。"

黑妮换了条干净裤子，到几个房里和院里看了看，果然没有少多少东西，心里的惊吓这才压住了。

到了天亮，村里便吵吵开了。韩成根让土匪随便从他家拿东西，土匪只是象征性地拿了点。村东头的韩六娃拉拉扯扯不让土匪拿，结果让土匪打了个半死，东西还是都让搜刮走了。

更让人意想不到的是，几户家里穷得揭不开锅的人家，院门底下都分别放着一袋白面。

这些白面大多是土匪从韩六娃家劫来的。因为韩六娃认识他自己家的面袋，村里人也认识韩六娃家的面袋。

黑妮听了，回到家里对韩成根说："我还以为你真的让人家随便拿，闹了半天你心里还挺有道道的。"

韩成根黑了脸说："你懂什么？大灾之后无穷富。老天安排下的，你能抗住？你也别高兴得太早了，剩下的东西没准还保不住哩！"

韩成根和韩六娃同时遭劫，结果却一正一反、一颠一倒。

韩成根沉稳冷静，礼貌待匪，除了一开始小喽啰们捆了他一绳外，连根皮毛也没伤着。家里的钱财只被弄走了一个零头，并没伤啥元气。

韩六娃那天的做法却和韩成根大不相同。

土匪一进他家，他就和他女人一起拼命喊道："有贼——有贼——"

韩六娃想通过自己的喊声，把邻居和保卫团的成员们叫醒，一起帮他捉贼。

土匪听见有人在屋子里乱喊，踹开房门就把明晃晃的刀尖逼到韩六娃和他女人脖子上："再喊！再喊就把你的脑袋提溜下来！"

尽管韩六娃和他女人吓得不敢喊了，但土匪还是上去拿毛巾塞进了他们的嘴里。

娃崽们被惊醒后，哇哇哇地哭了起来。

住在东屋里的六娃娘也扭着小脚走过来惊颤颤地问六娃："咋了？咋了？"

土匪们不容分说，上去又从炕单上撕下几块布子，分别将四个娃崽和六娃娘的嘴也给堵上。

土匪把韩六娃从被窝里揪到房子中间的厅里，噼里啪啦就是一顿乱打。土匪下手很重，没几下就把韩六娃打得鼻口出血、眼冒金花。

刘老虎从韩成根家办完事来到韩六娃家后，坐在椅子上，让小喽啰把他嘴里的毛巾扯出来：

"你是韩六娃吗？"

韩六娃跪在地上，捣蒜似的磕头作揖："是是……是是……"

刘老虎慢条斯理地说："给你通报个姓名。我是刘老虎，今天来你家办事，你有什么要说的？"

"刘大人……刘大人……您行行好吧……您手下留情吧……只要大人您饶过了小人这遭，小人永远记住您的大恩大德……"

"照你这么说，我刘老虎倒是个无情无义的恶人了？你以后还要找我报仇哩？明告诉你，我叫刘老虎，一辈子生就的性子：明事明做，明来明去。日后要是报仇，就找我刘老虎。你抬起头来，睁开你的眼睛把我刘老虎认准认死。"

"小人不是这个意思……小人不是这个意思……小人的意思是大人放过我这一马……小人感谢都来不及呢……小人哪敢去报仇……"

"你知道我们今天为啥要到你家吗？"

"……"

"不知道我明给你说，因为你家是这个村子里最富有的，我们来把你的东西匀一匀。"

"大人您弄错了，我家哪里是最富的，这村里还有比我富的，村北头的韩成根就比我富，他家才是这村最富有的。"

刘老虎见韩六娃是个没有骨头的软胎子，心里冷冷一笑，丢下韩六娃走到院里。

早已把院里和东西两厢房里的家畜粮油搜刮一尽的小喽啰们立刻冲入韩六娃住的北房里翻箱倒柜，搜财寻银。除了留下几件衣服和铺盖外，其他值钱的东西一点儿也没剩下。

韩六娃和他女人扑上去又拉又扯，又哭又求，不仅没能留下一件，反而又招来一顿拳打脚踢。

土匪临离开时，韩六娃又追出去跪在刘老虎跟前苦苦乞求："大人……大人……求求您给我们留点吧……您行行好吧……您手下留情吧……"

一直背对着韩六娃的刘老虎转过身来，指着韩六娃的脑袋对小喽啰们说："好，你们给他留点东西。"

几个小喽啰立刻会意，上去就将韩六娃摁到地下，在他的额头上用刀子刻了一个血淋淋的"财"字。

七

好汉架不住三泡稀。

韩六娃自从受了土匪的洗劫惊吓后,一天要连着拉四五泡稀屎,一连整整拉了十二天。拉到后来,就拉出了红白相濡的血和脓。

绿豆眼见得他不行了,赶紧找人给他准备棺材和老衣,请风水先生给他在村后的山坡上选了一块坟地。

第十三天日头快要落山时,韩六娃把绿豆叫到跟前交代后事:"打从去年开始,咱家就一直背运。我查问了查问,不是咱家命不好,是北头成根家那个叫秀秀的小妖精害的。我死了后,你请个道术高的神汉禳治禳治。不然,这倒霉的日子就没个尽头。现在咱家也和穷汉人家没啥两样了,后头的苦日子还长着哩。要是实在过不下去了,院里南墙根靠茅房的地方还埋着两罐银元,你拿出来仔细点花。"说完,就闭上眼睛再也不睁开了。

绿豆见六娃咽了气,就扯开嗓子死命地哭,几个娃崽也跟着死命地哭。

邻居们听见绿豆和娃崽们哭出的声不是味儿,便知道六娃不行了,赶紧过来帮着料理后事。

男人们手忙脚乱地把水淋到六娃的头上,用剃头刀趁着六娃头上还有热气给他把头发刮净,女人们拿出给六娃准备的老衣给他穿上。

给六娃剃了头、穿上老衣后,帮忙的人又从六娃家门上卸下一块门板,把六娃平平地放在上面。

绿豆扑上去趴在六娃身上边哭边说:

"他爹呀……你好命苦呀……你咋这么快就走了……你丢下我们孤儿寡母可咋活呀……"

男人们站在一旁,怜悯地看着绿豆和娃崽们哭作一团,女人们半拉半挽地扯着绿豆的衣服陪着流泪。

六娃娘见六娃死了,刚哭了一声就背过了气。

一帮人上来就将六娃娘的人中掐住,窝了半天才窝过来。

绿豆和娃崽们正哭得昏天黑地,六娃忽然睁开眼睛,眼珠迟缓地转着看看绿豆,看看娃崽,又看看给他料理后事的邻居,慢悠悠地说:"别哭了,阎王爷不要我,说我阳寿还有,好多事还没办了哩。"

韩六娃神奇般地还阳以后,肚里倒不疼不拉了,一个劲要吃要喝,没几天光景身上就翻过了劲。

他是北韩村的村长,也是北韩村的首富。但自打黑妮进了韩成根家的门,韩成根家的家业就随着日日月月的上上下下,渐渐地追上了他渐渐地超过了他,他不祥地预感到,用不了多少时日,北韩村的日月就会颠倒过来,他这个村长迟早也会让韩成根给生生掳去。

自古以来,这人世上就是这么个劲,谁有钱谁就有势,谁有势谁就受人尊敬,谁受人尊敬谁就能出人头地,谁就能坐上这个村长的交椅,谁就能在北韩村说了算。

前些年,在北韩村几百口子里头,论钱论地,论家论业,可村子谁能比得过他韩六娃?可村子谁敢和他韩六娃比?那时候,哪能显得出他韩成根?他韩成根在村里排老几?算老几?

他娶过绿豆后,绿豆不停气地给他一连生了一大溜娃崽。他儿女双全,家业兴旺,站在村前跺上一脚,整个村子就会摇晃起来。

但现在渐渐地出现了败退的兆头。先是小小子在河滩被蛇惊了,丢了魂儿没有叫回来,昏睡了几天就死了,接着是二女子三小子四小子和五女子在鼠疫中都丢了命。土匪来村里明火，又是光洗劫他家不洗劫韩成根家。

他听韩狗蛋说，他给小小子叫魂儿那天，韩狗蛋两次碰上韩成根。韩成根深更半夜不睡觉在村里瞎游荡啥？莫不是那天叫韩成根给冲着了，把运气和财气都冲跑了？人家生了个小妖精扔都扔不掉，他倒好，抱回来祸害全村人。他不把那小妖精抱回来，土匪咋能会专门来北韩村洗劫？邻近好几个村子不去，为啥单单光来北韩村？为啥又光洗劫他家不洗劫韩成根家？现在倒好，他韩六娃几乎成了一文不名的穷光蛋，光剩了一个村长的空壳子，而韩成根则成了村里无人可比的大富首富。真是他娘的运来如水至，运去如山倒。

对于韩成根，他觉得并没有什么对不住的。韩成根的爹韩耀祖顶替他爹做了一些年的一村之主又很守信用地把村长的位置还给了他。对这一点，他韩六娃很感激，村里有啥事都很照顾他家。韩成根家有啥事，他都是跑前跑后、忙里忙外，当成自家的事来办。

埋了韩成根爹的第二天，韩成根请了他和几个执事的喝谢偿酒，他当着几个人的面说，以后村里有啥事，咱们几个商量着办。村里碰上啥事，人家那几个一叫就到，只有韩成根这个倔尿货咋也叫不来。

记得有一次，他打发韩狗蛋叫韩成根商量事情，韩成根板着脸说：“咱又不是村官，村里的事咱不沾手。”

咋哩？难道非得叫我把这个村长的位置让给你，让你堂堂正正地做了一村之主，村里的事你才沾手？想在北韩村一手遮天，我看你还嫩着哩！你家老辈子坟堆里能冒出这股青烟？

韩六娃蒙住被子越想越气，越气越想。他不能让韩成根就这样下去，他不能让韩成根占了上风。想了展展一宿，终于想出一条妙计。

第二天，韩成根刚吃过早饭，韩狗蛋来叫韩成根："六娃哥有事与你商量，叫你现在去他家。"

黑妮见六娃抬举她男人，脸上立时露出喜色："去吧去吧，反正现在也没啥事。"

韩成根不满地看了她一眼，对韩狗蛋说："六娃叫我是商量官事还是商量私事？"

"不知道，反正人家叫我叫你。"韩狗蛋脑袋拨楞得像个驴蛋似的。

"你告诉他，要是商量私事，叫他来我家。要是商量官事，我就不便去了。咱倒不是嫌身上没有官职，只是担心多手多脚让人笑话。"

韩成根说完，把黑毛驴牵出来，让黑毛驴在院子里石头槽里喝水。

韩狗蛋干站在院里，觉得一点儿味气也没有，转过身就走了。

不一会儿，韩六娃就带了韩狗蛋来了。

韩成根站起身，客客气气地把韩六娃和韩狗蛋让进屋里，把自己的旱烟袋拿出来三人一起抽。

韩六娃从腰里掏出自己的旱烟锅，抽了一锅，然后又装上一锅说："成根，有些事我不说你也应该知道。"

韩成根看了看韩六娃，没有答话，只顾抽烟。

韩六娃把烟锅里的烟灰磕在鞋底上，咽了口唾沫说："自从你家抱回那个一生下来就长牙的崽娃后，咱村就一直灾祸不断。这事你清楚吧？"

韩成根不动声色地说："又不是光咱村，全县都这样，咋就能怪我娃？"

韩六娃盯着韩成根："县里拢共出了三宗事，你娃这事算一宗。就是因为这三宗事，弄得一县的人跟上遭灾遭难。整个县里都吵翻了，这你总该不会不清楚吧？"

韩成根把烟灰磕在地上，将烟锅插进腰里说："六娃哥，你就不用绕弯子了，你直说吧，今天你要咋哩吧？"

韩六娃冷冷一笑："咋倒不咋，村里人这几天闹得很凶，你要是不把你娃扔掉，他们就要动手。"

韩成根也冷冷一笑:"说吧,这算一宗,还有啥事?"

韩六娃停顿了一下,接着说:"第二宗事,就是这年景不好,一年多了不见个雨星。再这么旱下去,可村可县的人都要被干死。别的村都开始祈雨了,咱村总不能一点儿动静都没有吧。我家的东西上次都被土匪打劫光了,连下锅的米面都没了。现在咱村就数你家有吃有喝了。咱村祈雨,这铺派费用还需你来支撑。"

韩成根想了想,一字一顿地说:"头一宗事我不答应,谁要是想下恶手,那我管不了,但有一点,到时候别怪我翻脸不认人,他没把我娃的命要了,我先把他的脑袋拧下来。第二宗事嘛,你村长大人既然说了,我也不给你打碴,到时候需要多少就拿多少。拿完了我也不会说个不字。你要是实在揭不开锅了,就过来到我粮缸里先挖上吃。"

韩六娃见把该说的话都说完了,就抬起尻子说:"头一宗事让我和村里人商量商量再定,第二宗事就按咱说定的办。"

韩成根起身送客,但口气却很坚硬地说:"没商量头了,再商量我还是这!"

当天夜里,韩六娃就提着一条面布袋来韩成根家挖粮。

韩成根二话没说,掀开缸盖就给他装了满满一袋。临走时,韩成根又给六娃肩上搭了一袋白面。

黑妮心疼地说:"这灾年还不知道闹到啥时候,你把吃的都送了人,咱家不过活了?"

韩成根沉静地说:"这么大的灾难,能躲过去就躲过去了,要是躲不过去,谁也活不下来。家里存下的这些粮食,早晚不是让土匪劫了,就得给官府捐了,要不就让人吃了大户。弄不好被人割了脑袋,死在那些没吃没喝的人前头。不信你就留着,看往后这日子能不能过安稳。"

黑妮痴不郎当地看着韩成根,圪翻不清韩成根给她说的那些道理,对韩成根说的话不完全信,也不完全不信。她不想按韩成根说的那样做，但又拗不过他，只好一个人独自落泪。

韩六娃把麦子和面扛回家里，绿豆高兴得直夸韩成根。

没想到韩六娃把眼一瞪，牙齿咬得咯嘣嘣响："你懂个卵！这村里有我没他，有他没我。我不把他日塌了，他迟早要把我日塌了。"

当夜，韩六娃用麻纸叠了三个纸人，歪歪扭扭地分别在三个纸人上画了一个树根、一个黑圈、一朵花瓣。他本想往这三个纸人身上写上韩成根、韩黑妮、韩秀秀三个人的名字，但苦于自己不会写字，只好以画代字用树根、黑圈、花瓣三个图形代替，权当写上了成根、黑妮和秀秀的名字。

韩六娃手里拿着三个纸人，面向西北方向，嘴里咕噜噜咕噜噜地念了一阵咒语，轻脚轻步地走进他家茅房里，把纸人扔到茅屎坑里，狠狠地朝上面尿了一大泡尿。

从今以后，他要每天都往这三个纸人上面屙屎屙尿，就当是往韩成根一家人身上屙屎屙尿。

韩六娃不仅是北韩村的村长，还是北韩村小有名气的半搭神汉。按照他的神道，不出七七四十九天，韩成根一家就会被这带了巫气的屎尿霉死。

韩六娃白天和韩成根谈了两宗事，其实头一宗是虚晃一枪，第二宗才是真刀实枪。他不仅把韩成根唬住了，而且和他同去的韩狗蛋也死死地被他蒙在了鼓里。

对韩成根家的女娃以及他的全家，他想好的招数就是通过他的神道用屎尿把他们全都给巫死。

北韩村的祈雨行动浩浩荡荡搞了两次，头一次是到县城里面的龙兴塔前。

村里人听说祈雨的管吃管喝，纷纷为能吃一顿饱饭而争先恐后地踊跃参加，男男女女老老少少竟去了百十号人，除了老得动不了窝的、小得挪不动步的，几乎全村所有的人都出动了。

这一举动让饿得眼睛都发了绿的绛州县人对北韩村人一下刮目相看，也让名不见经传的韩六娃一下在全县扬名四方。

　　完事之后，韩六娃说头一次祈雨祈得不对，因为龙兴塔的神灵是管治水的，不是管兴风布雨的。龙兴塔祈雨的前前后后去了十几万人，为啥就一点儿也不管用？原因就是龙兴塔管不了降雨除旱的事儿。于是，韩六娃又组织全村举行了一次全县史无前例的黄河滩大祈雨。

　　他们在黄河岸边搭起了五丈见方、六丈见高的神台。

　　正式举事那天，韩六娃亲自挂帅，头上涂着五颜六色的油彩，背上背着干巴巴的荆刺，嘴里念着谁也听不懂的祷词，领着全村一百来号人纷纷扬扬地开到黄河岸边。

　　邻近村围观的人竟然达一万多人。

　　全村人顶着烈日在能把老牛都热死的河滩地里跪拜了整整三天，仍不见天上飘过一丝云彩。十几个年纪大的或身体弱的被毒辣辣的日头晒得当场昏倒。

　　一些人心灰意怯，私下里劝韩六娃说："撤摊子吧，再这么下去要出人命了。"

　　韩六娃怒声斥道："滚！再这么圪吵，当心我拿荆条抽断你的脊梁！"

　　祈雨继续进行，只不过祈雨的人由一拨死顶换成三拨轮换。

　　到了第六天晌午，天空中突然飞来一团又一团黑压压的浓云。

　　韩六娃仰起头来，对着苍天声嘶力竭地喊道："高居九天的神灵啊，您可怜可怜我们这些受苦受难的小民吧。您显显灵吧，给干旱的土地上快快降临甘露吧！"

　　韩六娃说毕，天空中突然电闪雷鸣，下起了瓢泼大雨。

　　韩六娃为久旱不雨的绛州县祈来了连下三天三夜的大雨，使绛州县上百万亩土地顺利下种出苗，成了拯救绛州县几十万灾民的头号功臣，县府许知事给了他特等嘉奖，披红挂匾，为他和北韩村赈济了许多粮款。

韩成根在祈雨这件事上出的东西最多，但在全村人的嘴里却落下许多不是。可村子的老老少少顶着滚烫的日头在黄河滩上求了展展六天天神，韩成根一家待在屋里大门不出、二门不迈，让村人们感到非常恼怒。

韩六娃虽然没出东西，却领着大伙儿没日没夜地跪拜神灵，祈云求雨，终于把天神和村人都感动了。

土匪洗劫他们两家后，人们都佩服韩成根笑话韩六娃。待到祈来雨后，人们对他俩的评断就整整打了一个颠倒。韩成根对这一点着实没有料到。

黑妮憋了一肚子气，在韩成根跟前唠唠叨叨地说："咱这是图了啥？还不如拿东西喂了狗。喂了狗，狗还知道摇摇尾巴。喂了人，倒落下一村子骂名。"

韩成根虽然没有料到事情的后果，但却并没有把这事太往心里放。他对黑妮说："唠叨那有啥用，赶紧准备下种吧。"

雨水一停，韩成根就套上牲口到河滩里犁地去了。累哼哼地犁了两天，又耙了一天，才把下种前的活干完。

韩成根没想到，在种子如何分摊的事儿上，黑妮和他扯下脸皮闹翻了。

韩成根把埋在院里的三缸麦种挖出来盘算了盘算，觉得这三缸麦种不能全下到自己的地里。他打算下种的时候种稀点，用一缸就差不多了。剩下的两缸匀给那些饿得把种子当粮吃了的困难人家。

黑妮坚决不干："这家成了你一个人的了？这家还能总是回回由你？都给了人，你喝西北风去？这一回说塌了天也不能由你了！"

韩成根也翻了脸："你个娘儿们懂个啥？要听你的，咱家早都遭了大祸！"

黑妮扯着嗓子叫道："好，怨我多嘴多舌，我管不了不管还不行？"说着，抱起秀秀就回了娘家。

韩成根也不拦她，一个人把麦种装到毛裢里搭到骡子背上，扛着耧到地里下种去了。天黑下来后，韩成根回到家里一看，剩下的两缸麦种早叫人搜刮没了。

韩成根气得蹲在地上一锅接一锅地抽烟。他倒不是气麦种没了，原本他也没打算自个儿留下。他是想等黑妮想通了再匀给大伙儿，没想到这些人下手这么快，连个人情也没落下。真是割下驴把子敬神哩，驴也疼死了，神也得罪了。

黑妮被她娘劝回来一看，知道自己做错了事，放下秀秀就去点火做饭去了。

韩成根刚端起饭碗，韩狗蛋来了。

韩狗蛋不好意思地笑了笑说："成根哥，后响你不在，我们到你家把麦种借走了，明年打下新麦子还你。"

韩成根放下饭碗说："这是哪里话，这麦种就是留下准备给大伙儿匀摊的。你们已经拿走了，就省了我给你们送。"

韩狗蛋笑笑说："我还以为你不愿意借呢。"

韩成根说："这不是借，是我送你们的。只要能躲过这个灾年，啥事都不是事。"

韩狗蛋起身要走，韩成根说："你慢走，没吃在这儿吃。"

韩成根本意是给韩狗蛋说一句客气话，没想到韩狗蛋返回身端起韩成根刚才放下的饭碗，"呼哧呼哧"就真的吃了起来。

八

天要杀人不用刀。

头年下了一场猛雨，才使北韩人差不多都赶在节气的最后把麦种下到了地里。入了冬后，又下了一场大雪。第二年一开春，又哩哩啦啦下了几场透雨，麦苗就日日日地往上蹿。

眼见着就要搭镰收割了，一场百年不遇的洪水却来了。

那几天，天上的雷公成天鸣隆隆地吼叫个不停，人们的头上就像支了个大锅被捅漏了，哗啦啦地往下排泄。

一连下了七天七夜，黄河里的水就漫过河堤，扑向村子。北韩村上千亩长得特别喜人的小麦全都泡在了水里。

又一个绝收的年景降临了。

洪水来的那天，几百号北韩人跑到村子外面。人们一个个全都愣怔怔地你看看我，我看看你，你看看天，我看看地，然后又一起瞪着忧虑惊慌的眼睛看着咆哮肆虐的滔天黄水。

谁给谁也不说话，谁给谁也没心思说话，甚至相互间连个简单的招呼也不打。

所有的北韩人，不管是在村里支天撑地的男人，还是在家里掌钱管财的女人，抑或是无忧无虑的娃崽，全都被打了一闷棍似的傻在了那里，愣在了那里，痴在了那里。

看着面前这连天遮地的浪涛，饥肠辘辘的北韩人一下绝望了。

尽管北韩村在头年的旱灾鼠疫中死了那么多人，但活下来的仍然在顽强地苦撑苦熬，苦苦等待，他们坚信老天总有一天会张目开眼，大发慈悲，结束让人们在炙如鳌铁的日月里煎熬了几百个日夜的灾难。

但是，眼前这场突如其来的水灾，一下把他们心中残存的那点仅有的一丝希望全都破灭了。

家里的坛坛罐罐早就底朝天了，再也没有一粒能往嘴里填的东西。他们早已没了别的想盼，把生存的希望全都寄托在丰收在望的小麦上面。

眼看麦子就能吃到嘴里了，一场洪水却把他们的企盼冲刷得连个渣渣都没有了。

天要杀人了，他们只有饿着肚子等死了。

韩成根家里存留的最后两缸小麦被韩狗蛋他们拿走后，也和村里所有的人一样，开始过起了饥饿难耐，啃吃树皮草根的日子。

洪水来了后，全村人都愣在了村边。

只有韩成根不像他们那样。

在愣愣怔怔、惊惊呆呆的人群中，韩成根不声不响地脱掉衣裤，一头扎进水里，拼命游来游去，寻找并打捞上游漂下来的东西。

韩成根的举动，一下使男人们醒过了劲，一个接一个地跳到水里打捞起来。

不一会儿，河里的男人们有的捞到了死羊，有的捞到了死猪，还有的捞到了当时比金子还金贵的粮食。当然，捞得最多的还是柜子箱子之类的东西。

先前饿疯了的北韩人，骤然间捞东西又捞疯了。

只要是河里漂过来的东西，男人们不管是啥，也不管有用没用，疯了似的见了就追，追上就捞，捞上就往岸上拖。

站在岸上的女人、老人和小娃，看见自家的老爷们儿捞上东西，便赶忙接到手里，摆放在河边。

人们捞了一天，河里就没什么可捞的了。

各家开始忙着整点自家捞的东西。

整点完后，人们发现数韩成根家捞得最多。

韩成根捞了两只死羊，一头活牛，一袋玉米，还有一些木头木板之类的东西。

韩成根把羊、玉米和杂七乱八的东西拿回家里，把还剩最后一口气的活牛留下让人宰了给全村人吃。

煮熟的牛肉韩成根一口也没有吃。

他对一再让他也吃一块的韩六娃说："这头牛既然应承给了大伙，就等于没有我的份儿了。再说我也比别人捞得多些，回去自个儿吃自个儿的。"

韩六娃又推让了半天，韩成根始终没接，扭转身就回到了自个儿家里。

韩成根不吃自己费劲巴事地打捞上来的牛肉，并不是他不想吃，也不是他有意推辞，而是他觉得牛是人类最忠实最勤劳的伙伴，它死了后再去吃它的肉喝它的血于心不忍。自他懂事时起，他就没有再吃一口牛肉。

回到家里，韩成根把羊头割下，把羊皮剥掉，把羊肚子、羊肠子和羊心、羊肺、羊肝掏出来。

他叫黑妮支灶煮肉，自己蹲在地上把羊肠子和羊肚子里的屎尿挤出来，仔仔细细地用碱水慢慢地洗涮。

洗涮完后，黑妮也把羊肉煮熟了。

他们吃了一些，把剩下的全都用盐腌起来，又把羊下水煮熟用罐子存起来。

大灾年里，谁还敢有点儿东西就肥吃浪喝？这些东西必须留下来细水长流，能多对凑一天就多对凑一天。

苦日子才刚刚开始。

更苦的日子还在后头哩。

夜幕降临后，整个北韩村飘荡着诱人的肉香。

肉味还没散尽，人们心里又泛起了凄苦的忧虑。

从河里打捞的东西虽然能凑凑合合打兑十天半月，但谁能知道眼前的灾难猴年马月才能过去。以后的日子怎么往过过，怎么往过熬，谁的心里也没有底儿，谁的心里也没法儿。再这么下去，就不是狼吃人了，而是人吃人了。

不几天时间，北韩村就有二三十户人家留下老的和小的，能走能跑的都拿起打狗棍，背起空馍袋，成群结队地到后山里讨饭去了。

有的人家干脆连一个人也不留，锁了房门院门，抱着不能走的，拉着走不快的，走上了全家乞讨求生的荒凉小路。

七天之后，肆虐泛滥的洪水终于退去了。

然而，还没等留下来的北韩人喘息一下，又一场大祸再次降临到他们头上。

北韩村的人和对面南韩村的人都没有想到，洪水退去后，黄河突然改了道儿。

夹在南韩和北韩两个村子中间的河滩地分坝内和坝外。

坝内共有五百多亩滩地，被河水从中间切开，北韩村这边有三百来亩，南韩村那边有二百来亩。

打从韩成根他们记事起，黄河里的水流一直往北偏，一点一点地侵蚀着北韩村的滩地。二十来年下来，黄河就把北韩村的上百亩滩地吃走了。

韩六娃当了村长后和南韩村的人交涉，想让人家多多少少给补偿一些。

南韩村的人一听，眼珠子瞪得像牛卵那样大："补偿个卵！有本事让黄河改道去！"

三十年河东，三十年河西。这次水灾之后，黄河真的改了道，而且一下改到了南韩村那边的坝根底下。

南韩村的二百亩滩地一下子跑到了黄河北面，与北韩村原先的滩地连成了一个整块。

老天白白把几百亩肥沃的滩地送给了北韩村，对北韩人说就好像是天上掉下了羊肉饺子，一个个高兴地划算着怎样分、怎样种、怎样度过已经闹腾了几百天的灾年。

祸福相依，乐极生悲。还没等他们高兴几天，一场比鼠灾、匪灾、水灾还要大的灾祸横空飞来。

因为这块滩地的争夺，南韩村和北韩村发生了一场大规模的流血械斗。

多少年过去之后，韩六娃一说起这场械斗就心里发颤。

洪水退去后，韩六娃当时并没有想到南韩人会过来抢地，而是担心对老天送来的这块滩地分摊不公引起一场窝里斗。

为了既不让人感到不公，又不使自己家里吃亏，他想出了一个按人头平均分摊的办法。

洪水退去的第八天头上，他让韩狗蛋通知全村，一家来一个主事的男人，在村中放碾盘的那块空地上按他事先想好的法子将地分了下去。

大伙儿见分得挺公平，就一齐举手通过，嚷嚷着一起去河滩画线打桩。

刚出村口，就见有人慌慌张张跑来，上气不接下气地说："不好了，南韩的人在那块地里插犁了。"

韩六娃领着众人，跑到河滩和南韩人论理。

双方没说几句，就动手打了起来。

南韩村过来有二三百号人，而北韩村才几十号人，根本就不是南韩村人的对手，没招架几下就死了三个，伤了五六十个，哭爹喊娘地倒下一大片。

韩狗蛋被南韩村一个长得五大三粗的后生，揪住脖子上像奶子一样的肉瘤，照着脸上左右开弓地扇逼斗，被南韩村另一个后生抡起棍子打他的腿。

韩狗蛋的脸被打得满嘴血赤糊啦，腿也被打得一瘸一拐。

身材矮小的韩茅勺，被南韩村又一个长得像黑塔一样的后生，提起来摔到地上，提起来摔到地上。摔完之后，又被那后生一脚踏脱了膀子。

将对将，兵对兵。

韩六娃对的是南韩村的村长韩四小。

尽管韩六娃比其旁的人伤得轻些，但也被打了个乌眼青。

黑妮的哥哥韩三三在打架的北韩人里头骨头最硬。他虽然被南韩村的几个后生围在当间狠打，但他也下手很狠，出手很凶，一棍子把一个后生的胳膊打折了。

几个南韩人一起冲上来，一起去夺韩三三手里的棍子。

棍子被夺下后，韩三三又一拳把一个后生的鼻子打歪了。

一帮人把他压到了身子下面，他又张开嘴将另一个后生大腿上的一块肉咬了下来。

直到被当场打得咽了气，韩三三仍然用凶狠的眼睛瞪着南韩村的人。

打完架后，韩六娃正捂着脸为北韩村的惨败而气恼，韩三三的女人桃花和两个死了男人的女人就哭着跪在韩六娃家里朝韩六娃要人。

韩六娃瞪着乌黑青紫的眼睛说："不怕，人命关天的大事，官府会给做主的，咱们把他们告到县里去。"

一纸状子递上去，县里第二天就派人察看了现场，勘验了尸首。

韩六娃用摊派来的米面和韩成根家存下来的羊肉招待了一顿县里的差役，催促他们回去赶紧到南韩村拿人问罪。

送差役们回府时，韩六娃本来打算再给打点打点，但村里实在弄不下能拿出手的东西了，就干送了一串又一串的好话，直到差役们烦得说出了难听话，才闭住嘴不言声了。

第三天，差役们就到了南韩村。

南韩人见惹出了人命，便把全村所有能往出拿的东西都拿出来招待差役们。

差役们走的时候，南韩人又装了一板车好吃好喝的东西，把差役们一直送到县里。

一连过了五天，不见差役到南韩村拿人。死了男人的女人们就又到韩六娃家哭闹。

韩六娃见死活劝不下死了男人的女人们，就领着韩狗蛋跑到县里去催案。

办案的差役一见他，就吹胡子瞪眼地说："干什么？干什么？你们村饿死了人，怎么赖到人家南韩人的头上？"

韩六娃一听差役们歪过嘴替南韩人说话，一下就想到办案的差役已经被南韩人贿赂买哄去了。

"扑腾"一下，韩六娃跪到地下连连向差役们磕头："大人，大人，我们村那三个人确实是被他们打死的。我要是说一句假话，就让五雷轰死。"

差役火了："休要胡说，难道我们是吃干饭的？难道我们还不如你这个刁民？"

差役一边说着，一边就连推带搡把他和韩狗蛋轰了出来。

韩六娃被轰出县府后，气得半天说不出一句话来。

他知道差役吃了南韩人的好处，只好打掉门牙咽到肚里强忍住疼。

南韩人见有官府撑腰，就一不做，二不休，竟然半道上把韩六娃打劫回来，做了向北韩村要地的人质。

三三家和另两个死了人的家里见韩六娃被弄走了，怕韩六娃女人反过来朝她们要人，就不声不响地把男人草草埋掉。

韩狗蛋回到村里，召集村里人商量搭救韩六娃的事儿。商量来商量去，始终商量不出什么好办法来。

韩成根不耐烦了，就把烟锅在地上磕得叭叭响："有啥商量的，村长不在了，你就是村里主事的。你到南韩村看看，看人家要咋哩。"

韩狗蛋不想去，但不去又推不过去，就带了几个人用一只木船渡过黄河，到南韩村去见南韩村的村长韩四小。

韩四小是韩成根头一个女人梅梅改嫁后的男人。上个月土匪抢劫南韩村的时候，原先的村长韩七七被土匪杀了脑袋，韩四小就接替韩七七做了村长。

韩四小见北韩村来了个脖子上长了个女人奶头的韩狗蛋，几句话就把他打发了："你们北韩死得没人了？咋就让你来了？滚回去，找个有头有脸的人来。凭你个尿样子，能做了全村人的主？"

韩狗蛋临时做了北韩村的一村之主，本想利用这个机会在村人面前露一手，没想到一头撞到墙上，碰得没鼻子没脸。他当时不敢说啥，心里骂韩四小不把他当人看。

韩狗蛋觉得心里特别憋屈，感到自己的脸面被韩四小揭下来扔到地上，让南韩人甚至北韩人乱人踩踏：日你个先人，我韩狗蛋不就是没钱吗？没钱在人前就没有头脸了？大灾之后，谁不是穷光蛋？都是一样的穷，怎么就单单把我当成个没头没脸的？韩四小这狗东西能趁几个钱？竟然敢狗眼看人低。呸——日你老先人，日你老老先人！

大凡是人，被人羞辱自然会生气，但生气不能解决任何问题，生气只能糟践自己的身心。韩狗蛋生气是生气，但最终还得赶紧想办法把韩六娃从南韩村弄回来。

韩狗蛋揣摸了一天，觉得这村里有头有脸的也就是韩成根了。

他把主意打在了韩成根身上，他决定让韩成根替他顶这个杠子。

他不和任何人商量，天黑下来后就去找韩成根。

韩成根听他把意思说完，板下脸说："胡闹！村长不在了，你当然就是临时村长。屙屎努得尿根子扑郎哩，关我的蛋事？"

韩狗蛋把头一歪，脸色怪异地看着韩成根说："说不说在我，去不去在你，反正我该说的都说了，到时候有啥可别埋怨我。人家韩四小可是点名要你去。"

韩成根说："去我可以去，办成办不成还是两可。但有一点，你得让村里人都知道一下。"

韩狗蛋心里笑着说："知道不知道，还不是个过程？"

没想到韩成根对这个过程很看重，不容再作商量地说："你要是不走这道手续，说塌天我也不会去的。"

韩狗蛋没招，只好依了韩成根。

韩狗蛋把村里主事的男人们叫到一起，把全权委托韩成根去南韩村谈判的事说给大伙儿。

大伙儿没啥，一致同意。

当下，韩成根就只身一人，渡过黄河，来到韩四小家。

韩四小见了韩成根，非常客气地给他让座。

韩成根说："不坐了，让我先见见我们的村长。"

韩四小就把韩成根领到西房里见韩六娃。

韩成根对韩四小说："你避一下，我俩单独谈一下。"

韩四小看了看韩成根就出去了。

韩成根点上一锅烟让韩六娃先抽了，然后又点上一锅自己抽。

抽了两口，韩成根说："这事不该我来，我也不想来，狗蛋和村里人非箍住我来。"

韩六娃说："我不在，村里就数你了。你不来，咱们两个村的事了不了。狗蛋自己要来，那是他自己逞强，北韩村哪能数得上他？"

韩成根说："今天办事，咱们谁说了算？"

韩六娃说："当然是你说了算。你是村里的全权代表，你有最后的决定权。我现在是人质，没我说话的份儿。在我回去之前，村里的事由你做主。"

韩成根说："我做主可以，但你得参加。"

韩六娃点点头。

谈判开始了,双方脸上都很严肃。

南韩人首席代表韩四小说:"不啰唆了,就说那块滩地咋办?"

北韩方首席代表韩成根说:"咱们都别啰唆,你们就直说吧。"

"把我们的地全部归还我们。"

"自古以来,南北两韩以河为界。不依老规矩办事,就问老天同意不同意。"

"今天咱是给人谈判,不是给天谈判。"

"给人谈判,那就得听听我们北韩人的意见。"

"好,北韩有什么高见?"

"地归北韩来种,打下粮食十股之九归北韩,十股之一归南韩。"

"太少,这数儿差得没远近。最少也得二一添作五。"

"不行,一九划分不能再让。不然,我们回去没法给村里人交代。"

南韩村村副韩黑虎见韩成根口气很硬,就把拳头举到韩成根脸前。

韩成根连眼都不眨一下,腰板挺得直直的。

韩四小笑笑说:"看来大的方面没啥分歧,具体数额尚需商量。咱们各自商量一下再接着谈。"

双方分开商量了一阵,谈判继续进行。

几个回合下来,双方达成了地归北韩村种,每年将打下的粮食五股之四给北韩村的协议。最后,又按平常年景的产量折算由北韩村每年给南韩村小麦玉米各八十石。

韩四小问韩成根:"就这么个数数了,但有一点,你说说你拿啥作保证?"

韩成根想了想说:"拿我的全部家产。到时兑现不了,你们就到我家去拿,就把我的房子挑了。"

双方写了字据,摁了手印,各自拿一份留存。

签字画押后,谈判本应画上一个圆满的句号。没想到愣头愣脑的韩黑虎半截窝里戳出一个扎扎挂挂的刺叉。

他瞪着韩成根凶声恶气地说："不行！你要是真有诚心，就从你身上卸个东西！"

韩成根一听，把眼睛瞪得比牛眼还大："说吧，想要什么？"

韩黑虎站起来指着韩成根："说吧，想给什么？"

"把我的心给你，把我的心给你挖出来！"

"不要你的心，要你的手！"

"要哪只？左手还是右手？"

"左手！"

"全要？还是不全要？"

"不全要，只要指头不要掌！"

"要五根还是要一根？"

"要一根！"

"要哪根？大的还是二的？"

"要小的！"

韩成根霍地站起来，跑到灶房里拿了一把菜刀，将左手放到谈判的方桌上，"叭"的一下，将小指剁了下来。被剁下来的指头"嘣"的一下就飞了起来，"噗"的一声落在韩四小的脚下。

韩四小冲到韩成根跟前，一把将刀刃上沾着血迹的菜刀夺到自己手里，"呼"的一下抡到空中，"叭"的一下砍到自己的左手上，一根指头"日——"的一下飞出一人多高，"噗"的一下落到韩六娃眼前的方桌上。

九

从南韩村回来，韩六娃顾不上再去生和南韩村打架的闷气，也没有心思去想韩成根和韩四小的谈判结果是否妥当。

作为一村之长，韩六娃必须面对和正视的是：洪水退了之后，黄河岸边的上千亩滩地该种什么，该怎样种，种子从哪里来，在新庄稼没收获前，这漫长的几十个日子怎么过，怎么熬，怎么才能不再饿死人。

韩六娃愁了一天，连个最不咋地的尿招也没想出来。

绿豆见他愁得不成样子，以为他还在为和南韩村打架的事愁闷，就劝他说："不要为那事生气了，再生气还要气出病哩。"

韩六娃看了她一眼，把头扭到一边。

"那事不是都谈妥了吗，再思谋还能思谋得变了？"绿豆搬了个小凳坐在韩六娃跟前。

韩六娃把头扭过来，又看了她一眼，仍不说话。

"人家南韩村子大，人家南韩人手多，人家南韩的人厉害，咱这么个尻子大小的村，就这么几毛脸不起烂三的人，能惹得过人家南韩那么多凶得像狼娃子一样的恶人？快别为那事再生闲气了。事情过去就过去了。"

"咳——你把我看成啥人了，我就是心眼再小，这点事情总还能在肚里搁得住。再说，为了给村里争地，我打也挨了，脸也丢了，还被人家弄去扣了好几天。那事弄得好也罢，赖也罢，各人心里都有一杆秤。要是哪个觉着弄得不好，让他躺到炕上摸着良心好好寻思去。"

"那你是为啥哩？那你是为啥愁成这样了？"绿豆说着，就掉出了眼泪。

"愁啥？愁这村子几百口子张着嘴没吃没喝，愁眼前这大几百亩、上千亩的滩地拿啥下种？咱家现在也和村里的人一样，也是穷得两个肩膀扛着一张嘴，干等着天上往下掉蒸馍。"

绿豆想了想说："眼下村里谁家都一样，都是穷得粮缸里像狗舔了一样干净。老天不长眼，上面当官的也不长眼？他们不知道咱遭了这么大的灾？他们不可怜咱们这些日子过不下去的恓惶人？他们就不会拿出官库里的粮食接济接济咱们？"

是啊，光想着靠自己，光想着靠村里这些人，靠来靠去，能靠出啥结果？临到了还不是靠树树倒、靠墙墙塌？官以民为天，民以食为天。北韩村的草民都吃不上喝不上了，都快活不成了，都快保不住命了，官府的人总得怜怜悯悯吧，总得赈济赈济吧。

绿豆的话说得对。

绿豆的话给韩六娃提了个醒。

第二天，韩六娃就领着狗蛋到上面要赈灾粮、要赈灾款去了。

出了村子才几十步，韩六娃看见刚刚埋了男人的桃花抱着一个还没断奶的娃崽，胳肢窝里夹着一根棍子在路上走着。

韩六娃紧赶几步，追上去说："桃花，你这是干啥去？"

"干啥去？还能干啥去？要饭去。"桃花说着，泪蛋蛋就从眼窝里掉了出来。

韩六娃听了，心里就不是味儿。他缓了缓说："你一个女人家，怀里还抱个吃奶的娃，那多不方便。咋不找个人做伴？"

"娃还吃啥奶哩。我都饿得前心贴后心了，哪里还有奶给他吃？

路上能活下就活下，活不下就丢到半路上算了，权当我这当娘的没生他。找啥做伴的，敢是打老虎哩？成群结队的，还要把人家主家吓着。再说，咱这孤儿寡母的，谁想和咱做伴，躲都还躲不过哩。"

"你走了，三三娘和三三爹咋过？"

"这我咋能知道？熬吧。熬过去是命大的，熬不过去是命小的。我和我娃出去，倒少了两张吃饭的嘴。"

"这事你和两个老人说了吗？"

"说了，他俩一开头也不想让我走，可也想不出什么法子呀。大难当头，各奔活路，总不能都守在一起等死吧？"

"那好，你路上操心着，千万不敢有啥闪失。"韩六娃说着，眼泪就流了下来。

和桃花分手后，韩六娃就想这女人真是泡进黄连水里的苦命人。头一回改嫁，被三三破了姑娘身，弄得在村里抬不起头。嫁给三三后，婆婆又看不起，成天和她怄气，没过过一天舒心日子。前几天和南韩村打架，男人的命又搭进去了，年轻轻的就守了寡。

韩狗蛋见桃花可怜兮兮的样子，心里一点儿也不难过，嘴里咕咕叨叨地说："活该！这女人就是个贱命！"

韩六娃凶得要吃人似的瞪起眼睛，照着韩狗蛋的尻子就狠狠地踹了一脚。

忽然，韩六娃耳朵里传来饿狗争食发出的哼哼声。他抬头一看，看见几条瘦得骨头都快长到皮毛外面的狗，不知道在路边撕咬着什么东西。

韩六娃走到跟前，才看清是几条狗在争着吃一个死人。

那人的衣裳已经被撕光，胸腔已经被撕破，里面的内脏被掏出来咬得残缺不全，胳膊和腿上的肉被啃得豁豁牙牙，血水模糊。

韩六娃的心开始颤动，两只手不由自主地抖动不止。他愤怒地朝那几条狗厉声喊道:"滚开!滚开!"

那几条狗听见后,停下相互间的争抢,一起龇开嘴巴,露出尖利的牙齿,准备向韩六娃发起攻击。

韩六娃本能地往后退了几步,从地上捡了一根木棍又迎了上去。

韩狗蛋从地上捡了两块石头,紧紧地跟在韩六娃后面。

那几条狗发了疯似的一起扑了过来。

韩狗蛋吓得丢掉手里的石头,丢下韩六娃扭头就跑。

那几条狗绕过韩六娃,一起向韩狗蛋追去。

那几条狗把狗韩蛋扑倒后,在韩狗蛋身上疯狂撕咬。

韩六娃赶上去,抡起棍子朝那几条狗的身上使劲猛打。

这时,几个过路人也赶来投入到人狗大战当中。

那几条狗见韩六娃他们人多势众,感觉双方力量相差悬殊,便且战且退,掉头而去。

那几条狗虽然被赶跑了,但韩狗蛋的尻子却被咬下一块肉,衣裳也被撕破好几道口子。

韩狗蛋从地上爬起来,捂着尻子"哎哟哎哟"叫个不停。韩六娃气恼地说:"你个尻包,你不跑狗能上来咬你?"

韩狗蛋嘟嘟哝哝地说:"他娘的鳖,人尻了狗也欺负。"

一个过路人问韩六娃:"咋哩啦?你们两个咋的就和狗打起来了?"

韩六娃搓搓手说:"我看见狗吃一个人,就上去想把它们赶开。没想到狗吃红了眼,摆开架势就要扑上来。更让我没想到的是,这个时候,这个尻包竟然下了软蛋,回过头丢下我就逃。狗有时候也和人一样,欺软怕硬,它们见他是个软蛋,就一起追上去咬他。"韩六娃一边说着,一边用手指着狗蛋。

那过路人说:"大灾年的,狗也饿得受不了了。只要有东西吃,它还管你是人是啥?"

韩六娃气悖悖地说:"好好的一个人,咋能让畜生们胡吃乱啃?敢是咱哪天一蹬腿死在路边,也让这帮畜生撕着吃了?"

到了区里，韩六娃找见了马区长。

瘦不拉叽的马区长有气无力地慢悠悠问道："有啥事？"

韩六娃说："我们村又是鼠灾，又是匪灾，又是水灾，一个灾接着一个灾，一个灾连着一个灾。全村几十户人家，要吃没吃，要喝没喝，没有一家不塌锅的。眼下洪水倒是退了，可村子里连一粒下地的种子也找不出来。"

马区长仍慢悠悠地说："找不出种子？找不出种子就找我？你看看我能不能当种子？要是能的话，就把我拿回去下到地里。"

韩六娃连忙赔不是："我不是这个意思，我不是这个意思。"

马区长翻着眼皮说："那你是什么意思？"

韩六娃说："我是说村里没有东西下种，看区里能不能先给接济一些，秋季这一料一收，我保证给你一粒不少地还回来。"

马区长冷笑着说："就你们村遭灾了？就你们村没东西下种？旁的村没遭灾？旁的村有东西下种？你跟我要种子？我朝谁要去？我要是有屙种子的能耐，我就白天黑夜不停地给你屙。"

韩六娃朝马区长要接济没要上，反倒让马区长不软不硬地戏弄了一番。

从马区长那里一出来，韩狗蛋看着韩六娃那气得快要歪了的鼻子说："咱们去哪儿？回吧。"

韩六娃不看他也不理他，黑着脸朝县城方向走去。

韩狗蛋见韩六娃黑着脸不和他答话，便识趣地噘住嘴巴、夹住尻子眼，一声不响地跟在韩六娃后面。

县城一带除了遭过鼠灾外，没有遭过匪灾和洪灾。和北韩人比上去，城里人脸上的气色就好多了。但街上要饭的很多，戴大盖帽的兵也很多。

一过城门洞，韩狗蛋就叫唤说："饿死了！我走不动了！"

韩六娃气得骂他:"你娘的鳖!饿死鬼托生的?"说着,就转过脸瞪了他一眼,脚下的步子反倒迈得更快了。

韩狗蛋捂着肚子,"哎哟哎哟"地紧紧追赶。

到了县府门前,门口站岗的说:"下班了,后晌再来吧。"

韩六娃掏出两个用糠和柳树叶磨的窝窝疙瘩,递给狗蛋一个,自己留了一个。

韩狗蛋咬了一口说:"干死了,咽不下去。"

韩六娃把韩狗蛋领到一个小饭摊前,朝摊主笑了笑说:"掌柜的,给碗水喝吧?"

摊主见他不是正经买主,就爱答不理。

韩六娃又笑着说:"掌柜的,能给一碗水喝吗?"

摊主很瞧不起地看看他说:"我这儿不是卖水的。要喝水,前头有——"说着,就胡乱用手朝前头指了指。

韩六娃心里就来了气:娘的个鳖,这城里人咋这么小气?要一碗水喝,就像要你女人似的。

走到一个蒸馍摊前,韩狗蛋站在那里不动窝了。他看着呼呼冒气的蒸笼和坐在摊子里吃馍的食客,喉咙里"咯咕"一下、"咯咕"一下地往下咽唾沫。人家食客吃一口馍,他跟着往肚里咽一口唾沫,人家又吃一口馍,他跟着又往肚里咽一口唾沫。

韩六娃嫌韩狗蛋丢人败兴,就拉他往一边走。

韩狗蛋不想走,两只眼睛紧紧地盯着摊主的蒸笼。

摊主揭开笼盖,一股沁人心腑的香味直扑鼻孔。

就在摊主被热气扑得睁不开眼的当里,一个小要饭的伸出脏兮兮的黑手,飞快地从蒸笼里抓了一个热馍就跑,一边跑一边用两只手来回倒腾着。

韩狗蛋见了,也想上去抓一个。

韩六娃不容分说,拽住他的胳膊就走。

走到一个羊肉泡馍摊前,韩狗蛋定住两脚,使劲把悬空的尻子往下坠,说死说活也不走了。

韩六娃怎么拽也拽不动他,只好无奈地说:"在这儿吃可以,咱们不能吃肉,喝点汤就行了。"

"只吃一碗,让掌柜的给里面少放点肉。"韩狗蛋嬉皮笑脸地说。

"我身上就带了这么一点点钱,哪能吃得起肉?"韩六娃摸了摸自己的腰包。

"那你问问卖主,咱们光喝汤人家卖不卖。"韩狗蛋朝摊主圪挤眼睛。

"不能听你的——"韩六娃不管韩狗蛋愿意不愿意,扭转身对摊主笑着说:"掌柜的,我们光喝汤行不行?"

摊主也笑着对韩六娃说:"我这儿光卖肉汤和蒸馍,不孤孤卖汤。要是买了肉汤,汤可以随便加,不要钱的。"

韩六娃不好意思地说:"我出来走得急带的钱不够,你看能不能照顾照顾。"

摊主为难地说:"哎呀,咋照顾哩?"

"我带的钱确实不够,你就照顾照顾吧。"韩六娃求情似的说。

"好,今天照顾你一次。"

"多少钱一碗?"

"两个铜钱吧。"

韩六娃从兜里摸出四个铜板给了摊主,摊主给他俩一人舀了一碗清汤。

韩狗蛋猴急猴急地把窝窝疙瘩泡到碗里,就吸溜吸溜地喝了起来。

喝完一碗,韩狗蛋觍着脸对摊主说:"掌柜的,我这能加汤吗?"

摊主笑着说:"好,既然照顾你们就照顾到底吧。你们随便喝吧,喝完了我再给你们添。"

狗蛋一气喝了五碗,直喝得肚子圆鼓当当。

韩六娃喝了两碗就不好意思喝了。

喝完羊汤，韩六娃就领着打饱嗝打得止不住的韩狗蛋来到县府。

站岗的拦住问道："你们进去干啥？"

"我们要找许知事。"韩六娃说。

"找许知事？许知事是好见的？"

韩六娃就把村里如何遭灾，如何饿死人，如何缺种子，许知事又如何到过他们村，如何夸奖他的事说给站岗的听。

站岗的听了，对韩六娃说："这阵儿正闹革命，许知事正为没完成招募队伍的数挨了上面的头子生气，这几天凶得吃人。快走吧，别自找苦吃。"

韩六娃正犹豫，里面出来一个官模官样的人对站岗的说："让他俩进来。"

韩六娃以为当官的要领他见许知事，高兴得屁颠屁颠的。

当官的把他俩交给两个当兵的转身就走了。

两个当兵的把他俩领到一个大院里，又交给另两个当兵的就走了。这两个小兵把他俩领进一个小屋里问韩六娃："你叫什么？"

"我叫韩六娃。"韩六娃答。

"哪个村的？"

"北韩村的。"

又问狗蛋："你叫什么？"

"我叫狗蛋。"韩狗蛋答。

"狗蛋？你姓狗？"

"不是姓狗，姓韩。"

韩六娃忙赔笑代韩狗蛋回答："他叫韩狗蛋。小户人家，没上过官场。平时说名字光说名不说姓，还请长官多多包涵，多多包涵。"

两个当兵的把他俩的姓名和村名登记在簿子上说："好了，到那边报到去。"

其中的一个当兵的把他俩又领到一个屋子里，又出来几个当兵的，话也不说就动手拿剪子铰他俩的辫子。

韩六娃这才觉得不对劲，使劲叫着："你们干啥？我要找许知事！"

韩狗蛋则呜呜呜地哭开了："我的辫子……我的辫子……"

韩六娃和韩狗蛋被强行脱下衣裳，换上了一套黑布军装。

韩六娃和韩狗蛋受累挨饿地跑了一天，不仅下种的接济没有要上，反倒被不明不白地抓去充军打仗，心里叫苦不迭，直喊冤枉，后悔不该到县城来这一趟。

韩六娃被关后的第三天晌午，几个大头兵把他们吼喊到过去杀人行刑的大操场上，叫他们按照检阅队伍的架势摆列到一起。

一个又高又大的大胖子军官在许知事一帮人的簇拥下，围着他们指指点点地转了一圈。

大胖子军官一走，几个大头兵就叫喊着让他们脱下黑布军装，重又换上他们各自原来的衣裳叫他们各回各家。

出了县府，韩六娃才听人说，县上因为官款吃紧，没有完成上司布置的募兵数。上峰非常恼火，接连催问，逼得很凶，勒令县上七天之内必须把兵募够，并要派人到绛州县亲自点兵验收。

许知事急得没法，就想了个不花钱临时凑数的办法日哄上面来点兵的大胖子军官。

短短几天，韩六娃和韩狗蛋万万没有想到，他俩竟然莫名其妙地成了官府弄虚作假的受害者，被强行换上黑布军装差点儿被送到前线卖命。

与此同时，韩六娃和韩狗蛋同样万万没有想到，他俩竟然又莫名其妙地成了官府弄虚作假的受益者，他俩和其他农民被关了几天后，竟然又被强行换上他们原先那身破衣烂衫，被大头兵们轰出了县府大院。

十

被剪了辫子的韩六娃回到村里，当天后晌就让韩狗蛋把那些在家里主事的男人叫到村子中间的石头碾子那儿。

韩六娃一脸愁苦地坐在碾盘上，一声接一声地叹息说——

"今天把大家叫到这儿，是要和大家商量两件事。

"头一件是咱村现在没有下地的种子。我和狗蛋到区里县里去要接济，接济没要上，倒让人家铰了辫子，还差点儿被当成壮丁充了大头兵。我们俩受气受累倒不算啥尿事，发愁的是眼下咱们再也拿不出一粒东西往地里下。怎么办？大家想想办法。第二件是，咱村和南韩村打架，让人家打得死的死、伤的伤，我也差点儿被人家打日塌了。大家再想想，日后再碰上这号事怎么办？

"咱们先把第二件搁下一会儿再说。先说第一件事。地里咋下种？下什么种？拿啥下种？我和狗蛋到区里县里跑了一趟，事情没办成，但得出一个理来，大难临头，大灾当头，靠谁也不行。靠天不行，靠地不行，靠神不行，靠当官的更不行。只有靠咱们穷人帮穷人，只有靠咱们穷人自己救自己。今天叫大家来这里，就是叫大家商定一下咱们自己怎么帮自己，咱们自己怎么救自己。大家说说，大家出出主意。"

一帮大男人们圪吵了半天，也没圪吵出什么办法来。韩六娃就看着韩成根说："成根，你说说，你看有啥好办法，你的招数比别人多。"

韩成根站起来吸了两口用柳树叶做的旱烟："我也没啥好招，我也没啥好办法。大灾年的，活命要紧，路只有一条——砸锅卖铁破家产！"

韩成根停了停接着说："我看咱们谁也不要再心疼这，谁也不要再心疼那，谁也不要当守财奴。家里有啥眼下用不着的东西，都拿出来到没遭灾的后山换成种子。这事千万不能耽搁，稍微一耽搁，别的遭灾的村就先下手了。"

韩狗蛋接过话说："对，都不要把东西拴在肋条上，都不要一舍点钱财就尿疼鳖疼的。"

韩六娃看了韩狗蛋一眼，嫌他多嘴多舌。

韩狗蛋没有看见韩六娃看他，撅了一把鼻涕抹到露出脚指头蛋蛋的鞋帮子上，顺着刚才的话把子往下说："眼下咱们是饿汉等不得热馍，饿狗等不得热屎，得先想好种什么来得快，种什么吃到肚里耐饱。"

韩六娃憋不住了，说出的话里面就带了刺："马槽里出了个驴头——多出你这么一张嘴来。人家成根说得好好的，你半路上打啥岔？"

韩狗蛋这才觉着韩六娃脸色不对劲，吃蹾到地上不言声了。

韩成根对韩狗蛋抢他的话头倒没啥，他接住自己刚才的话茬说："狗蛋说得对。灾年和平常不一样，往地里撒啥合算，咱们是得好好合计合计。我想了想，觉得种一些苜蓿，二十来天就能吃到嘴里。再种一些萝卜，苜蓿吃完了就能接住茬。另外，再种一些豌豆高粱，这两样东西产得多，吃到肚里也比其他东西顶饥顶饿。"

韩六娃把手立起往下一砍，当即就一锤定音拍了板："好，这事就这么着，一会儿大家回去后，把家里那些眼下派不上用场的家什都拿出来，明天咱们就去人到后山换种。谁家出的东西多，换的种子多，先管够谁家把地都种上。谁家出的东西少，换下的种子不够种，也不能太勒掯人家出东西多的户，得先保证人家下完种后再给大家往匀了摊。"

一些家底不厚的男人对韩六娃说的这种办法不情愿,"嗡嗡嗡"地圪吵开了。

韩狗蛋站起来说:"这不合适。要是这么个弄法,就不是咱们刚才说的穷帮穷穷救穷了。"

韩六娃生气地瞪了狗蛋一眼:"就你嘴多,就你日能。你不说话嗓子眼就痒痒得不行?这事就这么定了。现在咱们说第二件——"

韩六娃朝碾盘下的男人们看了一下,接着说:"咱们和南韩村的事已经过去了,但我心里老是放不下这件事。咱们村的人也不比南韩村的人少一条胳膊少一条腿,为啥人家就比咱们厉害比咱们凶?为啥人家总占上风咱们总占下风?就是因为咱村的人不如人家粗壮不如人家力气大,就是因为咱们村的人不如人家人多。本来一个对一个咱们就对不过人家,再加上人家的人能顶咱们好几个村,这就料定咱们什么时候都不是人家南韩村的对手。现在谁也难料想以后会不会再发生这样的事,谁也难料想以后会因为啥事发生其旁的冲突。因此叫我来说,这事还没有完,还应该做这方面的准备。我说这话并不是叫大家没事找事地再挑起啥事来,也不是叫大家和人家动手和人家打架。我是说咱们得想个长远的办法,万一以后再碰上这号事不能总让咱们的人吃亏受气。我想了想,看咱们这么办合适不合适:咱们的人长得不如人家个头大力气大,这是老天爷给的坯子,这是老先人留的底子,谁也没有办法,谁也不能改变。但咱们可以想办法多生,可以想办法多养,争取在一二十年里在人数上追上他们,超过他们。一个对一个对不过他们,两个对一个能不能对过?三个对一个能不能对过?为了鼓动咱们的人多生多养,咱们今后实行一个新的办法。以后要是碰上派兵派差、摊粮摊税,咱们按户摊派;要是碰上分地分东西这些好事,咱们按人头匀分。大家想一想,看这样行不行?"

话音刚落,男人们就又圪吵开了。

家里人口多的男人呲吧着嘴鸡吃食似的直点头:"这是个好办

法，这是个好办法。"

家里人口少的忽闪着鼻子撇着嘴："这说的是个屎，这说的是个屎。"

圪吵了一阵，家里人口少的就拿眼睛瞅着韩成根。

韩成根只顾低着头吸烟。

他知道那些家里人口少的人把他当成了挂杆掌旗的，都想让他在这事上挑头抵挡。

他没想到韩六娃会冷不防冒出这么个鬼点子，使他脑子里一下很难拿出招架的道道。

多少年来，韩成根在村里说话行事养成了这么一个习性：不管在任何时候，也不管在任何事上，自己寻思的办法和招数不到他自己认为天衣无缝滴水不漏的份儿上，他的话就是拿木杠子撬上三天三夜也撬不出来。

家里人口多的人，见家里人口少的人的眼睛像有根麻线牵着似的全都投向韩成根，也一起静下声来，等着看韩成根对这事有啥说道。

韩成根抬起头，用外柔内凶的眼睛看了看他的人，咧开嘴无声地笑了笑，朝碾盘上的韩六娃说："我家在全村是人口最少的一户，要说吃亏，谁家也比不了我家。但要叫我表态，我举两只手外加两只脚。你们不要以为六娃哥是冲着自己家里人口多才想出这一招的。他是为全村人着想的，他是为长远着想的。不这样的话，我们北韩人和他这个村长就永远没有出头的那一天，就永远没有翻身的那一天，就永远会被人家揉在肚子下面踏在脚板底下。"

家里人口少的人和人口多的人，以及坐在碾盘上的韩六娃听了，全都一下愣在了那里。

第二天一大早，韩成根把圈里的两匹骡子和一头牛牵到碾子那儿交给了韩六娃。

他是第一个交出用来换种的东西的，也是拿得最多最贵重的一个。

家看家，户看户，小家小户看大户。多少年来，在黄河沿岸的农庄村野，每每遇上大事，门楼最大、门槛最高的人家，历来左右主宰着整个村子的趋势和走向。

这个时候，韩成根的一言一行、一举一动，自然在北韩村起着无形的示范和潜在的带头作用。

不大一阵，在韩成根无言的带动和无声的影响下，便陆陆续续来了许多交东西的人。

他们当中，有牵来一只羊的，有赶来一头猪的，还有的把院门卸下来放到了碾盘上。

东西收齐后，韩六娃就领着六七个年轻后生，装了满满当当的三挂马车到后山换种去了。

黑妮又生气了。但这一回她也不和韩成根吵，也不和韩成根闹，只是成天吊着脸噘着嘴不和韩成根说话。

吃饭的时候，她把用野菜、树叶和糠皮掺成的三合一糊糊舀到碗里，往小木桌上一蹾，扭过脸就走到一边蹲在灶前自个儿吃。

睡觉的时候，她把三个人的被子铺到炕上，搂着秀秀背对着韩成根一夜都不往过翻转。

韩成根知道黑妮嫌他换种出的东西多，明里不说啥，暗里却和他别劲。

韩成根本来打算把自己这样做的道理和她说说，但又觉得说也白搭。女人家毕竟心眼小，扭几天就没事了。

因此，韩成根不管黑妮怎样和他打别，也不管黑妮怎样蹾勺子蹾碗，他都不和她计较，他都不和她动气，吃完饭丢下碗套上那头老得掉了好几颗牙的黑犍牛忙活下种前的准备。

十天之后，北韩村所有的人家全都趁着洪水退去后的湿润，把种子一垄不漏地播入了肥洼洼的黄河滩。就连那些锁了家门到外头要饭逃难的人家，村里也把匀出来的种子给他们撒到了地里。

不到七天,地里的种子就拱出了肥油油的嫩芽芽。

饥饿难耐的北韩人揣着一肚子的急切想盼跑到地里一看,当即就骂开了韩六娃夸开了韩成根。

因为可河滩地里,数韩六娃家地里的苗稠,数韩成根家地里的苗稀。

十一

三十多岁的光棍汉韩茅勺见韩六娃给自家地里下了那么多种子，又听人说韩六娃背着韩狗蛋他们私下将多换的一袋白面藏到一户人家，过了两天一个人偷着到后山背了回来，当下就气得"噔噔噔"迈着罗圈腿找韩六娃算账。

韩茅勺是北韩村专门吃放羊这碗饭的羊倌。除了平时捎带种着自己的二亩地，就成年四季赶着羊游荡在村后的山上。村里谁家下的羊羔多了喂不过来，就放到他的羊群里，赶到年底人家把羊牵回去给他折算成一斗小麦，或是人家把羊杀了将剥下的羊皮给他。别的人家都能和他兑现，只有韩六娃把他那个长得比狗大不了多少的小草驴不用时放到他的羊群里，好几年既不给小麦也不给羊皮。茅勺嘴上不说，但内里有气，有意借了韩六娃五十文钱拖着不还。

韩六娃一见茅勺，脸就"扑嗒"一下吊了下来。他虽估摸不透茅勺究竟要干啥，但他能猜到他是黄鼠狼给鸡拜年——准不干好营生。

头年茅勺借了他五十文钱，他在路上碰见要了好几次。茅勺也不说还，也不说不还，嘴里像含着一根屎橛子似的哼哼着想抹赖过去，气得韩六娃专门跑到他门上朝他要。

那天，韩六娃一进他的屋子，就直不愣愣地说："茅勺，你借我的钱还不还？"

茅勺从好几处都露着棉花套子的被窝里钻出来，一身酸臭气地说:"谁说不还?谁说不还了?"

"那你说多会儿还?"

"多会儿有了多会儿还。"

"你别给我说活络话,今天你给我咬个牙印,是猴年还是马月!"

"不是说了吗,多会儿有了多会儿还。"

"你少给我胡屹搅。今天你要不还我,我就不走了。"

"不走好,不走好,你坐下咱们慢慢说。"韩茅勺说着,就起来把韩六娃往黑不拉叽满是油泥的炕沿上让。

韩六娃哪能坐得下去,气得指着茅勺说:"你咋说话不算话?你咋这样耍赖?你鼻子下面长的那个窟窿还叫个嘴!跟你娘的鳖一样!跟你爹的尻子一样!"

尽管韩六娃把话说得这般难听,但韩茅勺却一点儿也不生气。他嘿嘿嘿笑着说:"有话慢慢说,有话慢慢说。我给你弄碗水消消气,消消火。"

韩茅勺说着,就拿了一个豁豁牙牙的快要脏成黑颜色的白瓷碗,从满是柴火棍子的锅里舀了一碗也不知道烧开过还是没烧开过的水端到韩六娃脸前。

韩六娃看见里面还沉着吃剩的烂饭渣子,恶心得差点儿吐出来。

韩六娃碰了个软钉子,气得脸都变成了茄子色。他听说茅勺没媳妇熬耐不住,就常把羊赶到山上的背旮旯里对着母羊的尻子行奸。

韩六娃脸上阴笑了一下,心里当时就生出一个现场捉奸的计谋。

第二天,韩茅勺扛着羊铲哼着小调赶着羊出了村,韩六娃猫着腰屏着气悄悄跟在后面。

半晌午的时候,韩六娃果真发现了韩茅勺行奸。出乎意料的是,韩茅勺奸的不是羊群里的母羊,而是他家的小草驴。

韩茅勺站在一块石头上,冲着小草驴喊:"跳——跳——一斗谷子二斗麦;跳——跳——一斗谷子二斗麦。"

小草驴就把尻子调过来,韩茅勺就趴到上面开始行奸。

韩六娃气得差点儿晕了过去。

不过，心计歹毒的韩六娃并没有当场捉奸。他觉得如果当场上去揪住韩茅勺的卵把子，把韩茅勺没死没活地暴揍一顿，虽然是一个非常解气解恨的办法，但他觉得这样还不够解气解恨，还不是最狠的狠招。

韩六娃骨碌了一下白多黑少的眼珠，一个能让他更解气解恨、比现场捉奸暴揍更狠的狠招泛出心底。他悄悄转过身，一路阴笑着回到家里。

韩六娃坐在房檐下面，悠闲自得地眯着眼抽烟。

韩六娃在等。就像等老鼠钻进老鼠夹子那样，静静地等着韩茅勺钻进他预先编好的套子里。

日头落山时，韩茅勺把韩六娃家的小草驴送回来了。

韩六娃没有和韩茅勺说话。他这个时候还不想让韩茅勺知道他已经知道茅勺行奸小草驴的事情。他认为火候还没到，还不是揭锅盖的时候。

韩六娃不声不响地看着韩茅勺出了他家的院门后，咬着牙狠狠地把院闩闩死，回头拿起他家的火柱，放到灶膛里烧得通红通红，学着说了两遍韩茅勺行奸时编的那套谷子麦子的话，下死力把火柱捅进小草驴的尻子眼下面的那个窟窿。

小草驴惨叫一声，疼得扑腾扑腾乱踢一气。

过了几天，韩六娃就听人说韩茅勺的下面肿得像葫芦一样。

韩茅勺下面疼得忽撇着腿走了一个多月的鸭子步，韩六娃扑噜着胸脯心里爽快地偷着笑了好几个月。

韩茅勺走进韩六娃家的院子，正准备拿韩六娃换种时偷拿了一袋白面和多给自己家地里下种子的事，要挟韩六娃给他结算小草驴的工钱。嘴刚张了半截，就被韩六娃把话堵了回来。

韩六娃黑着脸说："茅勺，你来得正好，我正有事问你哩。"

韩茅勺把话咽下去，也黑着脸说："有啥事？"

"你去年卵子为啥好好的一下就肿那么大？"韩六娃眼睛凶凶地瞪着茅勺。

茅勺没防住韩六娃问他这事，支吾了半天才说："是蚊子咬的。"

"不对吧。我听人说是叫我家的小草驴踢的。我家的驴为啥好好的要踢你？为啥就专门往你那儿踢？"韩六娃阴阴地说。

韩茅勺心里咯噔了一下：坏了。六娃怎么知道他的卵子是被他家的小草驴踢的？莫非他做那事时被人看见告诉了韩六娃？这事要是被六娃在村里人面前抖搂开，那还不是屎棍子捅进了嘴里头，再疼也张不开嘴，再恶心也没法呕吐？

看着韩六娃阴沉奸邪的瘦脸，韩茅勺吓得头上冒出一层冰凉的汗水。

"还有一件事我本来不想给你说，但想了半天又觉得不说不行。我家的小草驴昨天下崽，下出一个又像驴又像人的驴人来。你说这好好的一头驴怎么就下开了人？你成天和它在一起，你说说这到底是咋回事？"

韩六娃的话像一把尖刺一样，直直地扎进韩茅勺的心窝。

接着，韩六娃盯着韩茅勺不紧不慢地说："这事我想了整整一天，就想找你问一问。你说这事我该不该给人说？你说这事我该不该告官？"

韩六娃站起身，做出一副要往院子外面走的样子。

韩茅勺心里十分清楚：只要韩六娃迈出他家的院门，自己行奸他家的小草驴，并致使他家小草驴生下一个非驴非人的小驴人的事，立刻就会在村里传得沸沸扬扬、邪邪乎乎，让满村子的人笑破肚皮、笑掉大牙。

令韩茅勺更加惧怕的是，被全村人耻笑耻骂之后，他已隐隐约约看见了非常恐惧的一幕：他在全村人的耻笑怒骂之中，官府的衙役将他五花大绑，并在衙门前的广场上对他公审公判，让他在全县几十万人当中臭名远扬、遗臭百年。

当然，韩茅勺十分清楚：这些可能出现的极其可怕的后果，都是韩六娃要挟他、扼制他的筹码，就如同把子弹上了膛的枪口顶住了他的脑袋，如同在他腰里绑了一颗随时可能引爆的定时炸弹。枪声什么时候响，炸弹什么时候炸，取决于韩六娃什么时候扣动扳机、什么时候按动电钮。

然而，令韩茅勺更加清楚的是：韩六娃希望和追求的最佳结果，是要他立马服软认怂，并且从此之后永远在韩六娃面前挺不起胸、直不起腰、抬不起头、硬不起身。只要自己在韩六娃面前像狗一样地伸长舌头趴在地上，从地上起来之后，要么摇头摆尾地围着他转，要么像跟屁虫似的任其役使，所有的恐惧和一切后果都不会出现。

韩茅勺觉得自己只能这样，只得这样。没有别的路可走，没有别的招可使。

细思极恐。韩茅勺越想越觉得恐怖，越想越觉得后怕。他只得无奈地，哆哆嗦嗦地给韩六娃跪下说好话："六娃老哥，六娃老哥，这事千万千万不敢给人说，千万千万不敢告官。我欠你的五十文钱我现在就还你，我现在就回去拿来还你。"

韩六娃接过韩茅勺还来的五十文钱，心里好笑得怎么也捺不住。他坐下笑得不行，站起来笑得不行，怎么着也是笑得不行，索性走出院门在村子里绕着圈子笑。

就在韩六娃高兴得可村子绕圈的时候，他的女人绿豆却碰上一件倒霉生气的事。

天黑下来后，绿豆蹲在茅房里解小手，听见院里有脚步声朝茅房走来，就赶忙"喀吆喀吆"地咳嗽，意思是告诉正向茅房走来的人，里面有人正在办理排泄的事情，让他暂时先回避一下。

外面的人对她发出的信号不知是没有听见，还是听见了不当一回事，任凭她在里面怎样使劲"喀吆喀吆"地咳嗽，还是照直往茅房一股劲地走来。

绿豆急了，就赶紧喊："有人！有人！"

紧喊慢喊，那人就掏出自己的拐把子尿了她一头。

绿豆站起来一看，原来是她那憨不叽叽的大小子做的好事。

她系上裤带，照着大小子的脸就是一顿狠扇。

这事要是搁在平日，韩六娃非得把大小子往死里打不可。今天他心里特别高兴，知道后只是简单地朝大小子的尻子踹了几脚了事。

看着咧着窑门一样的大嘴哇哇大哭的大小子，韩六娃又忽然冒出另一宗心事。

遭灾之前，一窝娃崽把他拖累得再也不愿意生了。遭灾之后，特别是和南韩村打架之后，他家一下就死了四个娃崽外加一个被蛇吓死的驴驴，北韩村也一个接一个地死下一糊片。不管是家里还是村里，人手少了就不行，就吃亏。一想起这些，他就改变了原先那一套。他还要和绿豆再生几个，再养几个。

绿豆把灯吹灭后，他把背朝他的绿豆往过扳，绿豆别着劲不让他往过扳，但劲头太小，还是被他扳了过去。

绿豆问他："你要咋哩？"

韩六娃不说话，只是把绿豆往身子下面揉。

绿豆就使劲推他："可不敢，可不敢。"

韩六娃这才说了话："咋哩？咋哩不敢？"

绿豆说："我怕生娃，我怕再生个憨憨痴痴。我实实是生怕了，实实是不愿再生了。"

韩六娃顾不了那么多，也管不了那么多，还是硬捺住把他要干的事情干了。

尽管韩六娃在这件事上下了不少功夫，但却没能取得一点儿收效。不仅娃崽没有生下，反倒把他折腾得常年咳咳喘喘、病病恹恹。

他觉得人这东西真是日怪：你不想生的时候，你就不能挨一下你的女人，你稍微挨上一下，就挨出一个娃崽来。赶到你想生的时候，你就是努断筋骨累断腰，到头来也是枉然。

看来，生与不生，生多生少，终归还是由人家老天来定。

111

十二

河滩地里的豌豆、苜蓿和萝卜芽拱出地面后，互相之间就像比赛似的日日日地往上蹿。短短的二十来天之后，北韩人就吃上了非常可口的嫩苜蓿，以及从豌豆地、萝卜地间出来的豌豆秧和萝卜秧。但有人手脚不干净，老要偷偷地摸揣到别人家的地里掐人家的苜蓿尖尖。丢了苜蓿的人家接二连三地跑到韩六娃门上告状。到了后来，就成群成伙地跑到韩六娃家里吃吵。

告状的人里面数韩狗蛋叫唤得凶："六娃哥，这可是了不得的事。苜蓿刚能往嘴里填了就偷苜蓿，要是萝卜和豌豆长成了，那还不偷得更凶？要是都这样没完没了地你偷我摸，那咱们村还不成了贼村子？别说你这当村长的没脸见人，就是我这当村丁的脸上也不光彩。"

韩六娃生气地对众人说："这些没心肝的狗东西，才吃了几天饱饭手就痒痒得不行了？你们别怕，我这几天就派人看护，看哪个不长眼的东西敢再来作乱？"

韩狗蛋之所以叫唤得凶，是想把看护庄稼的差事揽到自己手上。他虽然没有当着韩六娃的面明说，但韩六娃一眼就看破了他要的这个透明花招。

告状的人都走光了，但韩狗蛋却有意留下来说些少盐没醋的淡话磨蹭着不走。

韩六娃知道他留下来想干啥，故意拿一些倒二不着三的话和他兜圈子。

"狗蛋，你凭良心说，咱们村谁当看护庄稼的头合适？"韩六娃把眼睛眯成一道缝看着韩狗蛋。

"我也不知道，你看谁合适呢？"韩狗蛋圪翻着一双老鼠眼，揣摸着韩六娃的心思。

"你看成根行不行？"韩六娃故意扬了一把土试探韩狗蛋的口风。

"成根那个偏尿货牛得很，他才不愿意在你手下当这么个小头目。像他那种人，要当就当村长，连村副都不干。"韩狗蛋知道韩六娃给他玩的是虚晃一招的套路，避实就虚地在韩六娃面前装出一副不明就里的傻相。

"那你看茅勺行不行？"韩六娃又是虚晃一招，有意和韩狗蛋转弯子、绕圈子。

"咳——又奸又赖，才一拃拃高，要是叫他干，还不如养两条狗。"韩狗蛋以虚对虚，故意不往韩六娃的套子里钻。

"这么说，只有我自己来干了？"韩六娃见韩狗蛋一直和他玩虚的，使假招，亮出了一剑封喉的撒手锏。

"这可不行，这可不行。"

韩狗蛋慌了，以为韩六娃真的要抢走他的饭碗，急忙又是巴结又是讨好地说："你一个当村长的干这事，还不叫人家连下巴颏都笑掉了？别说咱们村的人了，就是外村的人知道了，也会笑话咱村的村长手下没人了，连个看庄稼的人都找不上。"

韩六娃故意装出一副为难的面相，叹口气说："这个也不行，那个也不行。我说我干吧，你又说惹人家笑话。难道这看护庄稼的事就这么搁着？"

"六娃哥，你要是实在找不出人来，你看我行不行？"韩狗蛋方寸大乱，亮出实话，吸着凉气搓着手，神色不安地看着韩六娃。

韩六娃心里笑着，脸上却满是愁云疙瘩："不是我不想让你干，我心里也很作难。村里有啥好事,有啥出头露脸的事,我总是照顾你,总是让你干,就为这些事情,村里人都把不好听的话说到了我的脸上。这回这事要是再让你干,还不又让人家戳我的脊梁骨?"

"我知道你有啥好事就想着我,有啥好处就照顾我。你对我这样好,我就是当牛做马也愿意在你手下死心塌地地卖命。要是换了成根他们,龟孙子才愿意给他干呢!"韩狗蛋做出一副忠心耿耿、誓死不二的样子。

从韩六娃的脸上来看,好像对韩狗蛋刚才的忠心话并不是十分在乎。他冷脸冷面、冷言冷语地说:"人心隔肚皮,知面难知心。我也不管你心里咋想的,我也不管村里人背后说啥,你既然非要干,这看护庄稼的事就由你来领头扯揽吧。不过,我可把丑话说在前面,要是有个啥闪失差错,我可该换人就换人。"

"那当然,那当然。要是我做了啥丢人现眼的事,你就拿脚踹我的尻子,你就拿唾沫啐到我的脸上。"韩狗蛋指了指自己的尻子,接着又指了指自己的脸,带着几分滑稽地做了个被啐脸踹尻子的动作,并把自己的一副笑脸非常下贱地杵到韩六娃面前。

看着韩狗蛋递到跟前的笑脸,韩六娃脸上一丝笑意也没有。他板着脸说:"我再把丑话说一遍,如果你做了对不起我的事,做了对不起村里人的事,我也不啐你的脸,我也不踹你的尻子。你自己拿鞋底板抽你自己的脸,你自己拿自己的尻子用石头碾子杵。"

韩狗蛋一个劲地朝韩六娃点头,一股劲地朝韩六娃说"是是是"。

韩狗蛋本来想人模狗样、体体面面地把看护庄稼的美差揽到自己手里,没想到使了那么多的心计、耍了那么多的花招,虽然最终把这个差事揽到自己身上了,但自己的脸面和尊严还是被韩六娃撕下来扔到地上踩了个稀巴烂。

韩六娃要的就是这样的结果,韩狗蛋也只能得到这样的结果。

不然的话,在偌大的北韩村,韩六娃就不是韩六娃了,韩狗蛋就不是韩狗蛋了。

当天，北韩村的护禾团正式成立。护禾团由三人组成，韩狗蛋被韩六娃委任为团长。

韩狗蛋把另外的两个人分成两班，一个值白天班，一个值晚上班。他是团长，既不值白天班，也不值晚上班，他负责领导和监督手下的两个团员。

护禾团成立后，偷摸庄稼的事很快就刹住了，韩六娃受到了村里人的夸赞，韩狗蛋受到了韩六娃的夸赞。受到村里人夸赞的韩六娃和受到韩六娃夸赞的韩狗蛋，都在心里为自己给村里办了件积德行善的事暗地里高兴。

然而，还没等他们高兴几天，一些刺刺扎扎的话就灌进了他们的耳朵里：滩地里连着出了好几起豌豆苗被割倒一片的事。从现场来看，做这件事的人并不是孤孤地冲着豌豆苗来的，而是故意糟践人，完全是一种往韩六娃和护禾团脸上抹屎抹黑的行为。村里人骂韩六娃用人不当，韩六娃骂韩狗蛋是骡子的卵把子——没用。

事情发生后，韩六娃连想都没想，就一下猜到了是谁。但他不说，也不想说。他把韩狗蛋和另两个护禾团团员叫到跟前，像日砍龟孙子似的狠狠地日砍了一顿。

韩狗蛋和那两个护禾团团员低着头，傻着脸，战战兢兢地站在村中的碾子旁边。

韩六娃拿烟杆点着三个人的脑袋气呼呼地说："要你们干啥？要你们干啥？吃干饭哩？吃白食哩？不想干给我滚到你娘炕头上去！"

"这事怨我，这事怨我。这事都怨我没管好他们两个。"韩狗蛋不住地向韩六娃赔不是。

"不要说了！再发生一件这样的事，全给我滚！"韩六娃说完，狠狠地一人瞪了他们一眼，转过身气哼哼地走了。

一帮看热闹的娃崽"轰"一下笑开了。

韩狗蛋捞起一根棍子就打。

娃崽们见韩狗蛋要打人，吓得赶紧四散逃开。

韩狗蛋一边追一边骂："笑你娘的鳖哩！笑你娘的黑鳖哩！"

韩六娃没有告诉韩狗蛋他们偷割豌豆苗的人是谁。但韩狗蛋和另两个护禾团团员在一起分析了一阵，就把目标定在了韩茅勺身上，这和韩六娃猜定的那个人不约而同地对上了卯眼。

一连几天，韩狗蛋就再也不敢贪他女人的被窝了。一到晚上，他就安排两人中的一个到地里正常巡夜，一个和他一起猫在韩茅勺家的院子外面监视。

出乎意料的是，他们连着蹲了三夜，也不见韩茅勺有啥动静。

那两个团员就有点沉不住气了，疑疑惑惑地说："咱们是不是弄错了，闹不好不是人家茅勺。"

韩狗蛋就气不打一处来地训斥他们："你们懂个蛋！不是他是谁？我就不信他不出窝。躲过初一还能躲过十五？"

第六天下半夜四更时分，一直在家老老实实安分了几天的韩茅勺终于出窝了。

韩狗蛋和那个与他一起蹲窝的护禾团团员，先是听见韩茅勺家的屋门"吱扭"响了一下。不大一阵，又听见韩茅勺家的院门也"吱扭"响了一下。

那个团员高兴地叫出了声："出来了。"

韩狗蛋踹了他一脚，压着嗓子说："别说话！"

韩茅勺出来后，鬼头鬼脑地朝周围看了看，将镰刀把插进腰里，轻轻地迈着脚步向河滩地方向走去。

韩狗蛋和那个团员也脚步极轻，并屏气敛声地悄悄跟在后面。

韩茅勺走到韩六娃家的地里，看了看四周没人，就从腰里抽出镰刀，弯下腰割倒一片豌豆苗。然后抬起头看了看，鬼鬼祟祟跑到韩成根和另几个人家的地里，挥动着镰刀，割倒一大片豌豆苗。

韩茅勺跑到韩狗蛋家的地里正要下手时，韩狗蛋一下蹿到韩茅勺跟前，大喊一声："不要动!"

韩茅勺愣了一下，转身就跑。

韩狗蛋他们在后面紧追不放。

韩茅勺人小腿短，跑不过他们，很快就被他们追上扭住了胳膊。

韩狗蛋上去先扇了一顿逼斗，接着又拿脚朝韩茅勺的尻子和腰窝里踹了一阵，然后才像押犯人一样把韩茅勺押到韩六娃家。

韩六娃起来后，韩狗蛋就把他如何分析出是韩茅勺偷割豌豆，如何在韩茅勺家外面蹲窝，如何在韩茅勺后面跟踪，韩茅勺如何割韩六娃家的豌豆苗，他又如何将韩茅勺当场抓住的事，前前后后、详详细细向韩六娃说了一遍。

韩六娃听了，没有夸赞狗蛋，只是冷冷地说："把他先关起来，天亮了再做处治。"说完，就扭转身回到了屋里。

韩狗蛋原想着韩六娃会当场夸赞他几句，没想到韩六娃连他平日最爱说的"好"字也没说一个。他不敢惹韩六娃，就把肚子里的气全撒在韩茅勺身上。他从柳树上折下一根柳条，狠狠地把韩茅勺展展抽了一个时辰。

毒毒的日头直射在人的身上，天空中热得像蒸笼一样。

北韩村的人被韩狗蛋全都喊到村中放碾子的场地上。

被五花大绑的韩茅勺低着头跪在碾盘上。

韩六娃先让韩狗蛋站到碾盘上把如何抓住韩茅勺的过程说了一遍，接着又让韩茅勺自己把他为啥要偷割别人家的豌豆、如何偷割别人家的豌豆的前因后果交代了一遍，然后自己站到碾盘上，非常威严地看看韩茅勺，又非常威严地看看碾盘下的村人，一字一顿地说道：

"偷豌豆苗的贼抓到了，大伙儿说怎么办?"

人们一下愣怔在那里，没有一个人回答韩六娃的问话。

韩六娃提高嗓门，更加威严地问道：

"怎么办? 啊——"

几个被韩茅勺割了豌豆苗的男人就吼开了：

"打！往死里打！"

韩成根站在人群里面。他没有跟着众人喊叫，只是闭着嘴静静地看着。

人们的喊声停下后，韩六娃把手立起来像刀子一样朝下一砍：

"打？打管什么用呢？打能解决什么问题呢？"他指着跪在面前的韩茅勺说，"这种贼骨头，再打也改不了贼性。大伙儿看这事这么办行不行？罚他在这里跪上一天，秋粮收了后给村里交三斗豌豆。谁家的豌豆被他割了，由村里作价让他赔偿。让他给大家白放一年羊。"

说到这里，韩六娃又把嗓门提得高高地问："大伙说行不行——"

众人一起喊："行——"

护禾团把偷割豌豆苗的韩茅勺当场抓住，并交给韩六娃在全村公开处治后，北韩村偷偷摸摸的事就彻底绝迹了。

韩六娃又一次受到村人的夸赞。不过，这一次他没有夸赞韩狗蛋，他觉得现在夸赞狗蛋还为时过早。

进了七月门，韩六娃看着满河滩长得半人多高的苜蓿秧，又粗又脆的萝卜和枝条上挂着一嘟噜一嘟噜又肥又大的豆荚的豌豆秧，心里就像吃了蜂蜜一样甜润。然而，等他高兴得脚下像踩了风轱辘似的跑到滩地里把自家的豌豆地和萝卜地仔细察看了一遍后，满是欢喜的脸上就"呜"的一下布满了像锅底一样黑的乌云。

有人在他家地里偷着摘豌豆拔萝卜了。萝卜被拔出后，露出的萝卜坑又被用土填死了；被摘了豌豆荚的枝条被严严地掖进其他枝条里面。尽管偷摸的人在做了手脚后没有留下一片萝卜叶，没有让一枝被摘光了豆荚的豌豆枝露在外面，但还是被心眼细得像针眼一样的韩六娃发觉了。他一尻子蹲在地上，脸上露出了冷冷的阴笑。

睡到半夜，他摸黑穿上衣裳就走。他决意亲自出马，把偷摸他家庄稼的贼人捉拿归案。

绿豆迷迷糊糊地问他:"黑咕隆咚的,你干啥去?"

"我肚里不爽快,到外面转转去。"说着,就系着扣襻走出了门。

他亲自捉拿贼人的事现在不想让任何人知道,包括他老婆绿豆在内。

已经偏西的月亮仍然很亮,把天空和地上照成了银黄色的世界。他顺着路边,像踩在棉花堆上似的、小小心心地走到村子与滩地打交界的地方,一声不响地猫在一个小土堆后面。

不知过了多长时间,村里的公鸡开始第一次打鸣,月亮猛然一下掉到了黑压压的西山后头,亮得和白天差不多的天空骤然间一下黑得啥也看不见了。

等他渐渐适应了这突然变暗了的黑色世界刚能看见离他几丈远的柳树杨树时,村子里出来一个像幽灵一样的黑影。

他急忙屏住呼吸,眼睛死死地盯住那个黑影。

那黑影好像疑心很重,往前窜几步就停下来东张张、西望望,确认没有险情后才又往前窜几步。

那黑影从他前头走过时,他虽然没有看清那黑影长得什么模样,但从走路的姿势上看,他一点儿也不含糊地断定那黑影就是韩狗蛋。

韩狗蛋窜过去后,他就和韩狗蛋拉开十几丈远跟在后面。

韩狗蛋依然疑心不减,走一阵回头看一看,走一阵回头看一看。

每回韩狗蛋回头看的时候,他就赶紧趴下窝成一团,看上去就像路边的一个小土堆。

韩狗蛋径直走进了韩六娃家的豌豆地里。

韩六娃屏住呼吸藏在离韩狗蛋不远处的豌豆秧里。

韩狗蛋摸索了一阵,站起身刚要往豌豆地外面走,韩六娃就"嗯哼"一声干咳了一下。

韩狗蛋听见有人咳嗽,一下就钻进豌豆秧里面,心里乱跳一气,脸上虚汗直往下流。

韩六娃由重到轻在地上原地踏了几步,做出走到远处的假象,然后又死死地盯住韩狗蛋藏身的地方。

韩狗蛋听见脚步声渐渐消失,以为刚才咳嗽的人已经走了,就站起身壮着胆大模大样地往豌豆地外面走。

韩六娃又突然"嗯哼"一声干咳了一下。

韩六娃这次猛然响起的干咳声,把韩狗蛋吓得更厉害。

"扑通"一下,韩狗蛋就软软地倒在了地上,像一只被窝了脖子的鸡一样窝在那里,既不敢大口出气,又不敢动弹一下,憋得胸脯里生生发疼,眼窝里直冒火花。

过了一阵,韩六娃就站起来往韩狗蛋那儿走。但他故意不走到韩狗蛋跟前,而是走到离韩狗蛋一丈来远的地方停下了。

"谁哩?"韩六娃问。

"是我……狗蛋……"韩狗蛋圪圪颤颤地回话。

"你做啥哩?"韩六娃又问。

"我屙哩。"韩狗蛋急忙从地上爬起来又蹲下,装出一副拉屎的样子。

"屙铁链哩还是屙皮条哩?咋一屙就屙半个时辰?"

"这几天吃糠吃多了,咋的使劲也屙不出来。"

"这么难屙?要不要我来帮你屙?"韩六娃说着,就拿着一根棍子走到韩狗蛋跟前。

韩狗蛋见韩六娃走到了脸前,就赶紧站了起来。

"哟!你咋屙哩?咋不脱裤子就屙哩?屙到裤裆里了没有?"

"六娃哥,六娃哥。"韩狗蛋慌里慌张不知说啥才好,只是一个劲地叫六娃哥。

韩六娃把脸一拉,咬牙切齿地说:"屙不下?嗯——咋就屙不下?嗯——你摸摸你的良心,嗯——我看你今天是屙下难过了!屙下祸害了!"

韩狗蛋听见韩六娃话里有刺,知道自己耍的花招已被识破,就"扑通"一下跪到地上,给韩六娃磕着头说:"六娃哥饶我,六娃哥饶我。"

"把兜里的豌豆掏出来!"

"我兜里没有,我刚才掏出来扔了。"

"扔到哪儿了?给我捡去!"

这时,天已经亮了。

韩狗蛋返回去把刚才扔掉的豌豆荚一个一个捡起来,又一个一个装进自己的兜里。

韩六娃狠狠地瞪他一眼,气哼哼地转身就走。

狗蛋把头低得低低的,一声不吭地跟在韩六娃后面。

回到家里,韩六娃"咣当"一声,把院门闩得死死的。

韩狗蛋以为韩六娃要狠狠地揍他一顿,赶紧将皮肉收得紧紧的。

绿豆听说韩狗蛋偷到她家头上了,气得在韩狗蛋脸上扇了几下:"你个没良心的东西,你个不识抬举的东西。你还想干不想干?不想干滚回你娘的炕头上去!我家好心好意地照顾你,倒把你养成没有人性的狼娃子了!"

韩六娃忍住气问韩狗蛋:"你凭良心说,我六娃对你怎么样?"

"好着哩,好着哩。比爹娘对我还好。"韩狗蛋像鸡啄米似的直点头。

"你说,我六娃哪点对不住你?"

"对得住,对得住,哪点都对得住。"

"我对得住你,你咋做对不住我的事?"

"全怨我糊涂,全怨我糊涂。"

韩狗蛋说着,就"咕咚咕咚"给韩六娃磕头。

韩六娃也不劝他,也不拉他,任凭他把头碰起了几个血包。

韩狗蛋把脑袋往地上碰了一阵,脸上满是乌青和泥垢。他抬起头,眼泪巴巴地看着韩六娃。

"你说,今天这事怎么办吧?"韩六娃不紧不慢地问。

"你说吧,六娃哥,你说咋办就咋办。"

"我今天要让你自己说。"

"你把我的村丁撤了，你像让茅勺跪在碾盘上那样，也让我跪在碾盘上向你和全村人认错，你像处治茅勺那样处治我。"

韩六娃叹了口气说："你呀，你真让我拿你没办法。你以为你和茅勺一样吗？你以为我会拿处治茅勺的办法处治你吗？你能昧着良心对我下得了手，我可下不了狠心收拾你呀。上一回你给村里人说我换种时偷着给自己多弄了一袋白面。你以为我是聋子？你以为我是傻子？我只不过不和你计较就算了。这一回你又不偷别人专偷我。你这不是拿刀子剜我的心吗？我今天也不撤你的村丁，也不拿处治茅勺的办法处治你。你回去盖上三床被子摸着胸口好好想想，你这样做能对得起天地良心吗？你这样做能对得起我吗？不过，我今天给你把话挑明，事不过三，有再一再二，没再三再四。下一次再做出对不起我的事来，别怪我六娃翻脸不认人。"

韩狗蛋千恩万谢地走了后，绿豆唠唠叨叨地说："你这人也是。你咋不狠狠地处治他？你咋还留着他干啥？"

韩六娃显得很有城府地说："你懂个啥？你处治了他，你开销了他，他就成了你的一个冤家对头。你放过他这一马，他就会像三三当年那样对你死心塌地、忠心耿耿。有他这个短处抓在手里，多会儿他也在咱手心里死死地捏着。"

"那你咋就那么狠心地处治茅勺？"

"茅勺和狗蛋不一样。茅勺是村里的赖皮，处治他村里人都解恨；狗蛋是我手下的村丁，处治他村里人还不骂我眼睛瞎了用不准人？茅勺那事是公开的事情，不处治他就要在村里失了人心；狗蛋这事只有你我知道，不处治他他对咱会感谢一辈子的。事和事不一样，人和人不一样，处理起来也就不能一样了。"

韩六娃得意地笑着。

绿豆拿眼睛直直地"剜"着他："你想得倒挺毒的。"

十三

八月十五一过，黄河滩就进入了收获用心血和汗水浇灌出来的劳动果实的季节，同时也进入了播撒种子和来年希望的季节。

洪水退去后，韩成根家的地里虽然下的种子最少，拱出地面的苗最稀，但等秧苗蹲起来之后，人们才惊异地发现，韩成根种庄稼的本事就是比别人高出一头。

与其他人家相比，韩成根家的豌豆苗长得又粗又高，结出的豆荚又肥又多，豌豆粒又饱满又瓷实，一亩地比一般家户至少要多打大几十斤。

别人家的苜蓿长了半人高，而韩成根家的苜蓿高得人站在里面只能露出半个脑袋。

别人家的萝卜开始往粗里发的时候一个挨一个挤得长不动了，而韩成根家的萝卜由于空隙留得比别人家的大，着了魔似的一股劲地往粗里发。虽然个数不如别人家的多，但却一个个长得像娃崽们的腿瓜子那样粗长。放到一起拢起堆来，别人家就和人家韩成根家从地里挖出来的萝卜差得没远近了。

韩六娃家和韩成根家的情况正好打了个颠倒。

他家的地里虽然下的种子最多，拱出地面的苗也最稠。一开始看上去，数他家地里秧苗长得齐刷，数他家地里的秧苗长得顺眼。但到了秧苗长成开始开花结果的时候，韩六娃一下就傻了眼：

他家地里的苜蓿才长到半腿高，就密得缠成了疙瘩，一片一片地枯萎而死。他家的豌豆秧倒是和别人家的长得一般般高，但由于苗距太近，日晒不透，风吹不进，就像人得了痨病一样，歪歪恢恢，支不住身子，碰上天阴下雨，就差不多全倒在了地里。

韩成根把地里的庄稼收回来后，苜蓿秧和豌豆苗在院子里堆得像小山一样，足够圈里的牲口放开肚子吃一年。豌豆收下三大缸，全家可着劲吃也保准能与第二年的小麦接上茬。放在西房里的萝卜一直堆到门口，想到里面干个啥连脚都插不进去。他抽着烟划算了一下，觉得这么多萝卜存在家里到了来年一开春就全都糠心。他和黑妮商量了一下，留下一些备着过冬，其旁的装了满满一马车，套上牲口拉到后山换成了小麦。逢年过节包个饺子擀个面条蒸个馍馍也管够用了。

韩成根把这一切都办妥后，心里感到非常的舒坦和爽快。他对黑妮说："今年刚遭了灾，咱这日子过得还不宽展。等明年麦子下来，咱兑点钱把你爹娘的坟再好好收拾一下。"

没想到，韩成根这句本是给黑妮宽心的话，却使黑妮伤心地哭了起来。

黑妮的娘家在去年的灾荒中成了绝门绝户的人家。先是她哥哥三三在和南韩村打架的时候被打死了，接着是三三的女人桃花抱着孩子到后山要饭去了。收秋之前，村里到外面逃难的人都回来了，独独剩下桃花连个人影也见不着。有人说她带着孩子嫁到了后山，有人说她和孩子在讨吃要饭的路上饿死了。但不管是饿死了还是嫁了人，到现在仍是活不见人、死不见尸。

桃花逃难走了后，黑妮爹娘的心一下就凉透了：三三死了，媳妇跑了，孙子也没有了，剩下两个孤零零的老骨头过得一点儿味气都没有。就是勉强躲过这场灾难，那以后还不是黑妮和成根的拖累？

老两口越想越觉得没活头，越想越觉得死了干净。

黑妮和成根虽然日子过得也难，但还是隔三岔五地给两个老人送去一些吃食。成根和黑妮本是一片好意和孝心，没料到他们的做法更加剧了两个老人心里的愧疚。两个老人装出欢欢喜喜的样子，专门上门过意不去地看了黑妮，看了成根，看了秀秀，回去后就一起吊死在门框子上。

黑妮爹娘走了后，韩成根觉得不对劲，心里忽然就"咯噔"一下："不好，快看看你爹娘去。"

说完这话，韩成根就和黑妮日急慌张地赶紧往黑妮娘家跑。两人赶过去后，院门紧紧地闩着。

黑妮爹呀娘呀地叫了半天，也不见里面有一点儿动静。

不祥的预感突然袭上韩成根的心头，他急忙从墙上翻进院里，一眼就看见黑妮爹娘直挺挺地挂在了门框子上。

韩成根手忙脚乱地上去就解套在两个老人脖子上的绳子，但绳子被挽成了死疙瘩，怎么解也解不开。

韩成根灵机一动，从饭厦里找见一把菜刀，将两个老人上吊的绳子砍断。

慌乱中，韩成根用手摸了摸两个老人的身子，感觉两个老人的身上还是热的，赶忙和后面进来的黑妮一人一个把两个老人窝到地上。窝了半天，不仅没能把两个老人救活，反倒把两个老人窝得浑身冰凉冰凉。

黑妮看了一眼满脸无望的韩成根，猛然意识到爹娘已经灵魂出窍，撒手人寰，疯了似的一头扑到爹娘身上，撕心裂肺地哭爹喊娘。

不管黑妮怎样哭喊身凉体硬的爹娘，也不管黑妮怎样哭天抢地，也没把命归黄泉的爹娘叫醒，更没使爹娘紧闭的双眼睁开一下。

人死不能复活，魂去不会复还。韩成根用一双泪汪汪的眼睛，无言地看着已经哭得涕泪满面的黑妮。

不一会儿，听见哭声的村邻们纷纷赶来，一起陪着黑妮和韩成根抹泪啜泣。

阴阳两界，总要诀别。黑妮又哭了好大一阵之后，韩成根和两个帮手，拉起扑在爹娘身上哭得死去活来的黑妮，用草苫子捆住，背到村后的山上放进一个小石窑里。

灾年之时，谁也无力再能厚葬亡灵。韩成根只得暂且把两个老人的尸体寄放在小石窑里，待来年手头宽裕之后再来补办一个像样的葬礼。

这天，黑妮又想起了死去的爹娘，正呜呜咽咽哭得伤心，秀秀手里托着个小毛毛虫从外面回来："娘，我抓了个小毛毛虫。"

黑妮满面泪痕地摸了摸秀秀的头发，反倒比原先哭得更加伤心。

见娘哭成了泪人，秀秀便一下愣在那里，咧开小嘴就要哭。

黑妮急忙止住哭，撩起衣襟把脸上的泪水擦干，强装出笑脸说："我娃不哭，我娃不哭。"

秀秀见娘笑了，脸上的哭相就变成了笑相："娘你看，这毛毛虫可好玩哩。"

黑妮看见秀秀手里的毛毛虫，就让秀秀把毛毛虫扔掉。

秀秀噘着小嘴把身子扭到一边，哼哼叽叽不愿意扔。

黑妮就吓唬她："快扔掉。不扔掉毛毛虫就咬我娃哩。"

秀秀笑着说："娘你哄人哩。这毛毛虫哪儿咬人？可好玩哩。"

黑妮见吓唬不住秀秀，就编着假话哄她："你看，这毛毛虫还小哩，还吃奶哩，它想它娘了，快把它放回去让它找娘去。"

这回秀秀信了黑妮的话，转过身"咯嗒咯嗒"地走出院门，让毛毛虫找娘去了。

过了没多大一会儿，秀秀又回来了。

黑妮以为她把毛毛虫扔掉了，就夸赞秀秀："我娃真乖，我娃真听娘的话。"

等到秀秀走到跟前，黑妮才看见秀秀不仅没有把小毛毛虫扔掉，反倒又抓回来一条大毛毛虫。

"娘你看，我把小毛毛虫的娘也找回来了。"

黑妮看着在秀秀手里拼命翻转扭动的毛毛虫,又编了一套假话哄她:"你看,毛毛虫圪扭得不愿意在咱们家,它们要回它们的家。快把它们送回它们的家。要不的话,毛毛虫就不高兴了,就要哭鼻子了。"

秀秀"咯咯咯"笑着,反过身送毛毛虫回家。

秀秀到了外面,看见韩狗蛋的大小子铁柱子蹲在地上看蚂蚁搬家。

秀秀凑过去对铁柱子说:"你看,毛毛虫,娘让我送它们回家。"

铁柱子站起来说:"我看,我看。"

"你看,可好玩哩。"秀秀说着,就把毛毛虫递到铁柱子手里。

铁柱子看了一眼,把毛毛虫扔到地上,"叭叽叭叽"就用脚把毛毛虫踩死了。

秀秀咧开嘴就哭:"赔我的毛毛虫,赔我的毛毛虫。"

铁柱子就吓唬她:"再哭!再哭我就连你也踩死!"

铁柱子没有吓唬住秀秀,秀秀哭得更厉害了。

"还哭?还哭我打死你。"铁柱子揪住秀秀的衣裳喊道。

秀秀一边哭着,一边上去在铁柱子的手上咬了一口。

铁柱子疼得松开了手,照着秀秀的脸上就扇了一耳刮子。

秀秀蹲在地上,放开声大哭开了。

黑妮听见秀秀越哭越厉害,放下手里活儿跑了出来。看见铁柱子欺负秀秀,上去就揪住铁柱子头上的辫子:"啊——你多大了?啊——她多大了?啊——你这么大欺负她这么一个小娃?"

铁柱子不吭气,使着劲和黑妮撕扯。

黑妮见铁柱子打了人还不认错,再加上心里也不痛快,照着铁柱子就扇了两耳刮子。

碰巧韩狗蛋路过这里,看见黑妮打铁柱子,跑到跟前喊道:"干啥哩?啊——干啥哩?啊——你多大了?他多大了?你这么大一个大人打一个小娃?"

黑妮丢开铁柱子,满脸怒气地瞪着韩狗蛋:"我打你娃你心疼,你娃打我娃我不气?"

"谁娃打你娃了?谁娃打你娃了?你看见我娃打你娃了?你看见我娃打你娃了?"

"啊——我看见了;啊——我看见了你娃打我娃。我没看见你娃打我娃我就打你娃?"

"你这个烂女人,怎么满嘴放炮,满嘴喷屎花子?简直是个泼妇!"

"你拿镜子照照你个尿样,把女人的奶头挂在脖子上,你这是偷的你娘的?还是偷的你姐的?你咋不把你娘你姐下面的黑窟窿割下来也套到脑袋上?"

两人骂着骂着,就动开了手。

黑妮虽然在女人堆里是力气大的,但毕竟不是男人的对手。还没撕扯几下,就被韩狗蛋按到了地上。

下地回来的韩成根见韩狗蛋把黑妮按到了地上,上去就照韩狗蛋的尻子狠狠地踹了几脚。

韩狗蛋感到尻子快要被踢裂了,松开黑妮正要往起站,韩成根揪住他那脖子上的肉瘤,握起铁锤一样的拳头就朝韩狗蛋的脸上一顿乱打。

几拳下去,韩狗蛋的鼻子被韩成根打得出了血,门牙也被打掉了一个,整个脸上黑紫烂青。

韩成根见韩狗蛋还不服软,举起锤头大的拳头在韩狗蛋眼前晃着。

韩狗蛋见惹不过韩成根,吓得捂着脸,一边走一边说:"好,你厉害。好,你厉害。你有本事你等着,你有本事你别走。我就不信这村里没人能管得了你!"

韩成根见一边叫喊、一边捂着尻子的韩狗蛋怯阵而逃,拉起蹲在地上的秀秀回了家。

铁柱子瞪着韩成根,不服气地把脑袋一歪一歪地离开了韩成根家的院门口。

捂着尻子边叫边撤的韩狗蛋并没有径直回家，他把韩成根告到了韩六娃那里。

韩狗蛋把打架的过程原原本本、一五一十地给韩六娃说完后，韩六娃沉下脸说："你这是恶人先告状。你一个大男人，怎么能动手打人家一个女人？成根打你你觉得冤枉？搁到我头上我也不让你。"

韩狗蛋不服气地说："黑妮打我娃哩。她不打我娃我能打她？"

韩六娃生气地说："她一个女人家，能把你娃打成啥样？她为啥打你娃？她好好的就打你娃哩？你那铁柱子是个省油的灯？他不惹人家，人家好好的就打他？她咋不打我娃？她咋不打别人的娃？"

韩狗蛋挨了一顿打，又告不下韩成根，就咕咕哝哝地说："算了，不告了，权当这顿打白挨了。"一边说着，一边往院子外面走。

韩狗蛋要不说这话，事情到这里也就完了。韩狗蛋说这话，倒把韩六娃惹恼了。

韩六娃喊住韩狗蛋："你别走，事情还没完哩。"

韩狗蛋返回来："没完还要咋哩？难道倒要叫我给他成根赔不是？"

"对，叫你说着了。你今天就得给成根赔不是。"

狗蛋噘着嘴："打死我也不去！"

韩六娃把嘴一撇："哟嚄——那事情刚过去几天翅膀就硬了？尻子上的屎还没干就又撅尻子了？"

韩狗蛋一下就软了："你说吧，六娃哥，你说这事该咋了结？"

"我不是说了吗？还要我再给你啰唆一遍？"

"我去，我去。"韩狗蛋忙不迭地点头。

韩六娃领着狗蛋来到韩成根家，黑妮就抢先把打架的前因后果又说了一遍。

韩狗蛋听了，忙给黑妮赔不是："我不知道我娃打了你娃，我要知道我娃打了你娃，我就不会和你动手了。我不对。我一个大男人不该和你动手。我向你赔礼。"

韩成根大度地说:"这事也不能光怨狗蛋,我女人也有不对的地方,我也有不对的地方。我也向狗蛋赔个礼,道个歉。"

韩六娃见两边都赔了不是,笑着说:"灯不挑不亮,理不说不明。你们两家既然把事情说开了,以后就权当没有这回事。只要你们两家以后不为这事记仇,不为这事结仇,我也就放心了。"

韩成根把他们送出门外,见韩狗蛋前头走了,就对韩六娃说:"这事还得谢谢你哩。"

韩六娃笑着边走边说:"谢啥哩?谁让咱们两家是世交哩!"

韩狗蛋往家走的路上,肚里气得"咯咕咯咕"的。

他和韩成根家打了架,原本是想到韩六娃那里告韩成根,让韩六娃给他做主,没想到韩六娃不仅不给他做主,反倒叫他给韩成根赔不是。本来占理的事情,却吃了败官司。我哪点做得不对了?我哪点做得输理了?我娃打他娃不对,他女人打我娃就对了?我打他女人不对,他成根打我就对了?

本来和成根把事情说开后他肚里气消了一半,没想到韩成根在他家院门口谢韩六娃时,韩六娃竟说了句"谢啥哩,谁让咱两家是世交哩"。

他娘的个鳖!他娘的个腿板子!你韩六娃和韩成根以为我是聋子?以为我听不见?以为我是傻子?以为我听不出那话里面是啥意思?这不是活欺负人哩吗?他娘的,这年头,谁有钱谁受人尊敬,谁有势谁就占理。这道理,那道理,有钱有势才是硬道理。理是个啥?理算尿啥?理是他爹的尻子眼!理是他娘的鳖窟窿!只要有钱有势,王八羔子都能扬眉吐气,连灶王爷放屁都不叫放屁,那叫神气!

人穷莫与人讲理,个矮莫与人叫板。要想在北韩村挺起腰杆硬起来,腰包里就得先硬起来。就凭自己现在这软瘪瘪的腰包,下辈子也别想在人家韩成根跟前充大头。

回到家里，韩狗蛋一头栽到炕上，蒙起被子就"睡"了起来。

红果弄不清个中缘由，刚想问韩狗蛋怎么回事，看见铁柱子垂头丧气走了进来，就转过头问铁柱子："你们父子俩今天怎么啦？一个脸吊得比驴脸还长，一进门就扯开被子，钻进被窝；一个把脸圪翻得跟驴尻子一样，要多难看有多难看。"

铁柱子歪着脖子，瞪着血红的眼珠子说："被人欺负了！被人往死里欺负了！"

红果不知就里，满脸迟疑地问铁柱子："被谁欺负了？被谁往死里欺负了？"

铁柱子便气哼哼地把刚刚发生的事从头至尾给红果说了一遍。

红果听了，便撩开被子问韩狗蛋："铁柱子说的是不是实情？"

韩狗蛋一声不吭，瞪了红果一眼，咪溜一下又钻进了被窝。

红果火了："问你你咋不吭气？你哑巴了？你嘴里含上屎了？"

韩狗蛋霍地从被窝里钻出来："你才哑巴了！你才嘴里含上屎了！"

红果指着韩狗蛋说："你打了人家女人有了理了？你告状告输了有了功了？你有本事你跑到人家门上赔礼道歉哩？你有能耐你让人家到咱门上认错呀！在外面窝囊你娘鳖的，回到家里拿我当出气筒？"

韩狗蛋见红果说出的话一点儿也不向他，反而把胳膊肘子朝外扭，上去拧住红果的胳膊，"叭叭"就扇了两个逼斗。

红果挨了韩狗蛋两逼斗，扑上去就和韩狗蛋浑闹浑打。

韩狗蛋见红果泼上命地和他厮打，知道这样和红果撕扯不会有好结果，气哼哼地从家里走出来，跑到河滩地里瞎转悠去了。

红果放开声哇哇大哭起来。婆婆过来劝了半天也没劝住。

红果伤心极了，红果后悔透了。她伤心天下男人多的是，为啥就让她嫁这么个不起烂三的韩狗蛋。她后悔自己当初不该从韩成根家半夜出走，让她失去了一个又有骨气又有能耐的好男人。

她嫁给狗蛋，全是她爹跟韩成根斗气造成的。她事前没有见过韩狗蛋这副尿样。要是见过了，就是打死她她也不会嫁给他。赶到他揭开她的盖头见了他，一切都晚了，她已经进了他家的门成了他的媳妇。

头一天夜里，她就受到了他家的侮辱。

那天夜里，闹完洞房的人走了后，红果铺开褥子，抖开叠得整整齐齐的红被子，里面掉出一块比小孩尿布大点的白布片。

她知道这个白布片是干什么用的，很不高兴地把白布片拿起来扔到炕下。

婆婆进来从地上把白布片拾起来，放在炕上对红果说："睡觉的时候把这垫在身子下面。明天我要来拿。"

红果当时眼泪一下就流出来了。这是婆婆特意给她做的验贞布。尽管韩成根娶她时因为她不让韩成根近身而出走的事他们都知道，但他们还是不相信她还是个纯粹的姑娘身。

望着这块白色的验贞布，红果的心就像掉进枣刺堆里一样，疼痛难忍，汩汩流血。她眼里饱含着泪水，把验贞布垫在她的身子下面。

在针扎般的刺疼中，她用她身体的那个部位迎接了韩狗蛋身上的那个部分。等韩狗蛋从她身上下来后，她从身子下面抽出那块验贞布一看，脸色一下就刷白了。

那白色的验贞布上，除了沾着一些像糨糊一样的东西外，并没有她盼望出现的婆婆希望得到的红色血滴。

韩狗蛋问她咋了，她就如实把这块白布片的来历和用意说了。

韩狗蛋听了，也很发愁。两个人就窝在被窝里互相看着，半天不说一句话。

忽然，炕沿下响起一阵"吱吱吱"的叫声。

红果说道："有老鼠。"

"在哪儿？"韩狗蛋问。

"在炕沿下面。"

红果话音未落，两只老鼠就嬉闹着从炕沿下面跳上了灶台。

韩狗蛋笑了，脸上露出几分得意，穿上衣裳下了炕。

两只老鼠听见响动,"嗖"的一下从灶口钻进与锅灶连成一体的炕道里。

韩狗蛋取出一个自制的老鼠夹子,用一块馒头插在饵钩上,放在锅灶出口附近。

红果在炕上说:"多会儿不能打老鼠?非得今天打?还要冻出病来。"

韩狗蛋"噗"的一下将灯吹灭,搂着红果重又睡下了。

过了一会儿,就听见"叭"的一声,一只老鼠"叽叽叽"叫了几声,便躺在木板夹上翻起了白眼。

韩狗蛋重又点上灯,将死老鼠从老鼠夹子上取下来,又将验贞布展开,把老鼠头朝下倒提在手里,老鼠血便从老鼠的嘴里滴滴答答流到了白白的验贞布上。

韩狗蛋的做法,当时真把红果给感动了。她一开始见韩狗蛋的时候,见他脖子上长了个女人的奶子,心里非常不情愿,觉得嫁这么一个丑八怪一辈子窝心。但经过了韩狗蛋打老鼠往验贞布上滴血这件事,潜藏在她心里的冰圪渣瞬间又被融化了。

由于她和他初尝云雨之后,她没能用她的处女血证明她的处女身。而他,并没有因此而嫌弃她,和她一起抱成团瞒哄婆婆,说明他的心还不赖,能和她过到一起。

人好不如心好。只要人好,长得丑点儿也不算啥问题。

第二天,婆婆来拿验贞布,一见上面有她需要的血迹,当下就咧开嘴笑了。但她仔细一看,又觉得不大对劲,就合住嘴摇开了头。

过了一会儿,婆婆就把韩狗蛋喊出去。

又过了一会儿,婆婆进来,将验贞布狠狠地甩在红果面前。

红果猜想肯定是韩狗蛋刚才在婆婆面前下了软蛋,把昨天晚上弄老鼠血的事全都说给了婆婆。

红果就又后悔开了,觉得和这样一个没有骨头的男人过活在一起,那还能有好日子?

此后，婆婆总是明里暗里拿话刺她，就连韩狗蛋有时候也说她是二茬子地。

因为这事，韩狗蛋时不时和她甩脸子、闹撇子。

每回闹完，红果总是不言声地一个人悄悄流泪。

她觉得这事没啥可分辩的，就像黄泥抹到裤裆里一样，不是屎也是屎，纵然你浑身是嘴也说不清道不明了。

前几年，当她听说黑妮假装生娃崽被人把下面夹的草纸捡起来还笑得出岔了气。后面一想，自己当时实在是不应该笑话人家，自己才应该让人家笑话。

再后来，她就豁出去了，不管是婆婆也好，也不管是韩狗蛋也好，只要有谁再说她是二茬子地，再说她不是姑娘身，她就也不怕人听见，也不怕人笑话，豁出去和他们浑吵浑闹，反而把婆婆和韩狗蛋吓得再也不敢提及那事了。

红果渐渐地认清了这么一个理：这一家子人都是这样，吃荤不吃素，吃硬不吃软。

晚上，韩狗蛋醉醺醺地回来后，也不知道从哪里来的那股凶劲，一把把红果从被窝里提出来就是一顿暴打。

红果穿上衣裳，哭哭啼啼跑到韩六娃家告状。

韩六娃披上黑色的对襟褂子，气呼呼地跑到韩狗蛋家，指着韩狗蛋的鼻子就是一顿臭骂。

韩狗蛋吓得当时酒就醒了，点头哈腰地直向韩六娃告饶："我以后再也不敢了，我以后再也不敢了。"

十四

秋收时节，本该是庄户人家继夏收之后又一个开怀兴奋的高潮期。但在南韩村村长韩四小和所有南韩人的脸上，却看不到一点儿开心的喜欢劲。他们的心头全都被浓浓的愁云笼罩着。

韩四小坐在他家房檐下面的廊台上，心窝里泛出一层又一层忧虑和愁苦。

这些年来，不论是他当村长之前，还是他当村长之后，每一回和北韩村发生冲突动起手来，南韩人总是大显威风，大出风头，大获全胜。每一回闹完，村子里不管是大人还是小娃，不管是男人还是女人，一个个都咧开嘴巴露出牙齿高兴几天甚至几个月。闲下来没事可干的时候，不是谈论南韩人的凶险厉害，就是笑话北韩人的稀软窝囊。

每当这个时候，韩四小的内心深处，不仅没有南韩人特有的那种自豪和骄傲，反倒会产生一种强烈的自卑和悲伤。

南韩人除了村子大，除了人多，除了打架能打过人家，还有什么能跟人家比的？种地能种过人家吗？过日子能过过人家吗？村子的管理能比过人家吗？村里的风气能比过人家吗？

凭良心来说，北韩人得粗脖子病的人比南韩人多，小矮个儿比南韩人多，成不了家的光棍也比南韩人多，这是他们比不过南韩人的短处，也是他们让人耻笑的丑处。

除了这些,人家干什么不比南韩人日能?干什么不比南韩人干得好?论起种庄稼来,远近十几个村子哪一个能比得上人家韩成根?论起管理村子,又有哪一个能比得上人家韩六娃?

人家北韩村种地有韩成根这个人才,一下就把整个村子带了起来。管理上有韩六娃这个帅才,把村子治理得有条有序、安安然然。

相比之下,他作为一个庄户人家,作为一个村的村长,就比不过人家韩成根,就比不过人家韩六娃。

同样是遭了灾,人家就知道按成熟期的长短分开种了好几种,既在很短的时间里解决了当下火烧眉毛的饥饿问题,又解决了与来年小麦接茬的长远问题。

而南韩的人在这方面却比人家北韩人差多了。一个个脑筋直得跟一根铁棍似的,就知道往地里一个劲地种高粱、种玉米,而且还种得又密又稠,好像只有种得密种得稠才能多打粮食似的。结果,长出的庄稼由于过于稠密互相挤得七歪八扭、七倒八爬。不仅使全村人眼巴巴地饿了好几个月,而且还在秋收时收获了一脸的忧虑、一肚子的忧愁。

水灾之后,人家北韩村再也没死一个人,而南韩村又呼啦呼啦死下一糊片。

从村风民俗这方面来说,人家北韩村偷偷摸摸打打闹闹的事很少发生,偶尔出上一件两件,人们像正月十五看热闹一样看稀罕。而南韩村长年四季不是你偷了他几穗玉米,就是他割倒你几根高粱,不是你打破了他的脑袋,就是他踢坏了你的肚子。闹得村子里成天鬼吵鳖闹,鸡狗不安。

韩四小心里除了为村子里的事忧虑和愁苦外,心窝底下还深藏着一个对不起韩成根的惭愧事。

县城北头的龙兴塔冒烟那年,梅梅给他生下了第三个娃崽。这娃崽是个女娃,一跌到炕上嘴里就含含糊糊地不知叫了一声什么。

梅梅听着是个"娃"字,帮忙接生的黑虎娘说是个"娘"。黑虎娘把手指头伸进娃的嘴里往外掏黏液,"呀"地叫了一声:"这娃嘴里咋长了两颗牙?"

梅梅当时也没在意,但黑虎娘却觉得是非常大的凶险事,连说出的话都讫讫颤颤的:"啊呀呀……啊呀呀……这可不得了……这可不得了……这可是个怪胎……这可是个妖孽……这娃要是留下来,还不把你全家克死?还不把全村人克坏?"

梅梅听了,吓得脸上都没了血色。

韩四小不信,觉得娃刚生下来长了两颗牙,说了一声听不清是"娃"是"娘"的话,就成了怪胎妖孽?就会把全家人克死?就会把全村人克坏?

尽管韩四小一点儿也不相信这女娃是怪胎、是妖孽,但黑虎娘和梅梅却坚决要韩四小把这娃扔掉,并且还要把这娃弄死,还不能扔在南韩村的土地上。

但凡遇上这种说不清道不明的事,但凡遇上这种神神鬼鬼的事,几乎所有的人都会抱着一种宁可信其有、不可信其无的态度看待和处理。

韩四小没法,任凭他磨破了嘴皮子,耗干了唾沫星,也没把黑虎娘和梅梅说转。第三天夜里,他没有一点儿奈何地渡过黄河,把这个女娃扔在了北韩村河滩地里的一棵柳树下。

按照黑虎娘给他的交代,他刚想把这女娃弄死,女娃就张开小嘴哇哇哇地哭开了。

他把颤颤抖抖的手收回来,给女娃留了一条活命。

梅梅和韩四小为了不让外人知道他们家生了一个怪胎妖胎,拿了二斤黑糖、三斤点心和五斤芝麻堵住了黑虎娘的嘴。

吃了人家的嘴软,拿了人家的手短。黑虎娘收了他家的东西后,就对外人讲,梅梅生了个娃,是女娃,一生下来就死了,一生下来就扔了。

过了几天,黑虎娘又对外人说,你们知道吗?你们听说了吗?

后山里不知道是哪个村哪个女人，生下一个女娃，一生下就叫了一声娘，嘴里还长了两颗像狗牙那么大的牙。

再后来，这件事在全县传得越来越神、越来越邪。

梅梅和韩四小怕黑虎娘把他们的底子抖搂了，就又拿了一些好吃好喝的去堵黑虎娘的嘴。

韩四小没想到，他扔掉的这个女娃竟然被韩成根捡到了。

韩成根捡了个怪胎的事很快就越过黄河传了过来。

黑虎娘和梅梅就问韩四小："你是不是没把那女娃弄死？"

韩四小不想让她们知道这件事的实底，就编了一套谎话哄她们："哪能呢？我亲手弄死后，还蹲在那里吸了好几锅烟，等了足足有两个来时辰，直到那女娃身上全凉透了才走的。"

韩四小编的这套谎话不知道梅梅和黑虎娘相信不相信。但从脸上的表情看，梅梅好像是信了，黑虎娘有点儿不太信。不过黑虎娘倒还挺守信用，直到现在也没把这事的底子抖出来。

这事虽然过去了好长时间，但韩四小心里总有一个疙瘩，总有一种对不住韩成根的愧心感。

和北韩村因为黄河改道打架谈判时，他把韩狗蛋撵回去并不是嫌韩狗蛋长得难看，而是想借当时的机会和韩成根见上一面，想把女娃的事和韩成根说清。

然而，等韩成根来到他的面前时，他一下又不知道该怎么说才好，好几次话都到了嘴边又咽了回去。他没想到，他们谈判完之后，黑虎竟然要韩成根的指头，更没想到韩成根竟然真的拿菜刀把自己的指头剁了下来。他不知道自己哪里来的那股劲，竟然也拿起菜刀把自己的指头剁了下来。

韩四小正在一脸忧愁地为南北两韩和韩成根捡他家女娃而烦闷，韩黑虎满脸恼怒地走进了韩四小家的院里。

"四小，愁眉糊眼的咋啦？"韩黑虎愣声愣气地说。

"没咋，没咋。"韩四小被吓了一跳。

"哎，我给你说个事！"韩黑虎话里带着明显的气劲和狠劲。

"说吧。"韩四小蔫蔫地说。

"咱们夏天和北韩村定的那份契约你仔细想过没有？"

"没有。"

"那里面漏了一个很要紧的东西。"

"啥东西？"

"咱们光在契约上写了一年要多多少少小麦，忘了写今年了。"

韩四小没看韩黑虎，低着头"嗯"了一声："是忘了。"

其实，韩四小当时就知道这一点落下了，但他觉得那时候已经把人家北韩人欺负得够狠的了，故意在这一点上放了北韩人一马。

"不行！不能饶过他们！今年的小麦非要不可！"

"咋要哩？还能空口说白话？还能去耍赖讹人？"韩四小话里也带了气。

"咋不能要？咋是耍赖讹人哩？"韩黑虎眼睛里冒出了火星。

"我不是说不能要。我是说你要朝人家要，总得把话摆到桌面上，总得把理端到人前头。"

"你咋知道咱没理？你咋知道咱把话端不到桌面上？"韩黑虎火气十足地步步紧逼，好像不是北韩人欠了他们的东西，而是韩四小欠了他的东西。

韩四小终于忍耐不住了，霍地站起来，凶凶地瞪着韩黑虎："你圪吵屎哩？你嚷嚷蛋哩？我欠下你的了还是该下你的了？"

韩黑虎见韩四小火了，就把自己的火气往下压了压："我不是这个意思。我是说咱们和北韩写的那份契约里头既没说今年要，也没说今年不要。在这件事上，就看你怎么想怎么说。可以说成是不要，也可以说成是要。既然能要，咱们为啥不要？咱们不要，北韩人还以为把咱们当成傻子日哄了。"

"这话你能说出来，这事你能做出来，可我说不出来，也做不出来。"韩四小用一副很看不起的眼神看着韩黑虎。

"你看这事这样行不行。你要是实在不愿意出头露面，我去，我领上人去，我和他们去谈去。能谈成就谈成，谈不成就算了。"韩黑虎用商量的口气说。

"不行。你要去你以你自己名义去，不要打村里的招牌。"

"这也不行，那也不行，村里要你这个村长干尿啥哩？你怕啥哩？你怕北韩人骂你？你怕北韩人打你？你怕北韩人把你的卵子咬下半截来？"韩黑虎一边说着，一边就气哼哼地甩着手走了。

韩四小以为韩黑虎发完火就没事了，没想到晚上韩黑虎竟然鼓动了一百来号后生来到他家，里三层外三层地把他围在中间。

几个后生指着韩四小的鼻子说："你窝囊！你软蛋！你不给村里做主！你不给村里争利！你这样当村长你不觉得脸红？你这样当村长你不感到丢人？"

韩四小见众怒难犯，就没敢硬顶，只好绕着圈说："我不是不愿意去，也不是不敢去。我原先也打算这么办，可我这几天得了伤寒，上吐下泻，浑身没一点儿劲。我是想过几天等我的病好了再去。"

"你不能去你说清楚，为啥也不让别人去？"

"这话我是给黑虎说过。你们觉得黑虎领你们去行的话，就让黑虎领你们去。"

"咋的就不行？你村长占着茅坑不拉屎，就不能让别人进去也蹲一蹲？"

"那你们就给黑虎说，让黑虎领着你们去。"

"说清楚了，我们可是以村里的名义去。"

"行。"韩四小说着，没有一点儿奈何地转身回到了屋里。

第二天一大早，韩黑虎领着二三十号后生渡过黄河来到北韩村。走到村子中间石头碾子跟前时，迎面碰上了扛着镢头往南走的韩狗蛋。

韩狗蛋一看，吓得转身就跑。一个后生赶紧追上去把他扭了过来。

韩黑虎一尻子坐在碾盘上的石磙子上，凶神恶煞般地对韩狗蛋说："去！把六娃叫来，我们南韩村找他有事。"

韩狗蛋把话传给韩六娃后，一下就把韩六娃吓得软瘫在炕上了。

韩六娃抱住脑袋想了半天，也不知道该不该见韩黑虎。

不见吧，人家既然进了村子，迟迟早早躲不过去。见吧，又猜不透这个愣头青究竟要干啥，究竟要做出啥样的愣事。

实在想不出办法，韩六娃就只好厚着脸去找韩成根。

韩成根听了，当下就果断地说："去！咋的不去？"

"那去了给人家说啥呢？"

"这由不得咱，得看人家要给咱说啥？"

"人家要是说个啥，咱是答应还是不答应？"

"这由不得他，咱觉得合适就答应，觉得不合适就不答应。"

"不答应人家要是和咱动手咋办？"

"人家要动手那是人家的事，咱们只管住咱们的嘴就行了。"

"我一个人恐怕不行，这事还得你出马哩。"

"我去可以。你既然遇到了难处，我还能爬到柳树上看河涨？"

韩成根虽然对韩六娃提出的要求没有打磕，但还是特意叮咛了一句："不过，这事还得你来撑锤定音，我在一旁给你敲边鼓。"

两人说定，就又叫了几个人一起到了村子中间的碾盘跟前。

韩黑虎见他们来了，坐在石头磙子上黑着脸不说话。

韩六娃看见韩黑虎一脸杀气，吓得腿软得来回打摆。

韩成根心里一点儿也不惧怕，他笑着和韩黑虎打趣说："黑虎，啥风把你吹来了？"

"啥风？一股妖风！"

"啥妖风？这么大的劲？还能把你从河南边吹到河北边？"

"对，这风大得很，不仅能把我从河南边吹到河北边，弄不好还能把你们北韩人吹到一边去。"

"要真是妖风，咱们就谁也不用害怕了。我们的村长懂得巫道，一口气就把妖风定住了。"

韩黑虎本来想一开头就给北韩人一个下马威,没想到上次谈判剁下一根手指头的韩成根嘴巴竟是这般厉害,句句不饶人,处处占上风。

他见来斜的歪的抵不过韩成根,就赶忙将话转入正题。

不过,韩黑虎这时耍了一个小心眼,他故意把韩成根丢到一边,冷脸冷面地对韩六娃说:"韩大村长,你知道我们找你做啥吗?"

韩六娃早吓得把魂都丢了,哪里还能说成话:"不街(知)道……不街(知)道……"

"我们是来朝你要粮食来了。"

"要……要……要啥……啥粮……"

"你别装糊涂。咱们定的契约上不是写得明明白白吗?"

"写……写啥……写啥了?"

韩成根见韩六娃说不成话,就把话接过来说:"契约上写的啥,拿出来看看不就清楚了?"

韩黑虎凶凶地瞪着眼睛说:"关你啥事?你是村长?"

韩成根也凶凶地说:"你这话是啥意思?我不是村长,好像你是村长似的?"

"我是副村长,你是副村长?"

"既然你是以副村长的身份来的,那今天这事就谈不成了。因为你们村有副村长,我们村没有副村长。你给谁谈哩?你把碾子当副村长谈吧。"

韩黑虎被韩成根的话噎得说不出话来。

韩成根又说:"今天要谈两个村的事,就让你们村长来,让你们的村长对我们的村长。"

韩六娃见两人僵到了那里,就结结巴巴地打圆场说:"能谈……能谈……成根虽然不是副村长,但在村里也跟副村长差不多,平日村里有啥事,我老跟他商量。你们两个谈,你们两个谈。"

韩六娃见有了替身，后面的话也变得顺溜了。

韩黑虎这才和韩成根正儿八经地谈开了："契约上不是有这么一句话吗，每年让你们北韩给我们南韩小麦玉米各八十石吗，现在都什么时候了，你们怎么还不给我们交粮？"

韩成根想了想说："天地分上下，道路分前后。定契约的时候是什么季节？谁再日能也不能在秋天种出小麦呀？你现在朝我们要小麦，就好比你走路不分前后，天地不分上下。"

"小麦不给还能赖过去，玉米不给就说不过去了吧？你们可是把玉米种到地里了呀？"

"玉米也不能给。因为玉米和小麦是捆在一搭说的呀！"

韩黑虎说不过韩成根，就又把脸拉下耍开了蛮气："不给可以，但我今天把话说清楚。反正我们咋也是饿着肚子，逼急了啥事也能做得出来。要是你们非不给，咱们就像夏天那样再干一回！"

韩成根寸步不让："你别吓唬人。无非是我们北韩村再死几个人嘛。那时候大灾大乱，官府顾不上管这事。现在不是那时候了，我就不信再出人命关天的事官府能不管！谁要是再惹下人命，咱就老账新账一块算，连夏天的事一块告！我看哪个吃了豹子胆？喝了老虎尿！我看哪个骨头硬得不怕蹲牢房，我看哪个脖子粗得不怕杀脑袋！"

韩黑虎和南韩村的人被韩成根的气势震住了，你看看我，我看看你，谁也不敢说自己不怕蹲牢房，谁也不敢说自己不怕杀脑袋。

事情闹到这里收场，对北韩村来说是再好不过的结果了。但韩成根和韩六娃都没有想到，韩狗蛋这个鲁货把事情给挑大闹乱了。

一开始，北韩人看见南韩人满脸的凶劲，想起夏天发生的那场流血械斗，一个个吓得躲得远远的探头探脑地朝碾盘方向窥视。等到韩成根渐渐把南韩人震住，南韩人的气焰渐渐消退下去时，北韩人对南韩人心里的惧怕便一下荡然无存。在夏天那场械斗中被南韩人揪住脖子上的肉瘤被打得口鼻出血的韩狗蛋，趁机鼓动人们回到家里拿上家伙,准备狠狠地报复一下南韩人。

韩黑虎和南韩人正要灰溜溜地往回撤,韩狗蛋就领着人打了过来。

韩成根急忙喊道:"不要动手!不要动手!"

不管韩成根怎样喝止,北韩人还是疯了似的抡起棍子、锨把,雨点般地打了起来。

由于南韩人人少,再加上手里也没有带啥家伙,只有招架之势,没有还手之力。虽然没有被打死的,也没有被打残的,但大多数都带着皮肉之伤逃离了北韩村。

韩狗蛋拄着锨把,满脸是汗:"今天可出了气了,今天可解了恨了。南韩人不是厉害吗,看他们今天这个龟孙样,全是一帮尿蛋,全是一帮软蛋。"

正吹得起劲,韩六娃从后面照着他的尻子就狠狠地踹了一脚:"吹啥哩?吹你娘的鳖哩?滚——"

韩狗蛋捂住尻子,一边迷迷惑惑地往一边躲,一边嘴里咕咕哝哝地说:"咋哩?咋哩?咋哩吗?"

韩六娃害怕了,韩成根发愁了,他们知道南韩人绝不会就此罢手,夏天那场流血械斗很快就会重新发生。

晚上,韩六娃来到韩成根家,和韩成根商量下一步的对策。

还没等韩六娃开口说话,韩成根就说:"今天这事闹大了,闹坏了。都怨我,怨我事先没有想到这一点。"

"哪能怨你?都怨狗蛋那个憨尿货。"韩六娃说到这里,脸上就浮现出浓浓的愁苦和惊怕,"祸已经闯下了,再怨谁也没用了,就是把狗蛋打死也不顶事。你说咱可咋办哩?"

"我也没有好办法。我看只有找区长了,让区长出面调和调和,弹压弹压,兴许能把事情压住。"

按照两人商量的办法,韩六娃第二天就赶紧揣了三包烟土送给了马区长。

马区长一见韩六娃送来的烟土,眼睛就笑得眯成了一道缝:"好,好,我明天就派人把南韩村的人叫来,到时候你也来。我给你们调一调,压一压。南韩村的人有多大的胆子?夏天的事还搁着哩,这回要是再敢把人打死,那上面可要该抓的抓、该毙的毙了。"

马区长调和南北两韩的事的时候,韩六娃又登门叫韩成根。任凭韩六娃把天说破、把地说塌,韩成根死活都不想去。

韩六娃就求情说:"好我的成根弟哩,难道你还要叫哥给你跪下吗?"

韩成根没法,就被韩六娃扯着一块来到区里。

马区长虽然收了北韩村的烟土,但心里其实也对凶悍的南韩人惧怕三分。为了既不得罪北韩村,也不伤了南韩村,就一股劲地和稀泥往平抹。

马区长先让双方把契约的内容和打架的过程说了一遍,然后就圪眯着那双永远也睡不醒的眼睛,似睡非睡似醒非醒地想了好大一阵,这才圪转着细细的肉缝后面那对黯然无神的眼珠,先看看南韩村的人,再看看北韩村的人,最后才有气无力地说:

"你们两个村的事其实是两宗事,一宗是打架的事,一宗是契约的事。打架的事不光是一次,连上夏天那一次是两次。头一次南韩村的责任大些,第二次北韩村的责任大些,头一次北韩村吃了亏,第二次南韩村吃了亏。两次下来,你们两家打了个平手,算是扯平了。"

马区长看看韩六娃,又看看韩黑虎。

韩六娃和韩黑虎都是村里的人精,都知道这种场合谁先说话谁被动。

因此,韩六娃看看马区长不说话,韩黑虎也看看马区长不说话。

马区长见两人都等着他的下文,就长长地干咳了两声,接住刚才的话茬说:"打架的事我看再说也说不成个啥样子,吃亏占便宜也就那样了。要是谁家再闹惊动了官府,上面要是下来拿人问罪我可就管不了了。这契约的事我看责任也是双方都有。当时你们定契约的时候，为啥就不把今年的事写清楚呢？为啥就偏偏把这么关键的事给落下了？为啥就留下了这个最容易引起纠缠的根子呢？既然你们当时都没想到这一点，既然你们当时都疏忽了这一点，那这事你们两方就得都承担责任。你们原先不是定的每年北韩给南韩小麦玉米各八十石吗，我看就从中间拦腰砍一下吧，今年北韩给南韩小麦玉米各四十石了事。"

韩六娃首先不同意，他不满地看了马区长一眼："既然定下了契约，就按契约办事。契约上有的，我们就是再吃亏也不打半点折扣。契约上没有的，就是再说成个啥我们也不能给。要是不按契约行事，那就把契约撕了算了，等于没有这回事。"

韩黑虎也不同意，他瞪着韩六娃说："谁说契约上没写这事？谁说契约上没定清楚？白纸黑字，明明白白，每年给我们小麦玉米各八十石。每年是什么意思？每年里面就有今年。以后的年是年，今年的年就不是年？你们北韩怎么能提起裤子不认账？怎么能自己屙出来又自己吃回去？"

韩成根对着韩六娃的耳朵叽咕了几句，韩六娃点了点头，对着马区长说："本来，要是死扣契约，我们北韩村今年不应该给南韩村一粒小麦、一粒玉米。但看在区长的面子上，我们给南韩村让一步，今年给他们四十石玉米。"

马区长笑了："好，北韩这个态度好，这才像个解决问题的样子。南韩村也应该有个好的态度，也应该让一让。"

韩黑虎觉得马区长办事不公，尻子歪到了北韩村那边，气呼呼地说："让可以。小麦我们今年不要了，给我们八十石玉米了事。"

马区长见南韩村也让了步，瘦瘦的脸上就笑出了密密麻麻的皱褶："好，八十石玉米好，八十石玉米好，我看就八十石玉米吧。"

韩六娃心里很窝火，认为马区长办事忒不公道，收了北韩的烟土还歪过嘴替南韩人说话，他霍地站起来说："不行！四十石就四十石，超过四十石就算了！"

马区长瞪起眯缝眼刚要朝韩六娃发火,韩黑虎一拳把桌子砸得东摇西晃,闷声恶气地说:"算了就算了,还怕你把老子的卵根子咬下半截来?"说着,就甩下马区长他们"噔噔噔"走了出去。

韩六娃这才觉得把事情闹坏了,吓得坐在那里任凭马区长怎么日砍也不敢再言一声。

当天日头落山以前,韩六娃按照韩成根给他出的主意,把南韩村告到了县里。

这一回告状比上一回的境遇要好一些。

虽然没有直接见了县知事,但状子还是递到了一个看上去很有几分派头的马专员手里。

马专员态度很和气很耐心地听了韩六娃的述说,很认真很仔细地看了韩六娃递上来的状子,答复他马上就派人去北韩和南韩调查处理。

韩黑虎从区里回去后,原来打算当下就和北韩村大干一场,听人说韩六娃把他在县里告下了,心里也害怕县里再把夏天打架的事翻腾出来,就劝大家暂时先忍一忍看看风头。

第三天头上,县上就派来一个脑袋上顶着瓜皮小帽,鼻子疙瘩上架着一副金丝眼镜,说起话来摇头晃脑,满嘴呜呼哀哉之乎者也的牛干事。

牛干事见了韩六娃,晃着脑袋自我介绍道:"鄙人乃县府专事修撰史志的干事也。贵村与南韩之讼事,本与鄙人毫无瓜葛,鄙人亦不宜染指此事。然而,囿于县府目下杂事繁多,同僚皆因贵村与南韩贫困潦倒而不愿前来,马专员故派鄙人前来查知。"

韩六娃听了半天,如堕五里雾中。他迷迷瞪瞪地看着牛干事说:"你是马专员派来的吗?"

"然也!"牛干事朝韩六娃作了个揖。

"这么说你不是马专员派来的,你是然也?"

"然也就是是的,是的就是然也。鄙人正是马专员派来的。"

"是马专员专门派你来处理我们北韩与南韩的事的吗?"

"然也。"

韩六娃见牛干事确实是马专员派来的官员,就把北韩与南韩如何因黄河改道和契约争端发生纠纷打架的事从头到尾说给牛干事。

牛干事听着听着,忽然把嘴张得又大又圆。

韩六娃以为他又要"然也",就把话停下来,准备等他"然也"完了再接着说。

"呜呼!怪哉!怪哉!蹊跷!蹊跷!"牛干事把小脑袋晃得像拨浪鼓似的,"一南一北,隔河两韩,先有北韩乎?先有南韩乎?是南韩地少人多粮棉不敷日用而以一部迁至北韩乎?抑或是北韩因惧患巨骨病而以一部迁至南韩乎?妙哉!怪哉!悠悠千载,遥遥万年。自从盘古开天地,自从女娲造万物,黄河之水天上来,横穿本县腹中去。过去划乡,现时划区,盖以黄河为界。然南北两韩,一南一北,隔河两韩,此乃本县之奇事,更乃本省之奇闻。鄙人如若不将此奇异之事载入县志,乃为天大之罪过,地大之失职,往前对不起列祖列宗,往后有愧于子孙后代,往上对不起阎大总督,往下对不起黎民百姓。鄙人回府之后,定将此事重重写上一笔,重重写上一笔。"

到了这时,韩六娃才弄明白牛干事是个只管修志与写史、不管息诉平讼的老古董。

韩六娃的心一下就凉透了。

不管牛干事再怎么摇头晃脑地问他什么,他都只是一个劲地摇着头心烦地说:"不知道!不知道!"

对牛干事这个不干事的干事,韩六娃没有按村里的惯例给他应有的礼遇。

牛干事走的时候,韩六娃不仅没有给他带什么礼品,连一顿饭菜也没管他。

不过,牛干事对这事并不计较,还是带着浓厚的兴趣到南韩村去了解一南一北、隔河两韩的事去了。

牛干事其实并非不干事,只不过干事的门道与别人不一样。

临走时,牛干事问韩六娃:"韩村长可否留有族谱家谱乎?"

韩六娃还没听完,就不耐烦地说:"没有。"

牛干事摇晃着脑袋说:"有可为据,无也不妨。偌大村庄,偌众人丁,竟无一户杂姓。以此细究渊源,南北两韩应为同宗同根。大可不必同室操戈,同族相残。"

而后,牛干事又像开药方似的,给韩六娃写下一首三国时期魏国著名文学家曹植的"七步诗:

煮豆燃豆萁,
豆在釜中泣;
本是同根生,
相煎何太急。

十五

韩黑虎手里拿着牛干事留给他的那首"七步诗",心里暗自偷笑:北韩村这回又没把南韩村告下。上一回还派了几个像模像样的差役正儿八经地咋呼了咋呼,这一回官府竟打发来一个满嘴说胡话、满身穷酸气的老古董。说明官府并没有把北韩村告状的事当成个事情来办。只要官府不把这事当真,和北韩村的事就啥也不怕了。

他四仰八叉地躺在炕上爽爽快快地连着抽了三锅烟,脑子眼里冒出了一条既能使他在南韩村把韩四小取而代之,又能把北韩村治得服服帖帖的高招。

梅梅刚刚熄灭灶火把饭舀到碗里,韩黑虎风风火火地来找韩四小。对于韩黑虎的来意,韩四小一下就猜到几分。

"吃了吗?"韩四小坐在小凳上连尻子也不抬,端起饭碗问。

"没有。"韩黑虎站到韩四小跟前说。

"没吃吃点儿?"韩四小自顾自地吃着说。

"吃啥哩?气都气饱了还吃哩!"

"气啥哩?气要是能顶饭,那咱这日子就不用发愁了。"

"北韩村耍赖不给咱村粮食,还横打了咱们的人,还恶人先告状把咱们告到了区上县上。尻蛋子大的一个小村,竟敢骑到咱们南韩村头上屙屎屙尿。再这么下去,真要把全村人的肺都气炸了。"

"你不要拐弯抹角给我说这些。明说吧,你要干啥?"

"你也不要迷迷瞪瞪装糊涂。村里这几天早都吵得翻过了天,你就一点儿也没听见?我自己啥意思也没有,只是全村人咽不下这口窝囊气,非要和北韩村算账,把他们欠咱们的粮食要回来。"

"村里的事你以后不要再跟我商量了。我以后再也不管了。"

"你是村长,你为啥不管?"

"我现在是村长,但我以后可以不是村长。"

"你这话是啥意思?"

"啥意思?啥意思你还不清楚?这个村长我不干了。"

"你不干谁干?现在村里正需要你你不干了?"

"想干的人多着哩!现在不是已经有人正干着哩吗?"

"你这话是说谁哩?"

"说谁谁知道。"

"你不要以为离开你这个猪头就摆不成席了?不想干?不想干给众人说清楚。我现在就把众人叫来,你要有本事你当着众人的面把话说清楚。"

"龟孙子才不敢。但你不要把人往我这里叫,都叫到村口上去。"

韩黑虎果真把人都叫到了村口,韩四小果真当着众人的面辞去了村长职务。

如愿以偿当上村长的韩黑虎当即派人给北韩村传过话来:三天之内把今年欠南韩村的粮食全部送来。如有迟缓,八月初十黄河滩上拳头相见。

韩六娃接到韩黑虎的最后通牒后,当时就吓软了。

上回受了土匪惊吓,屙稀屙得差点儿把命丢了,幸亏阎王爷没有糊涂,因他死期未到把他推出了鬼门关。

命虽然保住了,但毕竟伤了元气,身子骨比从前差下许多。再加上现时为了让绿豆给他生娃而房事劳神,总感到脊梁骨被抽了髓似的难受无力。

这次再经韩黑虎一吓,韩六娃竟躺在炕上再也没能起来。

韩六娃因为放不下他六十多岁的老娘,放不下他的女人绿豆,放不下他那一窝傻的傻小的小都还没成人的娃崽,更放不下他坐了二十多年的村长这个位置,圪圪缠缠死了好几回才好不容易闭上了眼睛。

对于韩狗蛋来说,他压根儿就没把他放在眼里,搁在心上。那家伙是个吃鼻涕屙脓,喝糊糊屙稀,提起来一团,放下来一堆的尿胎子。别说他当不了村长,就是当上村长,也是东倒吃羊肉,西倒吃猪肉,屎爬牛(屎壳郎)尻子上插柴火棍,由人家摆弄由人家摇晃。

他最担心最放不下心的是韩成根。别看这家伙平日不吭不哈、不言不语,但谋起事来严丝合缝,做起事来滴水不漏,蛮起来像头野牛,硬起来像根铁棍。他要是离开了北韩村,村长这把交椅迟早要跑到韩成根的尻子底下。他好几次用巫道想把他治死,没想到连人家一根毫毛也没伤着。

至于与南韩村的事情,那是没有办法的事。不管谁来当这个村长,只要北韩村的人口超不过南韩,到啥时候也得受人家的窝囊气。

韩六娃因为放不下这放不下那而死得很苦很难,但最终还是把许许多多遗憾和忧虑窝在肚里闭上眼睛走上了黄泉路。

第三回咽气的时候,他瞪着眼蹬着腿捏着拳头像一头被插进尖刀的牛一样地吼了三声,那声音把人怕得浑身打战,大半个村子都能听到。

韩六娃放不下他娘,他娘更放不下他。

这头韩六娃刚一闭眼,那头他娘就没气了。

一帮人急忙又是掐人中又是窝腰,直到把人中掐出了血,直到把腰窝得咯吧咯吧响,也没把他娘窝过来。他娘不能没有他,没有他他娘还给谁当娘。因此,他娘在他身上还没有完全凉下来之前,就扭着小脚赶到黄泉路上追他去了。

把韩六娃打发到村后的山上后，村里人就劝韩成根来当北韩村的村长。韩成根说啥也不当，直到有人给他跪到地上他也没从嘴里吐出一个"行"字。村里人没办法，就乞求他不当可以，但村里有啥事一定不能不管，他这才被逼着点了点头。

南韩村定下的三天之内送粮的时限，因为村长韩六娃的突然死去而糊里糊涂过去了。

忙乱完韩六娃的丧事，八月初十这个时限就一天天逼近了。

村里人像一场灾难就要降临似的，一个个慌得想不出一点招数。

几个年长的老人试探着问韩成根："这可咋办呀？这可咋办呀？打又打不过人家，告又告不倒人家，难道就这样等着人家过来往死里打？实在不行的话，咱们干脆趁八月初十没到给人家把粮送过去算了。"

韩成根想了想说："这是个没办法的办法，派个人过去谈谈，能少给点就少给点。兴许这样能把这场灾难躲过去。"

新上任的村长韩狗蛋听了韩成根说的这番话后，心里非常不满：现在我是村长，我是一村之主，你韩成根凭啥要多嘴多舌瞎操心？他把十六岁以上的男人召集到村子中间的碾盘跟前，学着前任村长韩六娃的样子，板着脸在碾盘上转了一圈，掏出烟锅抽了两锅，"哼——哼——"干咳两声，故意把调子拉得长长地说：

"现在，八月初十就快到了，有人就吓得要给人家南韩村下软蛋了，说要派人去南韩和人家谈谈，说要在八月初十以前给人家南韩把粮送去。

"我听了以后，非常生气，非常恼火。

"这是啥话？啊——这样的话怎么能说出嘴呢？啊——他南韩人有啥可怕的？啊——头一回咱们没有弄好吃了亏，第二回咱们不是把他们打跑了吗？把他们打败了吗？咱们这回也别怕他们。只要咱们心齐，只要咱们弄好，只要咱们敢和他们拼命，就一定能把他们的凶劲打掉，就一定能把他们打败。不这样的话，咱们就得永远受人家的气，咱们的后代也要永远受人家的气，咱们就永远没有出头之日，永远没有翻身之日。"

韩狗蛋晃荡着脖子上的肉瘤讲话的时候，好多人都拿眼睛偷偷看韩成根。

众人心里都很清楚，韩狗蛋虽然没有指名道姓地指责韩成根，但话里面的暗刺却是直冲韩成根来的。

对韩狗蛋这番刺刺扎扎的讲话，韩成根比别人心里更清楚更明白。

他仰着头，板着脸，腰板直得像根棍子似的坐在那里。

韩狗蛋偷偷看了看韩成根，见韩成根眼里露出威怒的目光，心里咯噔打了个冷子。

他把头扭到一边，避开韩成根的眼光接住刚才的话继续讲道：

"我们北韩要想不再受南韩村的气，要想不再让南韩人骑在咱们头上屙屎屙尿，我们没有别的路可走，只有大家抱成一个团，拧成一股劲，和南韩人对着干，顶着上，把他们打败打垮，打得他们拉了稀，打得他们下软蛋。我看这事大家也不要瞎圪吵了，也不要心眼再活络了，铁下心来憋住劲，坚决和南韩人干到底。今天晚上，咱们抽几个人到我家议事，这一回轮着这么几家出粮出油。"

韩狗蛋这时又学着韩六娃的样子，绕着碾盘转了一圈，把碎烟叶装进烟锅抽了两口，点了三户出粮出油的家户，五个晚上议事者的姓名。

议事者里面没有韩成根，但出粮出油的家户里面却有韩成根。

众人以为韩成根肯定要站出来说话，没想到韩成根站起身啥也没说就走了。

回到家里，韩成根当即就让黑妮按照韩狗蛋给他家摊派的粮油数送到了韩狗蛋家里。

以往吃夜饭的时候，韩狗蛋总是圪混到女人堆里上不了正席。

今天，他不仅上了正席，而且还坐了主座。

尽管今天商量的是件关系到与南韩村决一死战甚至会造成流血死人的大事，但韩狗蛋还是按捺不住当了村长的喜悦，脸上禁不住露出了快慰的笑容。

他特意让红果炒了三个菜，烫了两壶酒。

他先咕叽咕叽吃了几口葱花烙饼，然后一边吃着菜一边喝着酒对五个议事者说：

"我看这事也没啥可议的。从明天开始，凡是十六岁以上的男人一个也不准下地干活，都拿铁锨到河沿上挖沟。沟挖好后，就拉上平板车到村后的山上运石头。石头不要太大也不要太小，像小娃娃的拳头那么大就正好。回去之后，你们就分头通知各间的间长各邻的邻长，明天一早到河滩会面，我把各自挖沟的地段和石头的数给分一下。好，不说了，大家吃菜，大家喝酒。"说着，就端起酒杯和五个议事者一起吃喝起来。

韩狗蛋原先也想事前把迎战南韩村的事商量商量再定，但一想起韩六娃把他当成尿泥一样抓在手里随意捏弄的劲儿和韩成根对他不屑一顾的眼神，他就故意端起当村长的架子，故意不和众人商量就一个人对事情作出决断。

他之所以这样做，全都是为了让已经死去的韩六娃和仍然活得硬邦邦的韩成根弄明白，他韩狗蛋并不是他们心里想的那样，他也是一个遇事有主意、谋事有主见、做起事来有胆有识有招数的能耐人。他当北韩村的一村之主，不仅比他们一点儿不次，还要比他们胜过几分、强过几倍。

两壶酒喝完之后，韩狗蛋感到仍不尽兴，就让红果接着烫酒，直到把他家的酒坛子喝得底儿朝了天，直到把韩狗蛋喝得哭着骂韩六娃如何不把他当人看，骂韩成根如何对他不服气，他要如何如何整治他们，五个议事者这才觉得再闹下去就会闹出事来，便一起摇摇晃晃地向韩狗蛋告辞回家。

八月初十天还没亮,韩黑虎就领着南韩村一百多号五大三粗的后生悄悄往河的北边渡。

渡到半河中间,早已圪窝在河边沟壕里的韩狗蛋站起来大喊一声:"打!打狗日的!"

北韩村的男人听见韩狗蛋的喊声,一个个"忽忽忽"地从半人多深的沟壕里站起来,拿起石头就朝韩黑虎他们扔了过去。

韩黑虎站在船头正在威风凛凛地指挥南韩村的后生们凫着水游渡,雨点般的石头就朝他们"日日日"地飞了过来。冷不防一块石头"嗖"地打中他的腰间,疼得他在船上打了一个趔趄,差点儿一头栽到河里。

他咬着牙,捂着腰,吼喊着水里的后生继续往北凫渡。

后生们有的被石头打中了胳膊,有的被石头打伤了脑袋,还有的后生周围的水里,漂起了鲜红鲜红的血来。

韩黑虎见实在顶不住劲了,就掉转船头喊道:"快撤!快撤!"

北韩村的男人们见南韩村的后生们被打退了,就从沟里蹿到沟边上,手舞足蹈,神采飞扬地"噢噢噢"叫了起来。

韩狗蛋拨楞着脖子上的肉瘤朝河对面可着劲喊:"黑虎——你个软蛋——你个尿包——你有本事你别跑——你有本事你再过来——"

韩狗蛋喊了一阵,还嫌不过瘾不解恨,转过身对大家说:"我喊黑虎和南韩村的名字,你们跟着喊尿包软蛋。准备好,开始——"

"黑虎——"韩狗蛋领头喊道。

"尿包——"众人跟着呐喊。

"黑虎——"

"软蛋——"

"南韩村——"

"尿包——"

"南韩村——"

"软蛋——"

吼喊了好长一阵，韩狗蛋才让大家停下来，咧着嘴喷着唾沫星子吹呼开了："咋的个？啊——咋的个？啊——韩黑虎不是厉害吗？啊——南韩家不是厉害吗？啊——我早就说过了，只要咱们心齐，只要咱们不怕他，就不愁打不过他南韩村，就不愁治不服他韩黑虎。有人还想向南韩村说软话，还想向南韩村投降。你向人家南韩村说软话，你向人家南韩村投降，人家就不打你了？人家就不欺负你了？啊——"

韩成根听了，心里很不高兴，扭转身回到沟壕里圪蹴下一个人抽开了闷烟。

约摸过了两个时辰，韩黑虎领着南韩的后生向北韩开始了第二次进攻。

这一回，他们接受了第一回进攻失利的教训，往北韩村凫渡的时候，每人面前都有一个木桶作掩护，并且把战线拉得很长，比北韩村用来防御他们进攻的防线宽度还宽出了许多，迫使北韩村的一部分男人不得不离开壕沟站在河沿上和他们对峙。

韩黑虎这回也不站在船头上指挥了，而是躲在船后面一边凫着水把船往前推，一边吼喊着要大家一起往北推进。

韩狗蛋指挥北韩的人拼命往河里的南韩人身上扔石头。

由于木桶的遮拦，北韩人扔出的石头虽然仍像雨点般的密集，但不是击不中目标，就是击到了桶上，几乎一点儿也伤不着藏在木桶后面的南韩人。

不大一阵工夫，南韩人眼看就要攻到岸上了。

韩成根急了，顾不上韩狗蛋嫌不嫌他多嘴，慌忙跑到韩狗蛋跟前扯着嗓子喊道："不行了，赶快匀出人来下到河里从两边夹住他们打。"

韩狗蛋眼见得南韩人就要攻上岸来，早已慌得满头冒汗，没了招数，哪里还顾得上再去考虑北韩村由谁做主的问题。

他当下决定采纳韩成根的意见，由他和韩成根分头带领两路人马下到河里从侧面击打藏在木桶后面的南韩人。

这时，大部分南韩人已经快要上岸，其中有十几个已经上了岸。

游在两边的南韩人突然遭到北韩人的猛烈侧击后，不是向中间靠拢，就是往后面撤退，原先井然有序的队列顿时乱作一团。攻到前面的一看后面跟不上来，急忙掉过头来就往后撤。南韩人的第二次进攻又告失败。

第二次打败南韩人后，北韩人没有像第一次那样狂喊乱呼。他们一个个都为刚才险些被南韩人攻破防线而慌得要命，哪里还有啥心思再去兴高采烈地欢呼。

韩狗蛋吓得手都抖了起来，他这才知道南韩人并不是他想象的豆腐渣、棉花团。第一次进攻失败，第二次就变了花样，第三次还不知道会玩出什么新招数来。

他不祥地预感到北韩村的防线迟早要被南韩村攻破。

南韩村一旦攻上岸来，夏天的那场流血械斗就会重演。那样的后果他怕得连想都不敢多想。

他想来想去，想去想来，直想得脑仁发疼，心口发慌，始终没能想出一点儿招数。实在没有办法，只得放下村长的架子，跑到韩成根面前求教。

韩成根这时也在为南韩人很快就要开始的第三次进攻犯愁。见韩狗蛋低声下气地向他讨教，哪里还能顾得上和他再去计较。

他抽了两口烟，想了想说："要叫我看，南韩村第三回往过攻的时候，必定会把大部分人马分到两边，闹不好还会把全部人马都分到两边。这样一来，就把咱们的人从壕沟里扯了出来，咱们挖的壕沟就一点儿也不起作用了。

"以变应变，以变对变。咱们也得用个对应的办法，把主要人马分到两边，中间只留少部分人看守。

"两边的人马一人提上一筐石头，一人拿上一把铁锹。离得远的时候就用石头打，离得近了就用铁锨打。

"不过有一条，千万不要往头上打，打出人命来就不好交代了。"

韩狗蛋一边听着，一边嘴里不住地说："是是是，对对对。"

韩成根说完，韩狗蛋就说："那咱们就赶紧按你说的准备吧？"

韩成根朝韩狗蛋摆摆手说：

"你是村长，这时候千万不敢慌乱。你一慌乱，村里人就会乱成一锅稀粥，那就经不住人家南韩人打了。

"现在咱们一边准备石头、筐子、铁锨，一边派人回去告诉各家的女人把饭送来。已经好几个时辰没吃东西了，再不吃点可就顶不下来了。"

按照韩成根的吩咐，韩狗蛋指挥众人分头准备。

刚把石头、铁锨、筐子准备停当，各家女人就陆陆续续把饭送来了。

大家三人一伙、五人一堆地蹲在地上吃了起来。

刚吃了半截，南韩村的第三次进攻就开始了。

正如韩成根预想的那样，南韩村果然把所有的人马全都分到了两边。

韩狗蛋站起来喊："快把碗放下！快把碗放下！一路跟着成根哥到东边，一路跟着我到西边。"

众人听见，赶紧撂下碗筷，提上筐子，拿上铁锨分成两拨跟上韩狗蛋和韩成根就走。

南韩人这一次把队列拉得更开更大，一下把北韩人弄得人手差下许多。

一开始，北韩人还能凑凑合合抵挡得住。

但南韩人攻了一阵之后，北韩人筐子里的石头就用完了。他们想派人到壕沟里来取，但又实在抽不出一个闲人，只得拿起铁锨做好和南韩人近距离拼杀的准备。

南韩人攻到岸上后,抡起早已准备好的木棍、铁锨、镢头,和北韩人搅成一团。

等到河里的人全部上到岸上,北韩人就渐渐地抵挡不住了。

不大一阵,南韩人就把北韩人分成两拨围在中间包了饺子。

一些胆小的北韩人丢下铁锨把筐子顶到脑袋上,逃命似的撒开双腿往村子方向奔跑。

东边的韩成根见韩狗蛋也往村子方向跑,就追上去喊道:"跑啥?跑啥?还不返回去把困到里面的人救出来?"

韩狗蛋和韩成根返回去冲北韩的人喊:"边打边撤!边打边撤!"

但这时再撤已经晚了,根本就撤不动了。

南北两韩的人正打得红了眼的时候,几十个骑着高头大马的队伍从北韩方向开到了河滩。

不管是南韩的人,还是北韩的人,全都停下手木呆呆地看着腾尘而来的马队。

他们都以为是官府派人来镇压这场械斗来了,没想到等马队来到跟前一看,原来是刘老虎领着他那帮土匪来了。

刘老虎黑煞着脸坐在马背上,用马鞭指着韩黑虎说:"你要干啥?你还有王法没有?你凭着人多就可以随便欺负人?你以为你欺负人就没人管你?再这么胡来,小心我把你的脑袋拧下来!"

说着,刘老虎就用马鞭在韩黑虎的头上"叭叭"甩了两下,瞪起眼睛怒声大喝:"滚!给我全都滚回去!"

韩黑虎吓得浑身发颤,领着南韩的人灰溜溜地撤回了南韩村。

刘老虎跳下马走到韩成根跟前,抱着拳打躬作揖:"韩兄,兄弟来晚了,让你受了惊吓,以后有用得着兄弟的,提早打个招呼。"

说罢,刘老虎转身跨上马背,领着众兄弟"嗒嗒嗒"一溜烟离开了黄河滩。

临走时,刘老虎还给韩成根撂下一句话:"后会有期——"

除了给神灵跪拜,给父母跪拜和上次遭土匪抢劫一开始被小喽啰捆住强行下跪外，从不给任何人跪拜的韩成根，竟然破天荒地心甘情愿地趴在地上，朝刘老虎的马队磕了三个响头。

紧接着，所有的男人们也跟着跪倒一片，直到刘老虎的马队消失在村后的大山里，下跪的人们仍然不肯起来。

人们心里都很清楚，如果没有土匪的突然搭救，夏天的那场惨剧马上就会降临，北韩村就会又一次流血死人。是土匪把他们从刀刃下面救了出来，是土匪把他们从阎王殿里拉了回来。

老百姓用心血和汗水供养起来的官府，竟然连打家劫舍的土匪都不如。

土匪还知道主持公道，主持正义，而官府却光知道贪吃百姓的血脂，一点儿也不为百姓公道办事。

在这个是非不分、善恶不分的乱世上，供养官府还不如供养土匪。

人们心里还非常清楚，刘老虎之所以在生死关头伸出手来搭救北韩人，全是冲着韩成根来的，全是冲着韩成根的骨气和人品来的。

因此，人们从心眼里感谢土匪，更从心眼里感谢韩成根。

跪拜完土匪后，人们又转过来朝韩成根磕头。

眼睛硬得从不流泪的韩成根禁不住流出泪来，他把众人一个一个从地上扶起来，木头似的站在那里半天说不出一句话来。

回到村里，人们便一起吵吵着要感谢土匪，要韩成根领着他们去感谢土匪。

韩狗蛋心里虽然不太情愿，但又不敢和众人打别，只得在村里摊派了六袋豌豆，让韩成根领着人到后山去酬谢土匪。

韩成根也没推辞，把六袋豌豆分别搭到三个马背上，领着另外两个人到后山找土匪去了。

土匪找韩成根是一件很容易的事，但韩成根找土匪却是一件很不容易的事。

他们晓行夜宿，满山转悠，一连找了三天也没见着土匪的影子。

第三天天黑下来后,他们刚刚在一个山坳里躺下,突然来了十几个人用布子蒙了他们的双眼,用绳子捆了他们的双手,推推搡搡地把他们弄到了一个很高很高的山头上。

那两个和韩成根一起来感谢土匪的人吓得吱吱哇哇乱叫一气,被土匪朝尻子上踢了几脚厉声喝住。

而韩成根不仅一点儿也不感到害怕,反而心里暗自高兴。他找不见土匪,而土匪却找见他了。他马上就可以见到他一连辛辛苦苦找了三天也没找见的刘老虎了。

"大哥,这三个人牵着马在山里转悠了好几天,弄不清是干啥的。我怀疑他们是官府派来的探子,就把他们抓来了。"

"好,把布子拿下来。"韩成根已经听出是刘老虎的声音。

土匪给他们把布子刚一揭开,坐在黑漆交椅上的刘老虎急忙走过来扶住韩成根,亲自动手给韩成根松了绑。

"韩老兄,你大老远跑来干啥哩?"

"我不干啥,我专门感谢你来了。"

"有啥好谢的?上回我领着人把你家抢了,你还反过来谢我?"

"你抢了我家,我并不感谢你。这回你救了我们全村的人,我不能不感谢你。"

"好,既然你诚心诚意来感谢我,我就把你的东西和心意都收下。今天你们就别走了,让我好好款待款待。"

喝酒从没喝过量的韩成根破了往日自己给自己定下的戒规,敞开胸怀大碗大碗地和刘老虎喝了起来。

午夜时分,两人都喝醉了,直到第二天日头高高地挂在天上,两人仍醉得醒不过来。

韩成根回到村里的第三天早上,非常意外地发现他家的门楼下面整整齐齐地放着六袋白面。

他直挺挺地愣在那里，好半天回不过神来。

这个刘老虎，给你送了六袋豌豆感谢你，你倒反过来回赠了六袋白面。

这到底是谁感谢谁呢？

他活了这么大，还没见过天底下竟有这么仁义的土匪。

说到底，他们实际上根本就不能算作土匪。他们是一群路见不平、拔刀相助的好汉，是一群杀富济贫、除暴安良的侠客。

过去叫人家土匪，真是对不住人家善良的心肠，真是污脏了人家仗义的名声。

以后说啥也不能再叫人家土匪了，说啥也不能在心里再把人家当成土匪看了。

他当即跑到韩狗蛋家，站在韩狗蛋家的院门外面，把睡得正香的韩狗蛋吼喊起来。

韩狗蛋一边迷迷糊糊地系着扣子，一边半睁着满是眼屎的眼睛说："咋哩？咋哩？又出了啥事了？"

"出了啥事？出了大事了！"

"出了啥大事？出了啥大事？"韩狗蛋慌得脸都变了色。

"夜儿个黑里，不知道谁往我家门楼下面放了六袋白面。无缘无故地从天上掉下来六袋白面，你说这能不算大事吗？"

"咳——我当是啥事。"韩狗蛋这才松了一口气，"管他是谁放的，拿回去吃了就算了。"

"不明不白的东西，我咋能随便胡吃？我得把这事弄清楚呀？"

"你要不敢吃，就拿来我吃。怕啥？"

"怕啥？怕吃下去消化不了，怕吃下去肚子疼。"

"那你说谁吃饱撑的白送你家白面？"

"我想了半天，觉得这事是刘大侠干的。"

"谁唤刘大侠？"

"还有谁？刘老虎。"

163

"我当是谁，不就是那个土匪头子吗？"

"他怎么能是土匪？他要是土匪，能管咱们和南韩村的事吗？他好好的管这事图啥？他是主持公道哩，他是主持正义哩。"

"那你说这事该咋办？"

"我找你就是来商量这事。本来是人家帮了咱、救了咱，反倒让人家破费，这事这么着就太不合适了。我是想，这六袋白面咱们说啥也不能要，应该原封不动地给人家再送回去。"

韩狗蛋想了想说："行，就按你说的办。这事就交给你办吧。"

韩成根领着上次给刘大侠送豌豆的那两个人又一次走进了后山。这回他们熟门熟路，当天就爬上了刘老虎他们住的那个山头。

到了刘老虎住的那个洞里一看，韩成根的心一下就揪紧了。

洞里面横七竖八、乱七八糟，上次他和刘大侠喝酒的那张桌子也散了架，桌子面、桌子腿四分五裂地散落在地上。这里肯定刚发生过一场恶斗，而且吃了亏的也肯定是刘大侠这一方。

韩成根灰心透了。

他走到山下，到周围村里打听刘大侠的下落。

村子里的人一开始不给他说，后来见他逼得紧，又没有啥恶意，就把实话告诉了他。

他这时才弄清，他们和南韩村在河滩里闹事那天，刘大侠领着他的弟兄到县城把欺压敲诈百姓、欺负良家妇女的警备队队长杀了。回头路过北韩村的时候，看见河滩地里乱哄哄的一片，就猜想到一定是南韩村凭着人多又在欺负北韩村，就当即掉转马头赶到滩地里把北韩村的人救了出来。

刘大侠的这一举动，既把县里许知事给吓坏了，又把许知事给惹翻了。许知事当天就给镇守使打了一份报告，请求派兵清剿。

没过几天，整整两标（相当于两个团）的队伍开到了后山，密密匝匝把刘大侠他们围在了山上。

官府的兵攻了一天也没能攻上去。

到了后半夜，官府的兵正睡得像死猪一样，刘大侠领着他的弟兄杀下山来，撕开一条口子逃了出去。

刘大侠究竟跑到了哪里，村子里的人谁也不知道、谁也说不清。

一连几天，韩成根都在为刘大侠的生死担心忧虑。

然而，他一点儿也没想到，此时的他和北韩村，正在不知不觉中遭到了韩黑虎和南韩村的暗算。

韩黑虎把韩成根和北韩村告到了县里。

一共告了两条，头一条是韩成根与土匪勾结，头几年把土匪引到村里，把原来的村长韩六娃家洗劫一空，而他家则连个皮毛也没伤着，前几天又把土匪引到黄河滩，恐吓威胁南韩村的人。第二条是北韩村霸占了南韩村的二百亩滩地。

县里许知事亲自接待了韩黑虎，说他告发的问题很及时、很重要，县里马上派人捉拿勾结土匪的要犯韩成根。

但韩黑虎告发的第二件事情，许知事并没有放在心上，他认为两个村争地打架的事，应由两个村的息讼会协商解决，解决不了再由区里的息讼会出面解决。

韩黑虎还没从县城回来，许知事就派来十几个穿着一身黑制服的乌鸦兵来到了北韩村。

他们先找见村长韩狗蛋，要韩狗蛋带他们去找韩成根。

韩狗蛋问乌鸦兵："韩成根怎么了？韩成根犯了啥法？"

一个乌鸦兵瞪起眼睛说："啰唆啥？让你带路就带路！"说着，就好奇地伸出手狠狠地捏了一把韩狗蛋脖子上的肉瘤。

韩狗蛋疼得龇牙咧嘴，但却不敢叫出声来。

韩成根一见乌鸦兵，心里已经明白了几分。

他站在那里抽着烟，一声不响地看着乌鸦兵。

为首的乌鸦兵厉声问道："你是韩成根吗？"

韩成根朝乌鸦兵点点头。

"你与土匪私通,勾结土匪抢劫,你知罪吗?"

韩成根朝乌鸦兵摇摇头。

"现在有人把你告发了,你还抵赖?"

韩成根仍然摇头不语。

捏揣韩狗蛋脖子上肉瘤的那个乌鸦兵见韩成根又拗又硬,上去就朝韩成根脸上扇了两耳刮子,朝韩成根腰里戳了两枪托。

韩成根的嘴角被打得出了血,腰也疼得直不起来,但仍紧闭着嘴不说话。

为首的乌鸦兵不阴不阳地说:"咳,骨头挺硬的。不说话?不说话就能没事了?带走——"

一帮乌鸦兵上来把韩成根撮到地上,用一根镢把粗的绳子把韩成根捆了起来。

黑妮披头散发地扑上来大声喊着:"你们凭啥抓人?你们凭啥抓人?"

两个乌鸦兵挡架住黑妮使劲一推,黑妮一下蹲到了地上。

她一边哭喊,一边爬到韩成根跟前把韩成根的腿死死抱住。

一个乌鸦兵用枪托朝黑妮后脑勺上撑了一下,黑妮身子摇晃了几下,倒在地上就不省人事了。

秀秀张着嘴哇哇大哭,先是往韩成根跟前边扑边哭,然后又朝黑妮跟前边扑边哭。

一个乌鸦兵用脚把她往一边踹,她抱住那乌鸦兵的腿狠狠地咬了一口。

乌鸦兵朝她心口上狠劲打了一拳,秀秀扑腾一下倒在地上发不出声了。

韩成根被乌鸦兵抓走后,韩黑虎的腰杆一下就硬了起来。

当天夜里,韩狗蛋就被韩黑虎从被窝里提溜出来,走几步踹一脚、走几步踹一脚地把韩狗蛋押到了南韩村。

第四天头上,韩狗蛋从南韩村回来了。他怀里揣着一张与南韩村签订的新契约。

新契废除了原来的契约,北韩村从此不再每年给南韩村补偿一粒粮食,但二百亩滩地又回到了南韩人手里。

韩狗蛋又羞又气,又恼又恨。

他这时候才想起他的前任韩六娃临死时说的那句话,才觉得事情之所以弄到眼下这个地步全是不听他的前任留下的那句话造成的。

在以后的几年甚至十几年里,韩六娃的那句话不定啥时候就在韩狗蛋的耳畔响起:

"只要北韩村的人口超不过南韩村,啥时候也得受人家南韩人的窝囊气。"

十六

一只又肥又大的老鼠舔了舔韩成根的手指，然后又张开嘴咬了一口。

昏睡中的韩成根突然一甩手，把老鼠吓得吱吱哇哇地叫着逃回了窝里。

韩成根被乌鸦兵抓到看守所后，以为乌鸦兵要对他严刑拷打。

但他没想到，乌鸦兵竟然连一指头也不动他，只是每天只给他吃一顿饭，每顿饭只给他喝一碗玉米面稀糊糊。

他心里明白乌鸦兵虽然没有直接对他动用刑具，但实际上也动了刑，是一种不用刑具的刑，是一种用饥饿的办法逼他交代的特殊的刑。

韩成根醒来后，睁开眼睛看着黑乎乎的屋子，弄不清自己被抓来了多长时间，也弄不清是白天还是黑夜。

他只感到自己被饿得眼睛发黑，身上发软，肚子空得前心贴了后心似的，肠子也像拧在一起似的疼痛难忍。

他闭上眼睛，想强迫自己再一次昏睡过去。

"开饭了！开饭了！"送饭的乌鸦兵用勺子敲着铁栏杆，朝铁栏杆里面的犯人喊着。

和韩成根关在一个号子里的另外五个犯人，像饿狗扑食似的扑到铁栏杆跟前，瞪着发绿的眼睛，把脏乎乎的粗瓷碗伸到铁栏杆外面，脑袋贴住铁栏杆使劲往外拱。

送饭的乌鸦兵浑身脏兮兮的，油腻腻的帽子歪戴着，用裂了几道缝的木头勺子"叭叭叭"挨个儿砍了一遍犯人们伸到外面的手，咋咋呼呼地喊道：

"拱什么？拱什么？看你们一个一个的尿样子，像八辈子没吃过食的猪！"

那几个同号子的犯人把手缩进来，但很快又伸了出去，向乌鸦兵露出乞求的笑容。

乌鸦兵用木勺从满是污痕的木桶里，舀上一勺稀稀的玉米糊糊，在桶沿上故意一顿，把剩了多半勺的玉米糊糊扣到犯人们的碗里，然后又从破破烂烂的柳条筐子里拿起带着馊味的窝窝头放到犯人们黑兮兮的手里。

见韩成根躺在那里不动，就朝韩成根喊道："嘿！过来！躺在那里不打饭干啥？装傻哩还是装死哩？"

韩成根听见，仍然躺在那里不动。

乌鸦兵就让另一个犯人把韩成根的碗拿过来，往碗里胡乱舀了一勺玉米糊糊，嘴里嘟嘟哝哝地说："装死也没用，不把你饿得乖乖的交代了算你命长！"

乌鸦兵走开后，那几个犯人就把韩成根的玉米糊糊匀分开吱溜吱溜喝了个精光。

韩成根听见那几个犯人发出"吧唧吧唧"的吞食声，心窝里立时泛出一股强烈的进食欲望。

他强迫自己把强烈的食欲捺进肚里，不让其他犯人看出他有一点乞食的意思。

乌鸦兵想用饿他的办法逼他交代，他要用拒食的办法进行对抗。

他觉得他没啥交代的。他既没有和土匪有什么勾勾搭搭的事情，也没有干啥犯法犯罪的事情。他们抓他饿他，无非是要他睁着眼睛说出他和刘老虎勾结的瞎话，无非是要他昧着良心在刘老虎背后瞎咬几口。

他绝不会把屎盆子平白无故地往自己头上扣，也绝不会伤天害理地去乱咬人家刘老虎。

要是天下的土匪都能像刘老虎那样劫富济贫，他宁愿天下的人都去做土匪。他宁肯被活活饿死，也绝不落下那种坑人害人的坏名声。

不知过了多长时间，送饭的乌鸦兵又来送饭。

送饭的乌鸦兵和先前一样，还是先用木头勺子敲铁栏杆。

同号的犯人也还是把碗伸到铁栏杆外。

乌鸦兵给那几个同号犯人打完饭后，让其他犯人叫韩成根过来打饭。

然而，同号犯人却怎么也把韩成根叫不醒了。

一个同号犯人用脚使劲踢韩成根，这才发现韩成根早已不省人事了。

送饭的乌鸦兵慌忙把情况报告给小队长胡三魁。

长得像个肉墩子似的胡三魁日急慌张地跑到看守房，指挥几个乌鸦兵弄来满满一桶凉水，向韩成根头上浇了多半桶。

韩成根醒来后，胡三魁又指挥乌鸦兵弄来一碗温乎乎的米汤，一勺一勺地慢慢给韩成根灌下去。

过了一阵，韩成根渐渐地缓过了劲。

肉墩墩的胡三魁又指挥乌鸦兵们把韩成根抬到一间小房里，把韩成根单独监视起来。

韩成根宁死不吃的倔劲，迫使乌鸦兵改变了对他实行的饥饿法。他们不再对韩成根限量供食了，玉米糊糊和窝窝头管够韩成根吃，管够韩成根喝。

第三天天一亮，韩成根住的那间房子外面多了一个站岗的乌鸦兵，房子里面派了一个三十来岁的犯人。

乌鸦兵让韩成根背靠墙站着，让那个三十来岁的同号犯人守在韩成根跟前。

韩成根一闭上眼睛，乌鸦兵就指挥那个犯人把韩成根弄醒。

半天下来，韩成根就累得站不住了，老想蹲下来或躺下来歇上一阵。

实在挺不住了，韩成根就"忽嗒"一下软瘫在地上。

铁栏外面的乌鸦兵就朝里面喊道："把他弄起来！把他弄起来！"

那个守在韩成根身边的犯人，便拖着韩成根的胳膊使劲往起拖。

韩成根迷迷糊糊地又站了起来，软沓沓地把背贴到墙上。

折腾了整整一个上午，不仅把韩成根折腾得站不稳了，连那个看守他的同号犯人也累得东倒西歪。

下午，韩成根这间屋里又换了一个胡子拉碴看不出有多大年纪的犯人。

到了快吃晚饭的时候，韩成根被折腾得躺在地上怎么也拖不起来了。

乌鸦兵在外面叫喊着说："拿脚踹！拿脚踹！拿脚把他踹起来！"

那个满脸胡子的犯人就拿脚在韩成根身上乱踹一气。

踹了一阵，才把韩成根勉勉强强拖了起来。

吃过晚饭，韩成根被乌鸦兵带到一间点着蜡烛的房子里。

小队长胡三魁和三个乌鸦兵围着一张黑色的方桌，一边吸烟一边打麻将。

韩成根的面前一左一右站着两个乌鸦兵。

摸了二十来圈，坐在胡三魁左侧的乌鸦兵看着手里一张牌，犹豫了好大一阵，才恋恋不舍地"叭"的一声扔进麻池里："六条！"

胡三魁哈哈大笑："和了！"说着，就把另三个乌鸦兵面前的钱划拉到他的前面。

又摸了一阵，胡三魁打出一个三饼。

坐在左侧的那个乌鸦兵也学着胡三魁的样子哈哈一笑："和了！"也伸出手来想把另三个人的钱往自己跟前划拉。

胡三魁狠狠地瞪了他一眼，非常不满地把自己面前的麻将墙推倒。

那乌鸦兵只得把手从胡三魁面前绕过去,把另外两个乌鸦兵的钱划拉到他的跟前。

站在韩成根跟前的两个乌鸦兵"嘻嘻嘻"笑了起来。

韩成根觉得好笑,便不出声地冷笑起来。

那两个乌鸦兵瞪着韩成根说:"笑啥?笑啥?笑卵哩?"

胡三魁觉得那两个乌鸦兵的话不对味,朝那两个乌鸦兵狠狠地瞪了两眼。

那两个乌鸦兵连忙把嘴闭住,扭过脸拿眼睛狠狠地瞪住韩成根。

不知打了几个时辰,胡三魁让乌鸦兵把麻将摊子撤下去,摆了一桌酒肉狼吞虎咽地吃喝开了。

先是胡三魁划拳过圈。

其实,胡三魁的拳鲁得很,根本划不过那几个乌鸦兵。

"五只鸟、八匹马、一只螃蟹八条腿。"

胡三魁嘴里喊的数非常机械地一个挨一个地往上撂,手上伸出的指头翻来覆去不是五就是三,让其他人一抓一个准。

第一个应圈的是坐在左侧的那个右手长着六根指头的乌鸦兵。

六指乌鸦兵脑子里缺根弦,不知道让着顶头上司,划不了几下就把胡三魁给逮住了。

胡三魁很不高兴,翻着眼皮黑着脸说:"你狗日的给老子耍赖,老子的手出来半天你才出手,罚你狗日的一杯!"

六指乌鸦兵不喝,坐在右边和对面的乌鸦兵就一个揪住他的耳朵,一个端起酒杯灌了进去。

胡三魁和他又划了六下,都是胡三魁输了。

但胡三魁一杯也没喝,全都被两个乌鸦兵揪住脖子强行灌进了六指乌鸦兵的嘴里。

轮到坐在对面和右侧的乌鸦兵,这两个就比坐在左侧的那个六指乌鸦兵多个心眼,故意变着法儿全都输给了胡三魁,弄得胡三魁心里非常熨帖。

胡三魁咧开嘴高兴地说:"就你这个臭拳,哪里是老子的对手,老子不跟你计较,陪你喝一杯。"说着,就端起酒杯仰起肉乎乎的脑袋,"咕"的一下把酒杯里的酒倒进自己宽阔无比的大嘴里。

胡三魁虽然在拳上没输一下,但每赢一下就高兴地往自己的阔嘴里倒一杯。

坐在左侧的六指乌鸦兵干生气没办法。

第二圈,轮到六指兵过圈。

他也学着那两个乌鸦兵故意输拳。

但他的拳道不如那两个乌鸦兵精到,心里想的输招,手上却是老赢。气得胡三魁抓住他的右手骂道:"你娘的鳖,纯粹一个赖尿,你给老子说说,你出的是五个还是六个?"

六指乌鸦兵不说话,只是看着胡三魁干笑。

胡三魁使劲掰着他那根从大拇指上又出来的小指头说:"你给老子说说,你这根指头到底算不算?"

六指乌鸦兵疼得吱吱呀呀乱喊乱叫。

胡三魁把六指兵往一边一推,气呼呼地说:"去你娘的,老子不跟你划了!"

胡三魁和那两个乌鸦兵正划得热闹,忽听见韩成根"咳呼咳呼"打开了呼噜。

几个人扭头一看,韩成根蹲在墙根下跑到了梦州国里。

两个乌鸦兵过去,在韩成根身上踢了几脚,重又把韩成根弄起来让他靠墙站着。

胡三魁狠狠地瞪了六指乌鸦兵一眼:"去!到那边看着去!"

六指乌鸦兵很不情愿地抬起尻子,走到韩成根跟前。

旁边站着的一个小个子乌鸦兵急忙笑嘻嘻地跑过来,诚惶诚恐地坐在六指乌鸦兵刚刚腾出来的位置上。

六指乌鸦兵受了小队长胡三魁的暗气,肚里虽然难受,但又不敢发作,正好一股脑儿把气全都撒到了韩成根身上。

韩成根刚要往下蹲，六指乌鸦兵就用他的六指拳朝韩成根身上乱打一气。

一连三天，韩成根被折腾得白天黑夜没能合上一眼。耳朵里就像有根来回拉动的锯条，吱吱哇哇地叫唤个不停；脑袋里就像插进一根木棍一样，疼痛难忍，欲爆欲裂。他把脑袋狠命地顶在墙上，两只手抓住头发使劲揪扯。后来，就发疯似的把脑袋往墙上撞。

胡三魁怕韩成根把脑袋撞裂，就让两个乌鸦兵看住他，不让他再往墙上瞎撞。

然而，乌鸦兵没能看住韩成根，韩成根还是把自己撞得头破血流，昏倒在地上。

胡三魁让乌鸦兵把韩成根又关进了原先那间关了好几个犯人的大牢房里。

韩成根醒来后，那几个犯人按照胡三魁的事先安排，朝韩成根身上没上没下地就是一顿拳打脚踢。

韩成根知道这是同号的犯人让他服水土。

一个黑胖子犯人脱下鞋捂到韩成根的嘴上。

一股令人恶心的脚汗味迅即钻入韩成根的鼻孔和气管里。

韩成根使劲憋住，一句话也不说。

黑胖子犯人凶凶地问韩成根："服不服？服不服？"

韩成根把眼睛闭得紧紧的，不点头也不摇头。

黑胖子犯人见没能制服韩成根，就揪着韩成根的头发，把韩成根的脑袋摁到放在墙角的粪桶里。

令人难耐的屎臭味和尿腥味扑鼻而来，韩成根当即哇哇哇地大口大口地呕吐起来，恨不得把肠子和肚子都吐出来。

直到把黑胖子犯人累得气喘吁吁、满头冒汗，韩成根嘴里也没蹦出一个"服"字来。

黑胖子犯人坐在地上，让站在旁边的那几个犯人把韩成根的脑袋又摁到了粪桶里。

尽管韩成根被整得头上和脸上满是屎尿，但仍然梗着脖子没有低头。

黑胖子犯人也没了招数，就让几个犯人把韩成根又狠狠地揍了一顿。

胡三魁见黑吃黑的办法没能显灵，亲自把韩成根弄来严刑拷打。

他让乌鸦兵把韩成根押到烧得红红的火炉前面，把韩成根烤得浑身出水、满脸流油。

过了一阵，他把烧得"嗞嗞嗞"迸着火星的烙铁举到韩成根脸前，冷笑着从牙缝里挤出一句恶狠狠的话来："交代不交代？不交代就让你尝尝这铁砣子的味道。"

韩成根把脸扭到一边，紧紧地闭着嘴一声不吭。

胡三魁嘿嘿笑道："哟嗬——骨头这么硬？我就不信，难道你是在八卦炉里炼了七七四十九天的孙猴子？难道你的骨头是用钢浇的、铁铸的？难道你还能硬过我这铁砣子？"说着，就把烧得红红的烙铁拓在韩成根的身上。

韩成根忍不住哼了两声。

胡三魁以为韩成根顶不住劲了，一脸得意地把韩成根身上的烙铁拿下来放进火炉里说："知道这铁砣子的厉害了吧。早知如今，何必当初？快交代了吧，免得皮肉白白受苦。"

韩成根睁开眼看了看肉头肉脑的胡三魁，然后又闭上眼睛一句话也不说。

胡三魁又把烙铁从炉膛里拿出来，在韩成根的身上这儿拓一下、那儿烙一下。直到把韩成根身上的皮烧焦了、肉烙熟了，韩成根除了吐出一块被他咬下来的血淋淋的肉，再也没有吐出一点胡三魁想要得到的东西。

韩成根的硬劲，把胡三魁激得像一头被人刺了一刀的狮子，他暴跳如雷地不住地吼叫道："好你个韩成根，好你个硬骨头，我就不信治不软你，我就不信整不服你。"

他瞪着血红的眼睛对着愣愣地站在一边的几个乌鸦兵吼叫道："去！给我把辣椒水拿来！"

不一会儿，两个乌鸦兵抬来一个盛满辣椒水的大盆。

他把衣服袖子挽得高高的，指挥乌鸦兵把辣椒水灌进韩成根的嘴里。

然后，他又让乌鸦兵用脚在韩成根的肚子上乱踏乱踩，韩成根肚里的辣椒水又从嘴里和鼻子里流了出来。

一盆又一盆的辣椒水从韩成根的嘴里灌进去，又一盆又一盆地从韩成根的嘴里和鼻子里挤出来。但韩成根的嘴里始终没有说出一句话来。

韩成根被拖回牢房里后，肚里疼得一连几天吃不进一口饭、喝不进一口水。等肚里能进饭进水后，就昏头涨脑地一直睡不醒。

十几天后，韩成根的肚里不再疼了，脑袋也不再涨了。他觉得这样的日子不会太长。过不了几天，那帮乌鸦兵又会把他拖出去往死里折腾。

然而，他做梦也没想到，看守所里发生了一件非常令人意外的事件。

九月初八下半夜，悬挂在天空中的月亮阴沉着脸俯视着大地，稀稀拉拉的星星眨着泪汪汪的眼睛浑身打抖。

忽然，一股强劲的大风像一头狂怒的狮子从西北方向呼啸而来。

一团团浓黑的乌云在狂风的推拥下，如同脱缰的野马从天边飞速奔来。

不一会儿，被狂风吹得东摇西晃的月亮和星星被大团大团的乌云吞入腹中。

银色的夜空顿然间黑得像锅底一般。

刘老虎领着二三十号弟兄摸到了看守所里。

他们先把两个站岗的乌鸦兵用枪托打晕，用麻绳分别捆到两棵碗口粗的柳树上。

等他们突然出现在打麻将正打得热闹的肉头小队长胡三魁和一帮乌鸦兵面前时，胡三魁和乌鸦兵们一个个全都愣怔着眼睛呆在了那里。

刘老虎让弟兄们把乌鸦兵捆了手脚拴到桌子腿上，留下两个负责看管，领着其余的弟兄去救关在看守所里的犯人。

刘老虎这次夜劫牢房，其实是专门冲着韩成根来的。

他从后山逃出来后，听说韩成根为了他被抓进了牢房，就心急火燎地和弟兄们谋划着准备马上去看守所营救韩成根，但一直没能下得了手。

等了半个来月，刘老虎终于等来了今天这个机会。

一见韩成根，刘老虎就兴冲冲地喊了起来："韩老兄，老弟接你来了。"

韩成根看见刘老虎，高兴得一骨碌从地上爬起来，握住刘老虎的手说："谢谢老弟，谢谢老弟，谢谢老弟还记着我。"

刘老虎架着韩成根的胳膊说："走，跟老弟上山入伙去！"

韩成根来不及再说更多的感谢话，跟上刘老虎就往外走。

刚要跨出黑色的铁门，韩成根却站住不走了。

"老弟，谢谢你，我不能跟你走。"

"为啥？"刘老虎迷惑不解地看着韩成根。

"他们说我和你勾结干坏事。我多会儿和你勾结了？我多会儿和你干坏事了？"

"啥时候了还说这些。走，别听那帮狗东西瞎说。"

"不，我要是跟你走了，倒让他们说着了。"

"怕啥？说着了咋？没说着又咋？"

"不，咱们绝不能在他们嘴里落下话把。"

"我明白了。你是怕跟我沾挂上坏了你的名声。"

"不，我绝不是这个意思。像你这样的人，我倒巴不得跟你沾挂到一起。问题是他们硬要说我跟你勾结,我跟你干坏事,明明没影的事,为啥叫他们说啥就是啥?"

"别说这了,赶紧跟我走吧,再不走就迟了。"刘老虎不容分说,拉起韩成根就走。

"不,我不跟你走。"韩成根抱住栏杆,说啥也不跟刘老虎走。

韩成根和刘老虎揪扯了一阵,几个弟兄跑来喊刘老虎:"大哥,快走吧,再不走就走不成了。"

刘老虎又劝了一阵韩成根,但仍没把韩成根劝下。实在没有办法,就割舍不下地看着韩成根说:"大哥,后会有期。你多保重。"

说完,刘老虎抱着拳朝韩成根作了个揖,转过身消失在茫茫的夜色之中。

十七

看守所被劫事件，差点儿把绛州县知事许世宏的官帽给弄丢了。

这事正好发生在县知事重新改为县长的节骨眼上。

按照上峰原先的意思，许世宏脑袋上顶了好几年的乌纱帽由知事换成县长，本来是个一点儿麻搭也没有的事，没想到竟被刘老虎圪搅得好长时间接不到委任状。

许知事感到事情不妙，心里非常恐慌，急忙带了一份自咎书和一些金银细软到省城跑了一趟，才到上面弄回一张迟下了三个月的委任状。

揣着这份迟来的委任状，许世宏心里仍然踏实不下来。

他思来想去，觉得自己的身心和仕途依旧被笼罩在看守所被劫的阴影里。一旦遇上风吹草动，头上的乌纱帽随时都有可能被顶头上司以看守所被劫为借口撸掉。

要想稳住头上的官帽，不干出一件让上面夸赞的好事，不做出一件立功赎罪的大事，自己尻子下面这个县太爷的位子，总感到晃里晃荡坐不住。

一连六天，许世宏没有在衙门外面露面，也没有在衙门里面办理一件公干。

他把自己关在家里，大门不出，二门不迈，闷头闷脑地一个人独自苦思冥想，苦心琢磨。实在想不出办法，就把从省城托人弄来的阎都督刚刚出手的一本《土地村公有办法大纲及说明》，从头到尾认认真真看了一遍，又仔仔细细地寻思了寻思从上司那里听来的阎都督近些日子的一连串训话，这才忽然感到眼前一亮，有了主意——

朱毛领导的共产党在南方打土豪、分田地，把富人的地统统没收，然后又统统分给穷人，得到了穷人的一致拥护，把偌大一个中国弄得天翻地覆、星火燎原。

南边的烈火到处燃烧，北边的火势也很凶猛。刘志丹和谢子长统领的陕甘和陕北两块地盘连成了一片，对整个华北地区形成了很大的威胁。

西洋的资本主义那一套不好用，南边的共产主义这一套不准用。要解决这个问题，就需要用阎都督的"中的哲学"，在西洋和南边的两个不对中间找出一个"中"、找出一个"对"。

那么，这个"中"和"对"在哪里？阎都督是这样说的——

"对"的位置不在"不对"的反面，而在"不对"的中间。要在"不对"的中间找"对"。

这就好比三加五等于八一样，等于七以下和九以上都不对，只有七和九中间的那个八才是对的，其余的都是错的。

又好比人吃饭一样，吃进去的食量和胃量必须正好才是对的，必须正好才是有益于人的，比正好多了或是少了都是错的，都是不对的，都是不益于人的。

资产皆私有和按资分配的资本主义制度背离了人情，资产皆公有和按需分配的共产主义背离了人性。

阎都督的《土地村公有大纲办法及说明》就从这两个"不对的制度"中找出了一条最适合的"对"的制度。这个制度就是土地村公有制度。

如果能在阎都督推行土地村公有这件事上走到别人前面，弄好了就能得到顶头上司甚至阎都督的赏识。

这件事搞好了，不仅能使自己在众多的官员中显露出自己超人的才能，也能使自己的顶头上司在阎都督面前露头露脸。

只要能博得上司的欢心和阎都督的赏识，那就不仅会牢牢靠靠地保住自己现在的位置，而且还有可能得到上面的嘉奖和提升。

那么，怎样才能在这件事上走到其他官员的前面呢？他想来想去，觉得还是应该先从上次搞村本政治的北韩村搞试点。试点一搞成，就赶快抓紧在全县展开。

主意拿定后，许县长就带着一干人开进了北韩村。

当天晚上，许县长就把北韩村所有在家里主事的男人们召集到村长韩狗蛋家的院子里。许县长和一干随从站在韩狗蛋家房檐下的廊台上，村里的男人们站在廊台下的院子里。

许县长看了看廊台下的男人们，便滔滔不绝地讲起了实行土地村公有的好处——

"北韩村的乡亲们，本县长不得不提醒你们，我们现在面临的形势极其麻缠，我们眼下遇到的情况极其危险。

"为什么说我们面临的形势和遇到的情况极其麻缠、极其危险呢？因为共产党领导的红色赤匪和他们建立的赤色政权，在他们占领的地盘上胡作非为、为非作歹，大搞什么打土豪、斗地主、夺印把子，分田地、分房子，还分有钱人家的老婆。"

"嘿嘿嘿。"韩茅勺听见共产党还给穷人分老婆，便捂住嘴笑了起来。

"笑什么？笑什么?!"

马区长黑虎着瘦长瘦长的脸，对韩茅勺呵斥。

许县长朝马区长摆了摆手，不让马区长呵斥韩茅勺。

韩茅勺低下头，赶忙收住脸上的笑。

"表面上看，共产党给穷人分田地、分房子、分老婆，对穷人是一件大好事，但其实是一件大坏事。为什么这么说呢？"

许县长很耐心地给台下的人解释："不管是正在富裕的人，还是正在贫穷的人，只要稍微动动脑子想一想，就能想到共产党这样做，的确是一件不好的坏事情。然后再仔细往深了想一想，就会发现共产党这样做，不仅坑了富裕的人家，也害了不富裕的人家。"

听到这里，廊台下的人几乎全都瞪着一双疑惑不解的眼睛，有的还摇着头表示不以为然。

许县长笑了："大家再往深了想一想，再往细了想一想，共产党这么做，是不是富人和穷人都把自己的土地弄丢了？那么，富人和穷人为什么都把土地弄丢的哩？因为共产党这么做的时候，不光是把富人的地给没收了，也把穷人的地全没收了。虽然穷人分到的地和富人分的地一样多，好像是富人吃了亏、穷人沾了光。但是，如果我们继续往深了想、往细了想，问题就出来了：不管是富人的地也好，还是穷人的地也好，这些地被没收了之后，跑到谁的手里了？毫无疑问，跑到共匪手里了。共匪把地主打倒了，共匪成了最大的地主，成了最富的富人，而原先的富人和穷人都成了共匪的长工。因为农民重新分了地之后，只有耕种的权利，没有占有的权利。共匪什么时候不愿意了、不高兴了，就什么时候收回到他们的手里。农民们对分到自己手里的土地当不了家，做不了主，没有一点儿自由。一句话，共产党的这个做法，最后只有一个结果，那就是富人变穷了，穷人更穷了。"

廊台下的人几乎同时"噢"了一声，好像一下明白了似的。

站在廊台上的许县长露出了得意的神色。

"所以说，我们说什么也不能被共匪的做法弄得晕头转向，说什么也不能上共匪的黑杆秤。还有，共匪不仅对土地共有，对女人也共有。不管是谁的女人，也不管是谁家的女孩，共匪想什么时候共有就什么时候共有。乡亲们说说，共匪搞的这一套厉害不厉害？可怕不可怕？"

许县长说到这里，故意把话打住，瞪着一对眯缝眼看着黑压压的人群。

人群中立刻哄哄地吵吵开了，出现了许县长设想的效果。

没想到，正在许县长得意之时，韩茅勺站起来笑嘻嘻地说："共有就共有，反正我就那么一点点地，反正我也没女人，弄不好共匪还会分给我一个女人哩。"

男人们立时哈哈哈地大笑起来。

马区长慌忙用眼睛瞪韩狗蛋，韩狗蛋慌忙朝茅勺喊道："瞎说！再瞎说给我滚出去！"

许县长朝韩狗蛋摆摆手，示意他不要制止茅勺。

"刚才说话的那位后生你站起来，有什么话尽管说，本县长一一给你答复。"

韩茅勺站起来说："没了，我也是瞎打横炮哩。"

"这位后生的话不是瞎说。根据本县长的调查，好多农民都有这样的想法。"

许县长把话顿了顿，接着说："其实，这种想法和说法是不对的，是被共匪蒙骗了。共匪共有女人，并不是让所有的男人都共有女人，而是让共匪对百姓的女人共有。实际上，老百姓的女人成了共匪们的私有财产，他们想占有谁的女人就占有谁的女人，想什么时候占有别人的女人就什么时候占有别人的女人。刚才这位后生应该好好地想一想，共匪凭什么平白无故地把别人的女人给你？他们光管自己享受，光管自己享乐，哪里能顾得上管你有没有女人。这位后生你说一说，本县长说得对还是不对？"

韩茅勺瓮声瓮气地说："对。"

"好，这位后生请坐下。现在，咱们言归正传，回过头来接着说咱们将要实行的土地村公有。

"什么是土地村公有呢？土地村公有是怎么一回事呢？简单地说，就是把村里的土地全部收回来，由村公所代表全村人共同占有。土地收回来怎么办呢？土地收回来再分给乡亲们耕种。

"分地的时候怎么个分法呢？具体的分法是这样的：按照阎都督的《土地村公有办法大纲及说明》规定，土地分给十八岁到五十八岁的村民。凡是年龄满了十八岁的村民,就可以向村公所申请领取一份土地。年龄满了五十八岁后,就将原先自己耕种的那份土地交还村公所。那么,土地分下去后村里应该向上面上交的税捐怎么办呢?由本村村公所按照全村分到土地的人数平均分摊到每个人的人头上。总的来说,土地村公有就是这些,乡亲们还有哪些没有听明白可以提出来。"

男人们闹闹哄哄吃吵了一阵,但却没有一个人站起来向许县长提问。

许县长清了清嗓子说:"好了,今天时辰也不早了,以后有什么问题,就由马区长来负责解答。从明天开始,你们村的分地工作就由马区长和韩村长负责。"

秀秀是北韩村第一个站出来公开反对土地村公有的。许县长给北韩村开会那天,秀秀家因为没有男人没人到韩狗蛋家听会。

第二天,她从旁人嘴里听说她家的二十几亩地很快就要被村里全部收去分给外人耕种,立时火冒三丈,叫喊着要去找韩狗蛋。

黑妮慌忙把她拉住,用一副哀求的口气说:"好我的女子哩,你就别给娘再添乱了。你爹被官府抓走了,家里连个顶门立户的也没有。人家把眼睛瞪得像乌眼鸡似的,巴不得咱家再出乱子。收地是许县长让这么干的,不关人家狗蛋的事。现在这年头,还不是人家官府想咋就咋?别说你一个女娃子,就是你爹在家,就是全村的人合起来,也抗不过人家许县长一句话。"

秀秀跺着脚说:"娘,你咋这么糊涂?你咋这么窝囊?我爹没日没夜地置下这么些地,咋能白白让他们弄走?我爹回来咋见我爹?"

黑妮叹口气说:"收就让人家收吧,又不是光收咱一家的。"

"那也不行,他们凭什么把咱家的地收走?他们当官的总不能不讲理呀?"

黑妮紧紧地拉住秀秀的袖子:"不行,今天说啥也不让你出门。"

秀秀猛一使劲，掰开黑妮的手就一阵风似的跑到了韩狗蛋家。

"咣当"一声，秀秀推开韩狗蛋家的屋门，劈头就朝正在商量如何分地的马区长和韩狗蛋甩过去一句话："咋哩？欺负人哩？把我家的地都收走了，叫我娘和我喝西北风？"

韩狗蛋看了看秀秀，板着脸说："家有千贯，主事一人。你一个女娃家，能主得了家里的事？"

"咋主不了？我爹不在，我家的事不让我做主让你做主？"

"你爹咋不在？你爹死下了？别说你爹没死，就是你爹死了，还有你娘哩。"

"你这么一把年纪咋能咒人死呢？你说这话不怕把你的舌头闪了？我多会儿说我爹死了？我说我爹不在我说我爹死了？"

"你爹既然没死，家里的事就还得由你爹做主！"

"我爹不在家，我爹能知道你们要分我家的地？"

"我没长腿？我没长嘴？我不会到县城找你爹去商量？"

秀秀的嘴被韩狗蛋堵住了，好半天才憋出一句话："好，你要是不到县城和我爹商量，你就不是人养的！"说完，就又一阵风似的离开了韩狗蛋家。

马区长看着秀秀的背影，若有所失地摇了摇头，然后又若有所得地点了点头。

第二个反对土地村公有的是已故村长韩六娃的女人绿豆。

绿豆自打韩六娃死了后，眼睛就哭瞎了。她由已经长成大后生的六小子六六拉着颤颤巍巍来到韩狗蛋家。

"狗蛋，听说你要把我家的地收了？"

"不是我要收，是许县长让收。"

"收了后要分到旁人的户头上？"

韩狗蛋看着绿豆的一双瞎眼，有气无力地"啊"了一声。

"这事做得太缺德了，太伤天害理了。我家连地都没了，让我们一家吃啥哩？喝啥哩？"

韩狗蛋站起来扶住绿豆的胳膊，一脸同情地说："你不信我，还能不信官府？还能不信许县长？还能不信马区长？不管这地怎么个收法，怎么个分法，总不能让你和侄子侄女们饿肚子的。我现在不是和马区长正商量哩嘛。等商量好了，我就立马登门把这事给你说得清清楚楚。"

"那我就不耽搁你们商量公事了。"临出门时，绿豆回过头来有些不放心地说，"狗蛋，我等你的话哩。"

让马区长感到意外的是，第三个在他面前反对土地村公有的竟然是和他一起负责收地分地的北韩村村长韩狗蛋。

韩狗蛋自从当了村长，明里暗里捞了不少外快。不几年工夫，也添置了十来亩好地，家产积攒得渐渐地赶上了韩六娃和韩成根，成了北韩村拔了尖的大户人家。

"马区长，按说我这当村长的理应在执行许县长的土地村公有这件事上领个好头。可我想来想去，总觉得把土地收回村里再按人头分下去，像我这样的人家实在是太吃亏了。这不是把自己身上的肉挖下来往别人的嘴里填吗？"韩狗蛋一脸迷惑地看着马区长说。

马区长笑着说："好我的老弟哩，看着挺机密的人，脑子咋就这样糊涂？许县长是啥人？许县长还能坑你这样的人家？看来，许县长那天讲的那一套，你一点儿也没听明白。你好好盘算盘算，按照许县长说的那样，你家到底是吃亏还是沾光？"

韩狗蛋连想都没想就不满地说："这有啥好盘算的，肯定是吃大亏。"

马区长拍拍韩狗蛋的肩膀说："许县长这办法很有学问。猛一听，是小户人家沾光，大户人家吃亏。细一算，是大户人家沾光，小户人家吃亏。"

韩狗蛋疑惑地看着马区长说："我脑子笨，算不了账。你给我好好算算，我家咋的就沾了光？"

马区长扳着指头说："你家拢共有十八亩地是不是。原先你家来种，按平常年景来算，一亩地也就能收百儿八十斤，十八亩地加起来是三千来斤的样子。一斤按平常年景价格算，大概是三毛来钱的样子。把你家的粮食全都折成钱，三千来斤能折算一千来块。刨去下种的钱雇人的钱和杂七乱八的钱，一年也就是六七百块的样子。现在把你家的地收回来再分下去，一亩地要给村里拿出三十斤交给村里充作官税，拿出一百一十斤交给你个人充作地租。这样一算，你家每年的收入六百块多一点。表面上看，你家收入少了一二十块，但实际上你家省了大几十块。省了什么？省了你家应该交给村里的官税。"

韩狗蛋并没有完全听明白，但他相信马区长不会日哄他，对土地村公有当时就来了兴头："照这么说，这土地村公有还真是一个好办法。不过，许县长定的那一套能不能稍微改动改动？"

马区长想了想说："改倒是能改，但不能改得太大了。你说说你想改哪些？"

"韩六娃在的时候，我们村就定下一条规矩：凡是有好处的事，按人头分摊；凡是没好处的事，按户头分摊。这主要是我们村人少，鼓励我们村的女人多生娃崽。许县长说年龄在十八岁到五十八岁的每人分一份地，能不能把十八岁这三个字去掉，改成五十八岁以下每人分一份地？"

马区长脸上露出为难的神色："这恐怕不行吧。这样一改，那些小户人家不是更吃亏了？"

韩狗蛋狡黠地笑着说："不怕，那些小户人家全被蒙在了鼓里，他们还以为这样做沾了多大光似的。他们多分了地，弄不好还会反过来感谢咱哩。"

马区长从怀里拿出烟枪，装了满满一锅料面，对着油灯抽了一口，非常舒贴地吐出一口浓浓的烟雾："好，就这么定了。"

韩狗蛋站起来:"马区长,你躺下歇一会儿,我去做做六娃家和成根家的工作。"

马区长朝韩狗蛋摆摆手:"韩成根家你不用去了,待会儿我自己去。你去韩六娃家就行了。"

韩狗蛋吱呀一声推开韩六娃家的院门,看见韩六娃的瞎女人绿豆,坐在日头底下在院子当间吱扭吱扭地搅着纺车纺棉线。

"老嫂子,忙哩?"韩狗蛋笑着和绿豆打招呼。

"是狗蛋吗?"绿豆停下手里的营生,扭过脸对着韩狗蛋。

"娘,谁来咱家了?"正在北房厅里织布的韩七女大声喊着问绿豆。

"干你的活吧,成天多嘴多舌的,我和你狗蛋叔说话哩。"

韩七女是个说傻不傻、说精不精的女娃子。说她傻,她那一双灵巧的小手做出的活儿比别的女娃子细巧得多。说她精,她脑子又比别的女娃子少一根弦,和人说话有一搭没一搭的。

韩狗蛋听见韩七女在屋里搭话,心窝里忽然生出一个花招,捏着嗓子说:"老婶子,我不是狗蛋,我是来村里做活儿的小木匠。"

"小木匠?你叫啥名?"

"我叫敌一下。"

"敌一下?多难听的名。"

"难听是难听,爹娘给起的,我也没法子。"

"我家不做木活儿,你到别人家打问去吧。"

"老婶子,我不是打问活儿的。我是到你家借筛子哩。"

"筛子我明天还要用,你到别人家借去吧。"

"我只用一下下,一会儿就给你送来。"

"筛子挂在西房的墙上,你到北房里叫我女子取去。"

韩狗蛋走到北房,对坐在织布机前的韩七女说:"七女,你娘让你给我拿一下筛子。"

韩七女停下手里的活儿,很不情愿地噘着嘴站起来,咕咕哝哝地说:"你自己没有手?你自己不会取?刚坐到机子上,就打发人干这干那,麻烦死人了。"

韩七女抬起腿刚要往机架外面迈,韩狗蛋扑上去搂住她就亲了起来。

韩七女把他往一边推,手里的梭子"咣当"一下跌到了地上。

绿豆听见里面不对劲,就扭过脸朝北房喊:"敲一下,出来。敲一下,出来。"

"你听,你娘叫我敲一下出去。"韩狗蛋对着被他死死地搂在怀里的韩七女的耳朵悄悄地说。

韩七女对着坐在院子里的绿豆喊道:"娘——,你别叫喊了,我知道了。"

韩狗蛋见韩七女和绿豆中了他的圈套,就把韩七女抱到炕上,脱掉衣裳,撅着尻子吭哧吭哧干了起来。正干得起劲,韩六六从外面一头撞了进来。

看见韩狗蛋趴在妹妹身上干着狗一样的勾当,韩六六跳到炕上,二话不说就朝韩狗蛋的尻子上用脚板狠狠地踹了起来。

韩狗蛋从炕上爬起来,一只手提着裤子,一只手摸着尻子龇牙咧嘴"哎呀哎呀"地叫唤。

韩六六抡开膀子,左右开弓扇开了韩狗蛋的逼斗。

韩七女拉住韩六六:"你打他做啥?是我自己愿意的。"

韩六六丢开韩狗蛋,扇了韩七女两个逼斗:"不要脸!丢死人了!"

"谁不要脸?谁不要脸?你才不要脸!"韩七女捂着脸又恼怒又委屈。

"你要脸?你要脸你让人家摁到炕上敲哩?"

"你要脸?你要脸你看见他敲我你不赶紧把他拉起来?你要脸你把他使劲朝我这里面踹?"

绿豆圪圪颤颤摸进北房,对韩七女说:"我叫你给他拿筛子,我叫你和他干这事?"

韩七女冤枉得哭开了:"不是你是谁?不是你在外面告我,敌一下,出来,敌一下,出来。"

绿豆摸着韩七女的头发流着泪说:"好女子哩,你吃了大亏。"

韩七女破涕为笑:"没吃亏,没吃亏。他使劲敌我,我使劲夹他。他把我敌得流了血,我把他夹得流了脓。"

绿豆被自己的傻女子的傻话噎得说不出话,反过来扑到韩狗蛋身上又抓又挠,又哭又骂:"你个没良心的!你个狼娃子!六娃死了,你就日哄我,你就欺负我。你不是人,你是狗做下的!你是狼做下的!"

韩狗蛋做下了亏心事,吓得一句话也不敢说,脑门上的汗呼呼地往下流。

韩六六拉开绿豆,咬牙切齿地说:"你别闹了,再闹也没用了,让我把这狗东西毁了算了。"

绿豆扯住韩六六的衣襟:"好娃哩,你可不敢再给娘惹事。事情已经做下了,你把他毁了也没用。"

"娘!你咋这样窝囊?你咋能让这狗东西白白欺负咱?"韩六六眼睛里往外冒火。

绿豆摸住浑身发抖的韩狗蛋,扯住他的袖子:"狗蛋,你个不长尾巴的牲口,你赔我女子,赔我女子。"

"我赔,我赔。"韩狗蛋鸡啄米似的直点头。

"你说,你咋个赔法?"

"你让我咋赔我就咋赔。"

"你做下的事你倒反过来问我?你做下这事你有了理了?你做下这事你有了功了?我今天偏不说!我今天偏要你说!"

韩狗蛋想了想说:"我知道我做错了,我知道我做了对不起你的事,对不起七女的事。我就是再咋赔也赔不起你,赔不起你家七女。"

韩狗蛋扭过脸,怯怯地看着韩六六说:"现在不是正闹着收地分地吗,到时候我把你家照顾好。"

"咋个照顾法？一句囫囵话就把我们母女打发了？"绿豆把话接过来说。

"你家原先自己种地一年打多少粮食，保证比原来只多不少。"韩狗蛋向绿豆承诺。

"光这一条不行。"

"我也知道不行。明年收了麦子，我给你家二百斤。"

"二百？二百不行，至少五百。"

"啊，五百。到时候我一斤不少送到你家。"

"今天的事我母女俩就饶过你。要是到时候兑不了现，我就把这事和你女人说了。"

绿豆说到这里，这才丢开韩狗蛋的袖子。临丢手时，狠狠地在韩狗蛋的胳膊上掐了一把。

韩狗蛋慌慌张张跑出去后，韩六六气哼哼地对绿豆说："娘，你太软茬了。你这回便宜了他，下一回他就敢骑到咱的头上。"

"好娃哩，你知道啥？这事要是闹大了，你让村里人咋看咱？你让七女在村里咋活人？你让你娘在村里咋见人？"

"你让他狗杂种等着，总有一天老子不会叫他好活。"

韩六六说着，把一直捏得咯吧咯吧的拳头狠狠地砸到身旁的炕沿上，扭转身"噔噔噔"跑到院子里，瞪着血红的眼睛对着阴得乌黑的天空怒不可遏地喊道："狗蛋——我敌你娘——"

十八

中秋后的一场雨下得不大,但却哩啦的时间很长。

这场雨没有把韩六六的心火压下去,但却把刚刚冒出一点儿火星的土地村公有扑灭了。

马区长和韩狗蛋好不容易才把堵在大户们心头的疙瘩解开了,醒过劲的小户们却全都翻了脸和马区长、韩狗蛋们别起了劲。

小户人家挤在韩狗蛋家的院子里,扯着嗓子吵闹着要韩狗蛋出来答话。

长得又矮又小的韩茅勺在人群里一圪跳一圪跳地蹦跶着喊道:"狗蛋——你以为我们都是憨憨——你以为我们都是懵懂货——你日哄我们做啥——你要笑我们做啥——"

马区长让韩狗蛋出去和站在院子里的小户们对话,韩狗蛋圪蹴在锅灶边死活不出去。

韩茅勺扯开嗓门接着喊道:"狗蛋——你出来呀——你不出来你圪缩到你娘的鳖里了——"

满院的人"轰"的一下全笑了。

韩茅勺受了众人的鼓励,叫喊的声音更大了:"马区长——马区长——你出来呀——你不出来你也圪缩到你娘的鳖里了——"

院子里的小户人家"轰"的一下又笑了起来。

马区长听见外面有人骂他,就用脚踹韩狗蛋的尻子:"出去!出去和他们把话讲清楚。"

韩狗蛋抬起头，浑身圪颤着说："我不敢，你出去吧，你出去他们就不敢闹了。"

马区长火了，用指头点着韩狗蛋的脑门说："你出去不出去？你今天要不出去就别干村长了！"

韩狗蛋见马区长要撸他的乌纱帽，站起身哆哆嗦嗦地走了出去。

韩茅勺从人群里挤到韩狗蛋跟前，对着韩狗蛋说："你出来逗啥能？你说了能算数？你滚回去，让马区长来见我们。"

韩狗蛋回到屋里，对马区长说："马区长，他们不让我和他们答话，他们要你出去。"

马区长见一院子人嚷嚷着要和他对面，吓得身上也开始哆嗦开了："你们村的事，为啥要我出去？我今天就不出去，看他们能把我咋了。"

院子里的人见马区长半天不出来，就一起喊道："马区长——你出来——，马区长——你出来——"

不管院子里的人怎么叫喊，马区长终究没有在众人面前露面。众人一直闹腾到半夜，才一起吵吵嚷嚷离开了韩狗蛋家。

马区长灰溜溜地从北韩村败下阵后，吓得躲在区公所里好长时间不敢出来。

他成天缩着脑袋，像死猪躺在案板上似的等着许县长收拾他。

许县长让他在北韩村推行土地村公有的事，被富裕的大户人家和不富裕的小户人家夹在了中间，别进了旮旯。

收地分地的办法如果偏向了大户人家，小户们和他玩儿命；偏向了小户，大户们又寸利不让。两造人马你攻过来，他攻过去，势不两立，互不相让，谁也想压谁一头，谁也不向谁低半头。向了大户，人多势众的小户们不干；向了小户，财大气粗的大户们不干。这是一对不可调和的矛盾，也是一对无法调和的矛盾。立场不同，利益不同，产生的想法和采取的做法也就水火不容，激烈对抗。

以往，凭着官府的威势，不管他走哪里，都如同虎入羊群，狮行原野，无人敢阻，无人敢挡。而现在，他成了钻进风箱里的老鼠，前后两头被堵，左右两边被夹。

他不仅感到自己宛如一只钻进风箱里的老鼠，更感到自己成了马戏团里的一只猴子，被主子逼到前台爬杆钻圈、火中取栗。稍有闪失，就会被主子棍打鞭抽、脚踹棒喝。如果把戏演砸了，还有可能被主子驱逐出场，甚至一命呜呼。

他摸摸自己的头，又摸摸自己的胸，顿然生出一种如临深渊、危在旦夕的不祥预感。

令他不寒而栗的土地村公有，使他深壑难逾的土地村公有，难道会成了他在官场仕途上的催命符、断头崖？难道会成了埋葬他政治生命的坟场和墓穴？

他愁得吃不下饭，他愁得睡不着觉，他愁得像丢了魂的僵尸，更愁得像没有五脏六腑的泥胎。

正在他愁得欲活不能、欲死不罢的时候，一则让他意想不到的传闻，使他的政治生涯突然出现了峰回路转、死而后生的绝命转机。

这个救了他仕途之命的传闻是从省府官方传出来的。

他的一个随从去县里办理一件公差，听县衙里的一个同僚说：阎都督的土地村公有遭到了许多上层人士的反对和指责，在省城闹哄了不长时间就胎死腹中，销声匿迹了。许县长见上面对这件事连闹哄都不闹哄了，也就把他在北韩村搞土地村公有试点的事丢到了脑后。

马区长听了后，摸着胸口长长地出了一口气，一下像久病不愈的人被小鬼勾了魂、然后又被推出鬼门关似的。他觉得自己如同从阴间重又返还阳世，魂魄附体，心稳神安。

短命的土地村公有见鬼去了，马区长肚里的这块心病终于去掉了，从此之后再也不用为他娘的土地村公有提心吊胆了。

缓过劲的马区长立刻像打了鸡血一样，精神抖擞，扬眉吐气，把土地村公有抛到九霄云外，把区公所的人全都赶下去到各村催税。

王警佐这次仍然包的是北韩村。

去北韩村之前，马区长告诉他，去了北韩后，先让韩狗蛋来区公所一趟。

马区长之所以要见韩狗蛋，是想让韩狗蛋给自己的大小子马文魁做媒。

他被许县长留下在北韩村搞土地村公有试点那几天，看上了韩成根家的女娃韩秀秀。

秀秀那天因为反对土地村公有的事找韩狗蛋吵闹，被马区长一眼就相中了。

秀秀长得高高挑挑，精精干干，脸盘白白净净，眉眼清清秀秀。

马区长当时眼前一亮，怎么也没想到女人们全都长得歪瓜裂枣的北韩村能有这么一个美丽漂亮的金凤凰。秀秀和韩狗蛋吵闹时，又见秀秀的嘴快得像把刀子，说出的话夹风带火，一句也不饶人，一句也不让人。

漂亮而泼辣的秀秀，一下就把马区长的心给抓住了。

马区长之所以相中了秀秀，是因为他的大小子马文魁生就了一副稀松软弱的性格。成天不是戴着一副近视眼镜闷头闷脑地看书，就是用手支尖尖的下巴颏呆头呆脑地愣在那里半天不说一句话。过了十八虚岁，上门说媒的尽管都快把他家的门槛踢破了，但马区长却一个也没相中。他心中的儿媳妇，应该是全区最漂亮的，也应该是全区最厉害的。找全区最漂亮、最厉害的女娃做儿媳妇，是因为他要以此弥补他儿子马文魁生性软弱的弱点。凭儿子那副软胎相，他死了后，别人还不是想把他儿子捏成圆的就捏成圆的，想把他儿子捏成扁的就捏成扁的？靠儿子顶门立户是没有指望了，只好把希望寄托在秀秀身上。

抓猪看母，儿肥母壮。凭秀秀的长相和生性，将来生下娃崽也难看不了，也软蛋不了。那天韩狗蛋要去韩六娃家和韩成根家做说服工作，马区长就只让韩狗蛋去韩六娃家不让他去韩成根家。马区长去了韩成根家，一边和黑妮说着土地村公有的事，一边腾出眼来把秀秀从上到下端详了一遍又一遍。

韩狗蛋往区公所走的路上，心窝里紧得连喘气都不顺畅了。他害怕马区长不定又为啥事日砍他，走一路琢磨一路。一开始想着马区长会在土地村公有这件事上找他的茬，但又一想觉得不会，因为许县长都没心思再干这件事了，他马区长还能再去干这种不讨上司欢心的事？这事权当吹了一阵风，实际上早都过去了。后来又想马区长会不会因为交税交捐的事，仔细一想又觉得不会，因为今年的税捐才刚刚开始，从哪头说马区长也不会为这事就随随便便地日砍人。等他心神不定地走进区公所后，没想到出现在他面前的并不是马区长那张恼怒的瘦脸。

马区长见韩狗蛋进来，很客气地朝韩狗蛋笑笑："来了？"

"来了。"韩狗蛋慌慌地看着马区长。

"坐下吧。"马区长站起来指指旁边的一张凳子。

"啊……啊……"韩狗蛋嘴里含含糊糊地应着，看了看凳子却没敢坐下。

马区长给韩狗蛋冲了一杯茶，递给韩狗蛋说："坐下，坐下。怕凳子上有钉子哩？怕扎了你的尻子哩？"

韩狗蛋这才把尻子款款挨到凳子上，摆出一副随时又要重新站起来的样子。

马区长盯住韩狗蛋看了一阵，满脸堆笑地对韩狗蛋说："我今天请你来，是请你给我帮个大忙。"

韩狗蛋慌忙站起来："哎呀，马区长，只要我不给你添麻烦就行了，还能帮了你忙？有啥要我跑腿的，你尽管吩咐，你就是要我狗蛋跳崖跳河，我狗蛋连眼都不眨一下。"

马区长想起前几天搞土地村公有韩狗蛋圪缩在他家锅灶旁边浑身打抖的样子,"扑哧"一下就笑了:"我今天也不让你跳崖,也不让你跳河,只需要你跑跑腿,动动嘴。"

"马区长,你说吧,需要我咋的为你效劳?"韩狗蛋心里这才安然下来,一直往起欠着的尻子踏踏实实地坐在了凳子上。

"我今天请你来,是想让你给我做个大媒。"马区长仍然笑眯眯地看着韩狗蛋。

韩狗蛋以为马区长要叫他为他再摸揣一个小老婆,心想你这么大年纪了,再找个年轻女娃还不把人家那二亩半地白白荒了?

他一边心里偷偷地笑,一边装出一脸正经:"马区长,其实我心里早都有这种想法,但就是不敢给你说。像你这样的年纪,这样的位置,早都该再续个小的了。我给你找个年龄又小又好看的,保证你出了外面体体面面,回到家里舒舒服服。保证……"

"你弄错了。不是叫你给我找小老婆,是叫你给我娃文魁找个媳妇。"马区长摆摆手,把韩狗蛋后面要说的话挡了回去。

韩狗蛋自己舔尻子舔到了胯上,吓得脑门子冒出了汗:"马……马……马区长,文……文……文魁……文魁是长大了,是……是……是该找……找媳妇了……"

"你回去问问韩成根女人,看人家愿意不愿意把秀秀嫁给我家的文魁。"马区长见韩狗蛋慌得说不成话,也就不再和他绕弯子了。

韩狗蛋听说马区长相中了秀秀,心里更加恐慌。马区长要是真的和韩成根结成了亲家,韩成根就会对他产生更大的威胁。要不了多久,马区长就会把他从村长的位置上捣下来,换上他的亲家韩成根。就是韩成根不和他争夺村长,村里的事也得由有了硬后台的韩成根说了算。心里虽这么想,嘴里却不敢这么说。

"这……这……这是好……好事……"

"你回去吧,我等着你的回话。"

懒洋洋的太阳把柔弱的阳光懒懒散散地洒在死气沉沉的大地上，洒在坐在院子里满脸忧愁地把玉米粒往下揉搓的黑妮身上。

韩狗蛋推开院门，满脸堆笑地走了进来："老嫂子，我给你报喜来了——"

黑妮抬起头，看见是韩狗蛋朝她说话，以为成根要被官府放回来，赶紧站起来说："谢谢娃她叔。她爹回来后，我让他到你门上好好谢你。"

韩狗蛋见黑妮弄错了，赶忙纠正："不是成根哥要回来，是马区长相中了咱秀秀，要娶咱秀秀给他的大小子做媳妇。"

自从韩成根被官府抓走后，黑妮成天愁得连觉都睡不着，哪儿有心思谋给秀秀找婆家的事。她捋了捋鬓角的头发说："我当是啥事。要是这事就先往后靠靠。"

"这是为啥？"韩狗蛋急了，生怕这事闹荒了马区长怪罪他。

"我娃还小哩，她爹又不在，哪里能顾上办这事？"黑妮叹着气说。

"好嫂子哩，你聪聪明明的人咋就在这事上犯糊涂？你不想想，要是咱秀秀嫁给了马区长的大小子，成根哥的事还用咱操心？马区长到县里跑一趟，不就把成根哥领回来了？再说，像人家马区长那样的人家，好多人想攀还攀不上哩。马区长的大小子我也见过，模样长得斯斯文文，利利洒洒，又有一肚子学问，将来肯定是个当大官的料儿，配咱秀秀再合适不过了。咱秀秀到了人家那样的人家，不愁吃，不愁穿，嘴上身上都受不了屈。马区长的大小子又是个难得的好脾气、好心性，啥事还不是由着咱秀秀？要是能找上这样的人家、这样的女婿，小日子能不过得滋滋润润、红红火火？"

"娃她爹不在，这事也不能由我一人做主。我得和娃商量商量。"

韩狗蛋见黑妮同意了，急不可耐地说："那你赶快和咱秀秀商量呀。"

黑妮走到院门外面，扯开嗓门喊了起来："秀秀——秀秀——"

秀秀圪叉着一双细腿坐在村后泊池边的石头上，吧唧吧唧地抡着洗衣槌捶着包在衣裳里的皂角。

泊池里的水是活的。池子北边的崖下，有一个碗口粗的泉眼不断地翻着白色的水花，咕嘟咕嘟地冒着热气。池子的南边有个一尺来宽的豁口，排出的水蜿蜿蜒蜒地流进了隔离南北两韩的黄河里。由于池子里的水四季常温，北韩村的女人们在飘着雪花的冬天仍然常到这里洗衣浆布。

秀秀用木槌捶了一阵，衣裳上就渗出了一层黏黏的白沫。她揉了揉，觉得白沫不够多，就重新抡起洗衣槌捶了起来。

一心不能二用。秀秀一边捶着衣裳，一边想着她爹啥时候才能从衙门出来。捶着捶着，就捶到了按着衣裳的手上。她急忙丢下洗衣槌，把受了伤的手举到嘴前吸溜吸溜地吹气。

秀秀手疼得正在一边吹气一边吸溜，冷不防背后伸出一双大手紧紧地捂住了她的眼睛。

"谁呀？谁呀？"秀秀用手使劲掰着捂在她眼睛上的手，嘴里慌慌张张地喊着。

捂她眼睛的人站在她背后不说话，只是一个劲地嘿嘿笑个不停。

秀秀从捂她眼睛的手上闻到了一股淡淡的羊粪味，便一下猜到是和她偷偷相爱了一年多的铁柱。

铁柱长成大后生后，他那当村长的爹就把羊倌的帽子从韩茅勺的头上撸下来戴到了他的头上。

在北韩村，谁都知道当羊倌是又滋润又得利的差事。铁柱他爹一当上村长，就急不可待地把羊铲子、羊鞭子从韩茅勺手里夺下来，交到了铁柱的手里。秀秀觉得铁柱爹处事不公、私心太重，当时就噘着嘴，说铁柱爹欺负人家茅勺。

铁柱听了，才突然醒悟到他当羊倌是他爹以权谋私、损人利己，再加上他本来就不愿意干放羊这种鸟事，便立刻恼羞成怒，立马就要把手里的羊鞭折断。

本来一句很不经意的话，没想到惹得铁柱火冒三丈，吓得秀秀赶忙好说歹说，才把铁柱那牛脾气劝了下来。

十几年前，铁柱因为毛毛虫的事打过秀秀，秀秀至今还记得清清楚楚。

自从这件事过去之后，铁柱不仅再没动过秀秀一指头，而且还和秀秀结成了一对好得分不开的小伙伴。

秀秀和铁柱常和小伙伴们玩推车车比赛。秀秀两只手支着地趴在地上假装小推车，铁柱站在后面抓住秀秀的两条腿假装推车的后生。每次比赛完，都是他俩跑在最前面，都是他俩最先跑到终点。

玩过家家的时候，每回都是铁柱骑着用高粱秆做的高头大马，把装扮成新媳妇的秀秀娶到自己用砖垒成的洞房里，搂着秀秀在砖头铺的炕上睡觉。

铁柱用一根木棍搁到肩膀上假装挑水，秀秀用瓦片树叶子土坷垃假装做饭；铁柱用一把废弃不用的锄头假装种地，秀秀用一根小草棒和她小时候用过的屎尿布假装缝衣。秀秀还学着女人们坐月子的样子，用一个布做的娃娃玩具假装给铁柱生了一个小娃娃。

有一回玩过家家的时候，韩六娃家的六小子六六把秀秀娶走了，铁柱就不干，就和六六打架。

六六比铁柱大两岁，那时候个头比铁柱高出半个脑袋。铁柱打不过六六，就用嘴咬六六，吓得六六再也不敢娶秀秀了。

铁柱手大脚大个子大，心大胆大力气大。无论是长相还是脾性，都和他爹韩狗蛋正好打了个颠倒。

铁柱长到十七八岁的时候，劲头大得跟牛似的。无论是做什么事情，他总是爱跟在秀秀后头，总是处处护着秀秀。

秀秀也特别爱和铁柱待在一起。只要和铁柱待在一起，她总是感到很安全，很幸福。

秀秀上面没有哥哥姐姐，下面没有弟弟妹妹，觉得自己就该找个像铁柱这样知冷知热、知疼知痒的人过一辈子。

去年中秋节晚上，铁柱把她约到村前的高粱地里，搓着手不好意思地说要娶她做媳妇，秀秀连打磕都没打磕就答应了他。

"铁柱，你这是做啥哩？你非得把我捂死呀？"秀秀摸着铁柱的手说。

铁柱放开秀秀，秀秀眼前黑得啥也看不见了，一头扑到铁柱的肩膀上。

铁柱趁势把秀秀紧紧地搂到怀里，对着秀秀的耳朵说："秀秀，你当不成我的媳妇了。"

"为啥？"秀秀睁开眼睛瞪着铁柱的眼睛，一把把铁柱推开，"不娶我算了，谁稀罕你！"

"不是我不想娶你了，是有人要娶你了。"铁柱一脸苦相。

"为啥？"秀秀亮汪汪的眼里顿时布满了迷惘的神色。

"我听我爹从区里回来说，马区长相中了你，想叫你做他的儿媳妇，还叫我爹给你俩做媒。我听了半截，就赶紧跑来和你商量。"

秀秀气得脸色煞白，咬着嘴流着眼泪说："我就是死了也不嫁马区长这样的人家！"

"走，咱们找个背静的地方商量去。"

秀秀丢下洗了半截的衣裳，跟在铁柱后头钻进了一条又深又长的山沟里。

铁柱看着秀秀，眼里充满了企盼的神色。

秀秀坐在一块光滑的石头上，手里拿着一根荆条不断地抽打面前的蒿草："不管咋说，我宁肯死了也不答应这门婚事！"

铁柱看着秀秀泪汪汪的眼睛，心里很不踏实地说："秀秀，你说话算话吗？"

秀秀没有说话，朝铁柱点了点头。

"秀秀，你和我是不是铁了心了？"

秀秀又朝铁柱点了点头。

"你要是变了心咋说?"

秀秀"咔吧"一下把手里的荆条折断:"我要是半路上变了卦,就和它一样的下场!"

"秀秀,你真好!"铁柱"叭"的一下在秀秀的脸上亲了一口。

"真不要脸。"秀秀一边娇嗔地说,一边用手里折成两截的荆条抽了铁柱一下,正好抽到铁柱那要命的地方。

铁柱"哎呀"叫了一声,蹲在地上咧着嘴吸溜吸溜直吸凉气。

秀秀急忙站起来俯在铁柱身上,吓得出了一身冷汗。

"咋了?咋了?"

铁柱猛地站起来,伸开两条有力的臂膀把秀秀托在空中快速地转开了圈子。

秀秀这才发觉刚才上了铁柱的当,两只手揪住铁柱的两只耳朵喊了起来:"你坏,你坏,你坏透了!"

转了一阵,铁柱把秀秀放在一块干净平整的石头上。

秀秀展展地躺在石头上,但两只手仍然揪着铁柱的耳朵不放。

铁柱眼里火星乱迸,直直地盯住秀秀的眼睛纹丝不动。

秀秀闭上眼睛,高高隆起的胸部剧烈地起伏着。

铁柱的两只手圪圪颤颤地放在秀秀山一样的胸脯上。沿着山头转了几圈,就跌入了那柔软的山涧,又沿着山涧爬到另一座山头上转圈。转了几圈,又沿着山前那光滑的平川向纵深探索。

红红的裤带挡住了铁柱前进的道路。

铁柱一拉结头,秀秀的裤子解开了。

秀秀把铁柱的手推开,坐起来瞪着铁柱说:"干啥?真没出息!"噌噌两下把裤带系成个死扣,重又展展地躺下说:"有本事就把它弄开。"

解死疙瘩对铁柱来说不算什么事儿。他搅水拴吊桶,收高粱打捆子,给牛羊拴脖套,全都系的死扣儿。平时解了又系,系了又解,根本就不算回事儿。因此,他没费多大工夫,三下五除二就把秀秀的这道防线攻破了。

秀秀捉住铁柱的手使劲一捏，向铁柱发出了警告。

铁柱不听警告，仍要继续前进。

秀秀搂住铁柱的脖子求情似的说："好乖乖，不要急，到时候我该让你干啥就让你干啥。现在千万不敢，行吗？"

铁柱不点头也不摇头，用火辣辣的眼睛看着秀秀。

秀秀不好意思地把头歪到一边："铁柱，你要急的话，今天就让你爹娘打发媒人上门来，趁马区长还没和我家说定前把我娶了。我回去也和我娘把这事说开。吃过晚饭，咱们在碾盘那儿见面。"

铁柱这才点点头，俯下身子在秀秀红红的脸腮上"吱"地亲了一口。

刺骨的寒风从山上窜进村子，又从村子里窜出去跑到了河滩。

浑身打抖的月亮把凉森森的光线洒到了凹凸不平的山上，撒到了平平整整的河滩，撒到了沉睡不醒的北韩村。

村子中间的碾盘上，铁柱和秀秀紧紧地依偎在一起，默默地为着一个共同的烦恼而伤神忧心。

吃晚饭时，铁柱圪圪颤颤地把他和秀秀好上的事和他爹韩狗蛋刚一说完，他爹韩狗蛋当时就把碗往桌子上一蹾，火冒三丈地说："混账！你娘的个鳖，这不是从老虎嘴里掏食？人家马区长看中了秀秀，你倒胆大得敢和马区长争抢！你吃了豹子胆了？你喝了老虎尿了？"

红果一听铁柱要娶秀秀，脑子里立刻就浮现出她十九年前从韩成根家半夜出逃的情景。

她现在虽然从心底里敬佩韩成根，也情愿和韩成根结成儿女亲家，但又觉得和韩成根结亲就像用木头棍子捅月亮一样，差得十万八千里。

头一个来说，就韩成根那个倔圪揽脾气，根本就不可能把他的女娃，嫁给她这个曾经做过他的女人而又被他推出家门的人家。

二一个来说，马区长一心想让秀秀做他的儿媳妇，和马区长争秀秀，就好比从老虎爪子里挠羊，从豹子嘴里抢食。这不仅是根本不可能的事，而且是非常危险的事。

她拉住铁柱的手唉声叹气地说："好娃哩，你要是着急娶媳妇，娘给你托人说个好的。人家秀秀已经是马区长家的人了，你宁要和人家抢秀秀，那还不是从老鹰嘴里夺小鸡？不仅小鸡要被人家叼走，弄不好还要被人家用爪子把脸挠得稀巴烂。"

铁柱不听他爹的，也不听他娘的，他把脖子挺得像根铁棍似的："我宁愿让马区长把我的脸挠烂了，也要把秀秀娶到咱家。"

韩狗蛋气得脸色像猪肝一样黑紫烂红，脱下鞋就用鞋底抽铁柱。

红果用胳膊把狗蛋架住，对铁柱说："还不快跑，等着挨死的哩？"

铁柱把脑袋伸到韩狗蛋脸前："打吧！打吧！就是把我打死，我也不会改口！"

"我让你嘴硬！我让你顶我！"韩狗蛋捞起炕上的笤帚，就在铁柱的脑袋上狠狠地敲了两下。

铁柱的脑袋上日日日就起了两个拳头大的血包。

红果抱住韩狗蛋的腰，带着哭腔声嘶力竭地喊道："打吧！打吧！有本事你先把我打死！"

韩狗蛋使劲推红果，推了两下没有推开，就把笤帚疙瘩打在了红果头上。

红果死死地抱住韩狗蛋的腰不放，朝韩狗蛋脖子上的肉瘤狠狠地咬了一口。

韩狗蛋丢过铁柱，和红果扭打在一起。

铁柱红着眼走过去，本想帮他娘打他爹。走到他爹跟前，又想着不对劲，就狠狠地用脚跺了两下地，带着满肚子的恼怒走到了村子当间的碾盘前。

秀秀回到家里，黑妮就把马区长托人说媒的事告诉了她。

秀秀低着头咬着嘴唇说："娘——我不愿意！"

黑妮为难地说："娘已经和人家说定了，再过半个月就成亲。"

秀秀把垂到脸前的长发甩到脑后，满脸流泪地说："他马区长家要是非要娶我，到时候就让他拿棺材把我的死尸装去！"

黑妮的眼泪忽的一下流了出来："好我的女子哩，你不为你想，你不为娘想，你就不为你爹想想。要是和马区长家成了亲，马区长还不把你爹从牢里救出来？"

"那我也不愿意！谁爱嫁谁嫁去！"

"马区长这样的人家你不嫁，你要嫁啥样的人家？"

"我就不嫁马区长家。要嫁我就嫁铁柱。"

"什么？你要嫁给狗蛋家？"黑妮愣了一下，张开嘴一把鼻涕一把泪地大声哭了起来，"老天爷呀，你咋不睁眼呀。你咋给了我这么一个孽种？她现在长大了，她现在翅膀硬了。她现在不听她娘的了，她现在不听她爹的了。她现在要把她爹往死了气，她现在要把她娘往死了气……"

秀秀抹了一把脸上的泪，扭转身跑到村子当间的石头碾子那里找铁柱去了。

银色的月光下，铁柱拉着秀秀的手，在一阵又一阵的狗叫声中走出了北韩村，走进了沉寂连绵的大山。

天色开始泛白发亮时，秀秀和铁柱走到了大山深处的刘家沟，走进了铁柱舅舅家的石头窑里。

马区长等不见韩狗蛋的回音，便假借到北韩村催税的公差，来到韩狗蛋家。

韩狗蛋一见马区长，不等马区长开口，赶紧压下内心的惊慌日哄马区长说："哎呀，马区长，真是说曹操曹操到，我正说要到区上给你说说成根家女娃的事，你就大老远地跑来了。"

"咋的个？人家女娃和家里愿意吗？"马区长着急地问。

"给你报喜呀。人家女娃和她娘可愿意啦。"

"人家女娃和家里要是没啥,你就问问人家女娃和她娘要多少彩礼。过个三几天,咱先把礼过了,这个月就选个好日子把这门亲事办了。"马区长乐得半天合不住嘴。

"能行,能行,我这就去问去,一两天我就给你回话。"

"那我就不耽搁你了,过了事我叫娃来谢偿你。"

马区长连口水都没喝,就急急忙忙离开了北韩村。

日哄走马区长,韩狗蛋一尻子坐到炕沿上熬煎开了。

到了吃早上饭的时辰,红果把米汤和馒头端到他跟前,他心烦地推到一边,拉开被子就把脑袋蒙了起来。

韩狗蛋睡到日头开始偏西的时候,红果的哥哥撩开门帘走了进来。

"哥,你来了?"红果看见她哥,赶忙站起来迎了上去。

红果哥搓着冻得发麻的手说:"你家铁柱和人家成根家的女娃一大早跑到了我家。"

躺在炕上假装睡觉的韩狗蛋霍地撩起被子:"啥?这两个东西跑到你家了?"

"咋啦?这两个娃咋啦?"红果哥急急地问韩狗蛋。

"你等着,让红果先给你说。"韩狗蛋穿上鞋,一阵风似的跑到韩成根家找黑妮去了。

红果让她哥坐下,把马区长要找秀秀做儿媳,铁柱宁要和马区长争秀秀的事,来三去四地说给她哥听。

刚刚说完,韩狗蛋就领着黑妮进了屋里。

红果哥在韩狗蛋家吃完饭后,韩狗蛋就和黑妮跟上红果哥跑到红果哥的家里,硬生生地把铁柱和秀秀叫了回来。

好事不出门,丑事扬万里。不到两天工夫,秀秀和铁柱半夜外逃的事就传遍了马家区。风言风语灌到马区长耳朵里后,马区长啥也没说。他觉得两个年轻娃不会做出啥事，只要赶紧把秀秀娶进门里，赶紧让秀秀给他生个孙娃子，秀秀的心自然就拴到了他家这根绳上了。

马区长心里虽然没啥，但马区长的儿子马文魁不干。

"咋哩？咋哩你不愿意？"马区长问。

"咋也不咋。"

"咋也不咋你不愿意？"

"啊——"

"啊啥哩啊？啊你娘的脚板子哩？"

"……"马文魁低着头不言声。

"你说，你到底是咋哩？"

"……"马文魁仍不言声。

"嫌人家女子配不上你？"

马文魁摇摇头。

"嫌人家韩家门户低？"

马文魁仍是摇头不语。

"嫌人家女子有相好的？"

马文魁还是光摇头不说话。

"那你摇啥头？摇你娘的腿板哩？"

马文魁嘟囔着说："人家两个好好的，咱们家在半截窝里插一杠子多不好。"

"放屁！咱们家先托人说下的媳妇，怎么是咱们家半截窝里插杠子？你成天念书，把书都念到狗肚子里了？糊涂得连谁插谁的杠子都分不清了？这怎么是咱家插了他们的杠子？这是他们插了咱家的杠子！"

"谁插谁的杠子我不管，谁插谁的杠子都是别人笑话的话把子。"

"笑话啥哩？笑话谁哩？又不是咱们家插了他们的杠子，别人怎么会笑话咱们家？"

"人家一个愿意插杠子，一个愿意叫插杠子，人家是两厢情愿。"

马文魁说着，就气哼哼地往外走。

马区长一把揪住马文魁："你个没出息的东西！你个脑子眼让屎糊住的东西！咱家定下的媳妇，我倒要看看哪个不长眼的东西敢在咱的尻子后头插杠子？这事就这么定了。十月初六，爹弄一顶轿子，把那女娃子抬回来！"

"抬不抬我不管，但抬回来谁愿意要谁要去！"

"放你娘的拐子屁！"马区长抡起胳膊就在马文魁脸上扇了一刮子。

"哎哟——这是干啥哩？"马区长的小老婆水白菜掀起门帘，扭着细细的腰肢，晃着圆圆的尻蛋走了进来。

"我还没死哩！这个死娃子就翻了天了！"

"哎哟，我当是咋了？你这么老了，犯得上和娃生这么大的气？走，让娃好好想想。"说着，就拽着马区长的袖子往外拉。

马区长一甩袖子，把水白菜甩到了一边。

水白菜打了个趔趄，扭着小脚走到马文魁跟前，伸出莲藕似的胳膊插进马文魁的腋下，用胳膊肘夹住马文魁，噘起樱桃般的小嘴娇柔地说："走，到我屋里歇歇去。"

马区长瞪着马文魁和水白菜的后背狠狠地说："十月初六，谁要给我尥驴蹶子，我就打断谁的腿！"

十九

"嚓——"

马区长的大老婆马王氏划着一根火柴,点着了放在炕头上的高脚灯的油捻,一边铺被子,一边对半个尻子挂在炕沿上的马区长轻轻说:"天不早了,咱睡吧?"

生了一肚子气的马区长爬到炕上,衣服也没脱就钻进了被窝。

马王氏"噗"的一下吹灭灯,像猫似的钻进马区长的被窝。

马区长"唉"了一声,侧过身把尻子对了马王氏。

"生啥气哩?到了那天,他还能不让人家女娃钻他的被窝?"

马王氏一边说着话,一边替马区长把衣服脱了。

三年前,马区长娶了二房水白菜后,就成天钻在水白菜的屋里不出来。马王氏一个人孤单单地睡了几个月后,再也忍耐不住了,半黑夜就从水白菜的屋里把马区长拽到了她的屋里。

水白菜不干了,哭得满脸是泪地从西屋吵闹到东屋。

"咋哩?是我硬拽他了?是我霸缠他了?有本事你叫他自己往你的被窝里钻呀?"

"咋哩?我的男人我不能把他往我的屋里拉?"马王氏针尖对麦芒,"我打从十六岁上进了马家门,一不在外头偷汉,二不在家里养汉,我拉我的男人,丢人哩还是败兴哩?"

"谁偷汉了?谁养汉了?你今天不把话说清楚,我撕烂你的臭鳖嘴！"水白菜仗着年轻，扑上去就要撕马王氏的嘴。

"干啥哩？你两个都不是好鸟！都不要鳖脸！深更半夜吵啥哩？吵鸡巴哩！你们就不怕街坊邻居笑话？你们谁也不要再吵。从今天夜里开始，我前半夜在东屋，后半夜到西屋。"当天夜里，马区长就前半夜和马王氏睡，后半夜和水白菜睡。

马王氏虽然争得了半夜的权利，但她这半夜和水白菜那半夜比，却从没有享受过马区长没娶水白菜以前的疯狂宣泄。在和马区长越来越少的媾和之中，多半是她自己主动爬到马区长身上。一熬到后半夜，马区长一钻出被窝，就急不可耐地跑到水白菜屋里把自己摞到了水白菜那比白菜还水的身上，一股劲地把水白菜折腾得要死要活。

前半夜马王氏折腾他，后半夜他折腾水白菜。时间一长，马区长一到天亮就老是那种不死不活的样子。

"你和娃怄气哩？"马王氏把脸贴到马区长的脸上问。

马区长背对着马王氏不吭声。

"你不要和他怄气。到了那天，只要媳妇一进门，就啥也顺了。"

马区长仍不说话。

马王氏骑到马区长身上："别生气了，咱两个再生一个娃吧。"

"你都这么老了还生啥娃，生倭瓜吧。"马区长终于开了口。

马王氏也不管马区长要她生娃还是生倭瓜，自个儿像打气似的一上一下地动作开了。

"你这是做啥？"马区长在下面说。

"做啥哩？倒灌洋蜡哩。"马王氏在上面笑着说。

马王氏和马区长都没想到，他们的对话让耳朵对着东屋门缝的水白菜听去了。

由于马区长没有兴趣，马王氏白白忙活了半天，也没弄成个事情。

好不容易熬到下半夜，马区长的劲头上来了。一进西屋，他扒掉衣服，蹿到炕上，三棒子两棰就把水白菜弄得叫喊了起来。

"哎呀，我要死了。哎呀，我要死了。"

"不敢死。不敢死。"马区长喘了口气，冷不防又是一阵更加猛烈地撞击。

水白菜仰起上身，死死地抱住马区长，呻唤的声音更大了："哎呀，我要死了。哎呀，我要死了。"

正在水白菜一声接一声地"我要死了，我要死了"的当儿，马王氏也悄悄地把耳朵贴到了西屋的门上。

马区长和水白菜没死没活地完事后，两人便真的死过去似的睡死了。气得马王氏一夜没睡，差一点儿没被气死。

天亮以后，生了一夜气的马王氏仍是气鼓鼓的，她跑到饭厦里故意放开嗓门对厨子说："哎——我给你说，今儿个早饭咱们少做一个人的饭！"

"咋啦？"厨子不解地问。

"昨天夜里咱们家死了一个人。"

"谁死了？"

"谁死了谁知道。"

"大太太开玩笑哩。人要死了还知道啥？"

这话正好让去茅房倒尿盆的水白菜路过时听到了。她把尿盆"咚"的一声放到院里，跑进去气冲冲地对厨子说："不对！咱们家今儿个应该多做一个人的饭。"

"刚才大太太说少做一个人的饭，怎么二太太又说多做一个人的饭？"

"咱们家昨天夜里来了一个灌洋蜡的。"

"咋哩？我还没死哩，轮上你当家了？"

水白菜冷笑着说："你当家也不能太抠门呀。人家灌洋蜡的灌了半夜洋蜡，你总不能抠得不让人家吃一顿饭呀。"

"我今天就是要抠，我今天就是要把你个烂鳖抠烂。"马王氏说着，就把手伸到水白菜的腿板里真的要抠她的"烂鳖"。

211

水白菜毫不示弱，也把手伸到马王氏的腿板里乱挠乱抠："咱就看谁抠谁的。我倒要把你这个洋蜡模子抠烂，看你以后还灌不灌洋蜡！"

马王氏毕竟年纪大了，三下五除二就被水白菜跺到身下。

"干啥哩？都不要鳖脸了？"马区长听见两人吵闹后，急忙穿上衣服趿上鞋跑了过来。他一把揪起水白菜，把水白菜推到一边。

"咋哩？兴她说我就不兴我说她？"水白菜跺着脚说。

"再说！再说我拿刀子杀了你！"马区长平日内心里虽然爱的是水白菜，但表面上在人面前却尊着马王氏。每回大的和二的吵嘴斗气，他总是心里偏着水白菜，嘴上向着马王氏。事后，又总要拿好话劝马王氏，拿好东西哄水白菜。

"就说！就说！"水白菜呛得马区长老半天说不上话来。

马区长斜着眼瞪水白菜。

"凭啥？凭啥她能说我我就不能说她？"水白菜迎着马区长斜过来的眼睛，把一双圆圆的丹凤眼和马区长又小又细的眼睛对瞪着。

马区长一转身，真的从饭厦里拿了一把菜刀往水白菜身前走。

水白菜见马区长真的把手里的菜刀往她脸上戳，转过身就往自己的屋里跑。

马区长在后面一边追水白菜，一边嘴里还不停点地说："看我今天不杀了你，看我今天不杀了你。"

马王氏脸上露出一丝笑来："叫你厉害，叫你厉害。再厉害你也是小的。再厉害你也不能明着骑到我的头上。"

心里暗暗高兴了一阵，又觉得不大对劲。掌柜的叫喊得那么凶，咋的就追赶到屋里后好半天没有一点儿动静了？

马王氏跑到西屋一看，一下就傻了眼。

掌柜的把菜刀放在炕头，又和水白菜在炕上干上了。

水白菜躺在炕沿上又像昨天夜里那样呻吟开了："哎呀，我要死了。哎呀，我要死了。"

马王氏把马区长从水白菜身上拽起来哭着哀求道:"好我的掌柜的,早知道你要这样杀她,还不如让你把我杀了。"

马文魁坐在正房廊檐下红漆立柱旁的石鼓凳上,勾着头皱着眉一声接一声地叹息。

水白菜挎着一个篮子,站到马文魁跟前:"文魁,你没事吧?"

马文魁抬起头看了一眼水白菜篮子里的衣服,哼了一声。

"没事给我做个伴。"

马文魁站起来,木愣愣地不言声。

"我去河边洗几件衣服,一个人心里害怕。"

马文魁仍是不言声地愣着。

"你要是不想去,我就一个人去。"

说着,水白菜就扭着小脚往前走。走了几步,回过头拿一双水汪汪的眼朝马文魁看。

马文魁犹豫了一下,迈开脚步跟了上来。

到了河边,水白菜蹲在一块石板上,从篮子里拿出衣服浸到水里。

马文魁坐在旁边的一块石头上,手里拿着一根柳树枝抽打着静静的水面。

"文魁,你生啥气哩?"

马文魁低着头不吭气。

"心里受啥胀了?"

马文魁不答话,只管用柳条朝水面上抽打。

"不愿意北韩那女子?"

马文魁扭过头看了看水白菜,又把头低了下去。

"那女子长得不喜人?"

马文魁"咳"了一声,又不吭气了。

"那女子有啥问题?"

马文魁摇摇头。

"其实，男人女人的事也不能太计较了。再好的女人，也不能好得身上没有一块疤。男人和女人不一样。男人们都是性急的猴。没娶到炕上的时候，还这啦那啦不情愿。临到上了炕，也不管好看难看，猴急猴急地就把女人往被窝里拽。"

马文魁腾的一下脸就红了。

"女人也和男人不一样。女人再不愿意，叫男人一蹂到身子下面就成了人家的人。就说我和你爹。我那年才是一个十五六岁的黄花闺女，就让你爹把我破了身。我哭呀闹呀，可那管什么用？临了还不是你爹黑夜想咋摆弄就咋摆弄？要我说，人家北韩那女子只要不是丑得不能见人，也就凑合着办了算了。实在不称心，我再给你打摸个水的、嫩的、好看的。"

水白菜歪过头看马文魁。

马文魁满脸通红，脑袋低到了两腿中间。

"不说了，你还是个没过过女人河的嫩芽芽。"水白菜一边说着，一边用眼睛偷偷地瞄马文魁。

马文魁把脑袋深深地夹到腿板里，露在外面的两只耳朵红得像刚从染缸里捞出来似的。

"二娘，你别说了。"马文魁羞得恨不得钻进裤裆里。

"你也别羞，二娘我给你说的都是正理。"

见马文魁不说话，水白菜显出一副关心的样子："文魁，你今天给我说实话，你到底嫌人家女子咋哩？"

马文魁这才抬起头来红着脸说："我倒不是嫌人家这哩那哩。我没见过她，不知道她长得啥个眉眼。听人说，她长得挺好看。有人给我透过风，说她和她们村里的一个后生好。几天前，她听说我要娶她，就和那后生厮跟上跑到了后山。"

"噢——我听出来了，你是怕那女子叫那后生破了身。"

"不是这，不是这。我是说，人家两个好好的，咱不能胡插杠子。"

"那怕什么，女人吗，谁插不是插？"

马文魁站起来:"你别说这了。你再说这我就走了。"

"快不敢,我还指望你帮我晾衣服哩。"水白菜把洗好的衣服装进了篮子。

"那我帮你提回去。"

"不回家。咱们在这儿晾干了再回。"

"这地方光光的,没法晾。"

水白菜用手指指前面:"那不是?那儿有一片柳树林,咱们把衣服搭到柳树上,一会儿就干了。"

马文魁也不说话,提起篮把就走。

水白菜扭着尻子喊:"慢慢走,咱俩抬上。"说着,紧跑几步,和马文魁一人抓住篮把的一侧。

到了柳树林,水白菜把衣服搭到柳树枝上,掏出一块手绢铺到地上,坐在了一棵柳树下面。

"二娘,你要没啥事我就先走了。"

"有事哩。你坐下。你坐下我和你说。"

马文魁"扑通"一下,坐在了水白菜的对面。

"快起来,快起来,咋就能坐到土地上。"水白菜拽住马文魁的胳膊,把马文魁从地上拉了起来。

"没事,没事。"马文魁一边说着,一边甩着胳膊不想让水白菜抓他。

"你看看,你看看,看把尻子弄脏了吧。"水白菜一只手揪着马文魁的袖子不放,一只手腾出来轻轻地拍打马文魁尻子上的土。

"那你坐吧,我站这儿就行。"

"那多累。"水白菜丢开马文魁,掏出又一块手绢铺到地上,"你坐吧。"

马文魁坐下后,水白菜把刚才也坐过的那块手绢往马文魁跟前挪了挪,和马文魁脸对脸坐了下来。

马文魁把脸往后仰了仰,脸上的汗呜的一下就冒了出来。

"哎呀，你咋出这么多汗？"水白菜又从身上掏出一块手绢，一只手扳住马文魁的头，另一只手拿手绢轻轻地擦马文魁脸上的汗。

擦了一阵，水白菜就用眼直勾勾地看马文魁。

马文魁低下头，从地上捡起一根干了的小柳树棍，在地上画了起来。

水白菜不管马文魁看不看她，眼睛一直盯着马文魁不放。

"二娘，你咋今天好好的洗开了衣服？"马文魁用树棍在地上画着画着，冷不丁冒出一句话来。

"哎——"水白菜叹了口气，"我心里烦呀。烦得没法子，就出来洗衣服。"

"烦就出来？"

"不出来能行？不出来你娘还不把我撕得吃了？"

"我娘又咋了？"

"早上你娘骂我你没听见？"

"没有。为啥？"

"不能给你说。"

"怕啥？"

"怕你不听我说。"

"你说吧，我听。"

"还不是你娘嫌我哪。"

"嫌啥？"

"嫌你爹黑夜往我屋里跑，嫌你爹和我睡的时候我哼哼。"

马文魁听见水白菜的话走了味，站起来就要走。抬头一看，水白菜已把身上穿的衣服全脱光了。他赶紧站起身，抬起一只脚刚要迈步，水白菜就把他的腿抱住了："好我的嫩娃哩，你二娘想死你了。"

马文魁想使劲踢她一脚，没想到却把自己绊倒了。

水白菜也不管他愿意不愿意，一边哼哼着，一边把他硬往自己身上扳。

马文魁躺在地上不动，思谋咋的才能摆脱水白菜。

水白菜以为马文魁愿意了，就把马文魁的手往自己的腿板里拽。

马文魁的手一触到她那毛茸茸湿乎乎的地方，就像被蝎子蜇了似的抽了回来。

水白菜又一次把马文魁的手往她那地方拽，没想到马文魁这一次手里抓了一把土，一下揉进了她那沼泽地。

"你娘的鳖！"水白菜翻过身就要站起来。

马文魁从地上爬起来就跑，水白菜顺势从地上抓起一把土就扬了过去。

十月初六，是秀秀过门的日子。韩狗蛋把闹腾着要到秀秀家门前拦轿的铁柱捆得死死的，用一把铁锁锁在他家的土炕上。

秀秀哭得眼睛像两个熟过了的桃子，撕撕扯扯地不让人给她换衣，也不让人给她打扮。

黑妮眼里"吧嗒吧嗒"地掉着泪珠，招呼几个帮忙的婆姨拽胳膊扯腿地给秀秀穿上红袄绿裤，用两条红线拔掉秀秀脸上的汗毛，把秀秀拖到半腰的辫子拆开盘成一个圆圆的发髻。

按照这一带的习俗，女娃们在嫁人以前，头发都是梳成一根长长的辫子，最短的有齐腰那么长，最长的盖到尻蛋子上。

秀秀的辫子刚刚闪过腰，虽然不算太长，但也属于比较长的那种。

把长辫子用剪子剪了，把头发盘到一个圆圆的发髻里，是大姑娘蝶变为小媳妇的标志。

在这一带，老辈子的人还留下来这么一个规矩，大姑娘嫁人上轿，应该有一个伴娘陪着。

黑妮怕秀秀在轿子里折腾，另外又加了一个伴娘。

到了马区长家，执事总管吆三喝四地指挥众人把桌椅板凳摆列整齐，扯开嗓子喊道："新人入席——"

刚要喊新郎新娘拜天地，新郎官马文魁对执事总管说："等一下，我上个茅房。"

满院子看热闹的人群立刻笑成一堆。

执事总管等了半天不见新郎官回来，就打发人到茅房去叫新郎官。

叫新郎官的后生气喘吁吁地跑来，满头大汗地说："不好了，茅房里没有新郎官！"

执事总管跑到茅房，划着火柴照了照，发现墙头上留下了刚刚被人爬过的痕迹。

"新郎官跑了——，新郎官跑了——"院子里顿时吵作一团。

帮忙的人四散开来，一边叫喊着一边寻找。从院里找到院外，从村里找到村外，也没把新郎官找见。

整整一夜，马区长一家和帮忙的人忙乱得谁也没敢停点。

等到天亮以后，马区长让人去叫秀秀吃饭，结果又不见了秀秀。

"坏他娘的了。光忙着找文魁，忘了操秀秀的心了。肯定是趁人不注意，偷偷跑回娘家了。"

马区长赶忙叫人去秀秀家找。

找秀秀的人不仅没有找见秀秀，反倒让黑妮死死地揪住哭喊着要她的秀秀。

秀秀从马区长家出逃的事，把韩狗蛋吓得一连几天不敢出门。他生怕马区长和黑妮找上门来。

马区长和黑妮没有找他，但韩六娃的女人绿豆却找来了。

韩狗蛋欺负了七女以后，七女当月就不来红了。绿豆找韩狗蛋，就是冲着这件事来的。

韩狗蛋一下吓蒙了，好大一阵回不过神来。

绿豆一句跟一句地逼住韩狗蛋："咋办哩？咋办哩？"

韩狗蛋结结巴巴地说："你你你，你让我想想办法，你让我想想办法……"

"你有啥法？你有啥法？你今天给我想不下法子，我今天就不走了，我今天就把这事告给你女人。"

"可不敢……可不敢……"

韩狗蛋想了一阵，试探着问绿豆："你看这样行不行，我给七女找个人家嫁了行不行？"

"行倒是行，得看找得合适不合适。"

"你看茅勺行不行？"

绿豆想了一阵，用一双瞽眼看着韩狗蛋说："行倒是行，可不知道人家茅勺情愿不情愿。"

"只要你和七女愿意，茅勺这头我和他说。"

韩茅勺听说绿豆愿意把七女嫁给他，乐得张着嘴好大一会儿合不拢。

第三天，茅勺就把七女娶了过来。

"噗——"，韩茅勺吹灭灯，搂住七女就要收拾。

七女使劲把韩茅勺往一边推："不敢，不敢，我娘说不敢。"

"不敢？不敢你就敢嫁人？嫁人就是干这哩！"

"不是我不敢，是我娘说不敢。"

"怕啥哩？我还能把你弄坏？"韩茅勺几下就把七女的衣服扒光了。他把自己的衣服也扒光往上一趴，才发觉七女的肚子比奶子还顶得高。发觉是发觉了，但当时也顾不了那么多。忙活完后，才回过头开始追问七女的肚子问题："你说，你这肚子是咋回事？"

七女捂着肚子浑身打抖："我娘不让我说。"

"你娘不让你说，我要你说。"

"我要不说你要咋？"

"咋？我现在就把你送回去，我把你这事在全村宣扬。"

"我要说了你要咋？"

"说了？说了就没事了。"

"那我就说了。"

"说吧。"

"这可是你要我说的。"

"是。"

"我说了你就咋也不咋了?"

"不咋了。"

"那我说了。"

"说吧。"

七女把事情一五一十地说了后,韩茅勺当时气得咬牙切齿。但来三去四地想了一夜,觉得要是把这事捅开,七女娘就不干了,七女也就不会跟他了。七女要是不跟他,他就再也娶不上女人了。他没有啥招,只好强咽下这口恶气忍个肚子疼。但他又觉得光自己肚子疼不行,他还要让韩狗蛋的肚子也疼疼。

七女睡到韩茅勺的炕上后,韩狗蛋正在为好不容易把自己拉下的这堆屎铲出去而暗自庆幸,没想到七女的哥哥六六却找到了门上。

六六揪住韩狗蛋的脖子说:"你答应给我家的五百斤麦子为啥不给?"

"给给给,给给给。"

"多会儿给?"

"明年,明年收下麦子。"

"不行,我现在就要!"

"不是说好明年给吗?"

"不行,我说多会儿就多会儿。三天里头你要不把麦子送到我家,我就把你欺负我妹子的事捅出去!"

"行行行,行行行,我明天就给,我明天就给。"

韩狗蛋背着红果把五石麦子送到韩六六家刚回来,韩茅勺后脚就跟了进来。

韩狗蛋见了韩茅勺,心里先发了虚。

搁到往常，韩狗蛋每回和茅勺碰到一起，总是等茅勺先问候他。即使茅勺主动和他打了招呼，他也是摆出一副爱答不理的样子。

今天一反平常，茅勺刚进了院门，他就迎出去，只怕茅勺当着红果的面把他的底漏了。

"茅勺，有事？"韩狗蛋满脸堆笑。

"啊——"韩茅勺黑着脸说。

"有啥事？"

"大事。"

"啥大事？"

"腿板里的事。"韩茅勺边说边走。

韩狗蛋拽住韩茅勺的衣服袖子："别进屋了，咱哥俩在院里说。"

韩茅勺站在院里，用一双着了火的眼睛瞪着韩狗蛋。

韩狗蛋急忙赔着笑脸："你说，你到底要给我说啥？"

韩茅勺的眼睛里立时喷出了火焰："说啥哩，你做的事你不知道？"

"这倒把我说糊涂了，我真不知道。"

韩茅勺一把把韩狗蛋扯到跟前："你刚才干啥去了？"

"没，没干啥。"韩狗蛋心里开始发毛。

"你日了人家的女子，你给人家送麦子。你日了我的老婆，你就不给我送麦子？"

韩狗蛋慌了："送，送，谁说不送。"

"送多少？"

"你说个数。"

"三百斤。"

"这事好商量，这事好商量。"

"商量啥？三百斤就三百斤，送不送由你。"韩茅勺说完，扭过脸就怒气冲冲地走了。

红果发现家里的麦子一下少了很多，就和韩狗蛋闹开了。

"你说，你把那么多麦子弄哪里了？"

"我能弄到哪里，送人了。"

"送谁了？"

"送给六六家一点儿，送给茅勺家一点儿。"

"哪是一点儿？那是好几缸！"

"是好几缸，是好几缸。"韩狗蛋怕红果高喉咙大嗓子说出的话传到院子外面，赶忙给红果又点头又哈腰地赔笑脸。

"你给我说清楚，你凭啥把咱家的麦子送给人家？你做了啥亏心事？你做了啥对不住人家的事？"

"我做啥了？我做啥了？我看人家可怜，我愿意帮人家一把。"韩狗蛋嘴硬地说。

红果丢下韩狗蛋，跑到韩六六家问绿豆。

绿豆从纺车上把搅把卸下来，"嘣嘣嘣"敲着地说："你有啥脸问我？你男人做下的事你问我？"

韩狗蛋见红果不但没有问出个子丑寅卯，反倒让绿豆碰了一鼻子灰，心想这事算是一笔勾销了。

没想到红果问七女，七女把这事说给了红果。

红果和韩狗蛋闹了一夜，第二天一早就回了娘家。韩狗蛋上门接了好几回才接了回来。

红果走了没几天，铁柱也紧跟着他娘离开他爹不知道跑到了哪里。

二十

黑妮原本指望和马区长结成儿女亲家后，求马区长到县上把她男人韩成根从牢里救出来。不仅亲家没结成，还把身边唯一的亲人秀秀给弄得连个下落也没了。一个人孤单单地待在家里，脑子眼木得就像泡进了迷魂汤里，心窝里空得就像飘到了云上，成天不是切菜切掉了指甲盖，就是缝衣扎破了手心的肉，要不就是把锅烧干了还木头似的坐在那里发呆发痴。

其实，黑妮原本就不该有这种想法。早在马区长打发韩狗蛋上门说媒前一个多月，韩成根早都不在看守所里了。

许县长原先也疑心韩成根和土匪头子刘老虎暗中勾勾搭搭。但韩成根在牢里受了那么多的酷刑，始终没有供出一句他和刘老虎有啥勾当的事。要是真的有这档子事，别说韩成根是个有血有肉的人，就是用钢水铸下的用铁水浇下的也早该顶不住了。特别是刘老虎劫牢的事，就像一股强劲的西北风，把他心头仅存的一点疑雾一下就吹得一干二净。

刘老虎劫牢，为啥就单单把他一个人剩下了？为啥就他单单一个人不跟刘老虎走？要是他们原先有啥勾当，刘老虎能单单把他一个人剩下？他能单单一个人留下不走？

许县长虽然不再疑心韩成根和刘老虎有暗中勾结的事，也曾想把韩成根放了了事。但反过来一想，又觉得把韩成根关了这么长时间、用了这么多刑放出去不好交账。

这时，正好日本兵要从东北继续南下进攻，上面给他派下的募兵数发愁得拼凑不够，便顺水推舟地把韩成根打发到北上抗日的队伍里去了。

韩成根晕晕乎乎地被推上了北上的火车。

他和一帮刚刚换上新军装的新兵坐的是闷罐子车。

刚上来时，里面黑咕隆咚，就像钻进了一口倒扣的锅里，把自己的手伸到脸前也看不见。

过了一会儿，车厢里面便由乌黑色变成了雾灰色。

他眨巴着眼睛用混混沌沌的视线打量着一张张分不清鼻子耳朵的脸面时，和他打对面的黑影突然伸出手在他肩膀上拍了一下："成根哥，你也当兵啦？"

"你是谁？"

"你不认识我啦？"

"我看不见你的眉眼。"

"我是四小。你听不出我的声音？"

"四小？哪个四小？是南韩村的韩四小？"

"是哩。你一上来我就看见像你。"

"你也当兵啦？"

"是。"

"你都四十多了还当兵？"

"黑虎因为和我争村长，和我结下了仇。人家成心日塌我，派兵就派到了我头上。我不愿意，黑虎就把我告到了区里，王警佐就派人把我捆来了。"

"……"韩成根看着韩四小，心里像撒了一把胡椒面。

"成根哥，那你咋也当兵哩？你不是比我还大哩吗？"

"你不知道？你们村黑虎说我和刘老虎有勾搭，把我告到了县上。我在牢里坐了几个月，也没审下个样子，就把我交到了队伍上。"

话说到心里的伤口上，两人就都不说话了。

过了一会儿，韩四小觉得小肚子憋得不行，就对带兵的班长说："班长，我尿紧得不行了。"

带兵的班长说："再憋一憋。再憋一憋火车就到站了。"

韩四小觉得尿脖里的水水到了尿口口上，小肚子疼得快要胀破了，就窝着腰"哎呀哎呀"地对班长说："班长，我不行了，再憋我就尿裤子了。"

"就你事多。"班长不高兴地说，"把车门推开。不要开大了，有个缝缝就行。把你的把把伸出去。"

班长指了指站在韩四小跟前的韩成根："去，把他的后腰抱住，别让狗日的掉下去。"

韩四小把铁门推开一道缝，让韩成根抱住后腰，把自己的把把伸出去"哗哗哗"沿着黑色的铁轨尿了长长的一道曲线。

韩四小肚里刚刚好过了一阵，肚里"咕噜咕噜"又响开了。

"班长，我肚子疼死了。我要屙稠的了。"

带兵的班长火了："你咋啦？啊——你尻子眼没松紧了？一会儿尿稀的，一会儿屙稠的，不屙不尿能把你憋死？"

韩四小捂着肚子带着哭腔乞求班长："班长，我真的要憋死了，我真的要往裤子里屙了。"

带兵的班长见韩四小真的憋不住了，跑过来气哼哼地说："屙吧！把肠子也屙出来！"

韩四小刚要把尻子往外面撅，班长踢了他一脚，凶巴巴地说："急啥？不要命了？"

班长转过身子，用指头点着韩成根和一个叫王二毛的细高个说："你，你，你们两个把他拽住。"

韩成根和王二毛一人拽住韩四小的一条胳膊。

韩四小把尻子撅到车厢外面，伴随着车轮"咣当咣当"的响声，断断续续地把肚里的稀屎喷洒到了铁路旁边。

225

韩四小屙尿完,圪蹴到了班长跟前。

"班长,火车要把咱们拉到哪里?"

"鬼知道。"

"火车现在往哪个方向走?"

"往北。"

"把咱们拉到北边做啥?"

"打日本。"

"日本人在哪儿?"

"在东北。马上就要打过来了。"

"日本是不是比咱们中国大?"

"没有。听说有半个尻子那么点。"

"日本是不是比咱们中国人多?"

"没有。听说跟咱们一个省的人差不多。"

"东北那么多人,咋连一个半个尻子大的小日本也打不过?"

"听说人家有好多飞机,有好多洋炮,有用不完的钱。那日本兵虽然个子长得一尿点点,但打起仗来都不要命。"

韩成根听着他们的对话,心里暗自想:小日本地盘没有中国大,人口没有中国人口多,为啥就能打过中国?为啥就能骑在中国人的头上?北韩村没有南韩村的地盘大,没有南韩村的人口多,为啥就打不过南韩村?为啥就老受南韩村的欺负?国家不和小家一样?国家和国家的事不和村子和村子的事一样?国家和小家比,块头不一样,道理都一样。有的人家虽然人头数不少,但就惹不过有钱有势的人家。倒是有钱有势的人家老欺负那些光有钱没有势的人家。村和村就不是这样。没见过哪个小村欺负哪个大村,也没见过哪个大村受过哪个小村的气。北韩村要想不受南韩村的气,女人们就得铆着劲多生娃崽。多会儿北韩村的人超过了南韩村的人,多会儿北韩村的人才能抬起肩膀和南韩村的人一般般高。

韩成根由中国人打不过日本人想到了北韩村打不过南韩村,而王二毛却由日本人打中国人想到了他上了前线日本人就要拿枪炮打他自己。他吓得吃吃颤颤地对班长说："咱们中国打不过人家日本，为啥还要叫咱们和日本兵打仗？"

"打不过也得打。就好比外面的人踹烂了你家的门，砸烂了你家的窗子，朝你爹脸上扇耳刮子，把你娘你妹子摁到炕头上糟蹋，你能眼看着不管吗？"

王二毛眨巴着眼睛，吃缩到车厢的旮旯里不作声了。

一下火车，班长让他们站到火车站的月台上。

一个姓杨的连长念着名字给新兵们分班编排。

胡子拉碴的韩成根、韩四小和身材细得像个高粱秆的王二毛没有被分到战斗班排，三人一起被编进了勤务连。

一开始，他们在炊事班做饭，过了几天被抽到筹饷队。

筹饷队每三人为一小组，韩成根、韩四小和王二毛分到一个小组，韩成根被指定为组长。杨连长当了筹饷队的队长。

划分完小组后，杨队长开始给他们训话："国难当头，人人有责。现在，日本兵的铁蹄已经踢开了我们中国的国门。东北三省失守后，那里的人民在他们的铁蹄下痛苦地呻唤。像畜生一样的日本兵见了男人就打就抓，见了女人就逮就欺负，见了东西就抢就烧。日本兵就要向我们华北进攻了，我们华北已经处在和日本兵交战的第一线。打仗没有人不行，没有钱更不行。日本兵把他们从东北掠夺到手里的煤、布大量倾销到我们华北，使我们华北的工厂一个跟着一个地大批大批地倒闭破产。我们华北穷透了，穷塌了，穷得没有一点儿办法。可是，中央政府给我们拨的军饷军款太少了，连吃饭都吃不饱。我们连肚子都吃不饱，怎么能和日本兵打仗？我们不能干张着嘴往死里饿，不能两手空空地等日本兵把我们往死了打。我们成立这个筹饷队，就是要大家想办法。我现在每人发给你们十块银元，你们就用这十块银元去换回更多的银元。"

韩四小手里捧着刚刚领到手里的十块银元问杨队长："队长，要是有人拿着这十块银元逃跑咋办?"

"跑了和尚跑不了庙。你跑了你没事了,可你还有家,还有女人娃娃,还有爹娘兄弟姐妹。你拿走了十块银元,我们就朝你家要回一百块银元。没有银元,就把你家的房子挑了,就把你家的猪羊卖了,就把你家的地没收了。"

王二毛嘿嘿笑了:"我家上没老,下没小,光棍一条,我要是跑了你就没法了。"

"你跑了可以,但你们小组还有两个人,这两个人要是把你看不住,这两个人就替你顶杠子。"

韩四小又问:"现在哪里都是穷兮兮的,你让我们到哪里去弄这一百块银元?是不是让我们去偷人去抢人?"

"我也管不了那么多,反正我一个月后朝你们要钱。"

韩成根领着韩四小和王二毛从军营里出来后,心里愁得一点儿法子也没有。实在想不下法子,韩成根就和韩四小商量,想去黄河西边去贩大烟。黄河西边的大山里,有好多人家偷着种了不少大烟苗。

韩四小和王二毛觉得那是犯法的事,不想干。但想来想去也想不出啥好法,就只好同意了韩成根想出的这个不是法子的法子。三个人头对头咬下牙印:回去后就说是倒贩粮食挣下的,谁也不能把倒贩大烟的事说出去。打死也不能说,刀架到脖子上也不能说。

王二毛几次要跑都没跑成,不是让韩成根逮住了,就是让韩四小拧住了。

韩成根和韩四小早就知道王二毛有跑的想法,两人从军营里出来之前就想好了对王二毛严加看管的办法。不管王二毛屙也好尿也好,他们总有一个跟在王二毛尻子后头。晚上睡觉时,他俩把王二毛夹在中间,一人把一条腿搭到王二毛身上。

过了黄河,三个人就一头钻进了没边没沿的陕西中南部大山里。

开头几天,山里的人以为他们是官府派来的抓毒探子,不管他们咋说也不把大烟拿出来卖给他们。

第三天头上，韩成根把队伍上开给他们的证明信拿出来让山里人看，山里人这才把家里藏的大烟卖给他们。

他们剩了五块银元做盘缠，把其余的二十五块全都买成了大烟。

他们返回河东把手里的大烟卖出去后，又赶紧跑到河西用挣下的钱再从山里人的手里买回更多的大烟。

往返了三趟，杨队长给他们限定的时间就到了。

三趟下来，他们挣了二百三十三块，还差七十七块。

王二毛觉得他们没有挣到杨队长定的数，心里有点害怕。

韩成根说："时间已经到了，咱们不能再在外面耗了。不用怕，怕也没用。咱们没挣够，恐怕其他人也都不好挣够。交不了账能咋的？还能把咱们的脑袋割下来？"

杨队长没有训砍他们。

杨队长在全队表扬了他们。

因为其旁的筹饷小组大多挣了一百来块，有的才挣了几十块。韩成根他们这个组挣了二百多块，是全队九个组里头挣得最多的。

韩成根没有想到杨队长会表扬他们，更没有想到杨队长用他们提心吊胆挣下的钱打开了红军。

闪过春节，陕北红军东渡黄河，北上抗日。

阎都督慌忙调兵阻止红军东进。

武器和人数都占上风的晋军没有抵挡住红军。

红军像一把锋利的尖刀直插山西。短短五六天，红军一举突破了中阳、南三交、石楼、辛关渡的碉堡封锁线。

横扫三交、石楼、中阳后，红军直扑吕梁山隘的关上村。

经过七个小时的激战，红军消灭了号称晋军"满天飞"的一个团，团长李华清被击毙。

阎都督急忙调集七个师、十四个旅、五六万兵员投入战斗。

与此同时，支援晋军的国民党中央军也陆续参战。

在敌我力量悬殊的情况下，红军改变战术分成了两路：一路由徐海东率领掉头北上，直逼太原附近的晋祠；一路由林彪率领挥师南下，攻占了襄陵、侯马，包围了霍县、赵城、洪洞、临汾。

庞大的晋军就像一头被牵着鼻子的牛一样，被短小精悍的红军扯住缰绳在整个山西晕头转向地转来转去。

两个月后，"围剿"红军的晋军和中央军达到了十八九万。

正在红军和国民党军队打得难解难分的时候，日本军队蠢蠢欲动，准备和国民党军队联合剿共。

红军为了保存抗日力量，避免日本军队趁火打劫，主动从河东撤回河西。

"九一八"之后，阎都督和晋军被挤到了日军、中央军和红军的夹缝里。

不联合中央军和红军，仅靠晋军抗日，抗不了几天就有可能全军覆没，自己苦心经营了几十年的地盘就会很快丢光。

如果联蒋抗日，就如同引狼入室，迟早会落入狼口。

如果联共抗日，又害怕共产党搞赤化，煽动民众起来造反。

而如果联日抗共抗蒋，自己不仅会被日军捏进手心，还会背上卖国投敌的千古骂名。

正如他自己说的那样："我是在三颗鸡蛋上跳舞，踩破哪一颗都不行。"

因此，阎都督一直被夹在民族矛盾、阶级矛盾和阶级内部矛盾的缝隙里左右为难，浑身难受。

日军对阎都督管辖的绥远省的进犯，使阎都督"在三颗鸡蛋上跳舞"的路线再也无法维持了。

为了抗击日军频频发动的进攻，阎都督终于联合中央军和刚刚改编为八路军的共产党部队在雁门关一带向日军展开阻击战。

担负正面出击任务的国军没能达到预期的效果，而担负侧击任务的八路军一一五师却奇迹般地在平型关歼灭日军一千多人，取得了抗战以来中国军队的第一次胜利。

雁门关和平型关很快失守了,但阎都督却从平型关伏击日军大捷中受到了鼓舞。半个月后,国共两党联合发动了阻击日军长驱直入的忻口大会战。

起初,日军凭借优势武器和兵力,以中央突破的方式向忻口正面阵地发动猛攻,并依靠炮空联合对守军阵地疯狂地倾泻炮弹,把守军阵地炸了个稀巴烂。

敌我双方寸土不让、寸土必争,阵地得而复失、失而复得。

在残酷的拉锯战中,守军大量伤亡,第五军军长郝梦龄、五十四师副师长刘家骐、独五旅旅长郑廷珍在战役中壮烈牺牲。

日军正面进攻受阻后,就把主力转到了守军左翼阵地。

左翼守军依附白水村一带的几个高山和地势险要的村寨顽强坚守,有的连队虽然死得仅剩十几人甚至七八人,但日军却未能得到一寸阵地。

日军的疯狂进攻在正面和左翼受挫后,又向右翼守军阵地发起了更为猛烈的进攻。

守军将士不屈不挠,拼命抵抗,一天下来就要损耗两个团的兵力。

守军伤亡虽然巨大,但却把日军顶得寸步难进。

敌我双方恶斗之时,八路军在敌后神出鬼没地展开了游击战。连续攻占日军占领区的几个县城,并像一把钢刀把河北蔚县至张家口的交通要道完全截断,挡住了日军的增援部队。

七六九团第三营夜袭阳明堡飞机场,烧毁日军飞机二十多架。

正在忻口战役呈现出胶着状态时,从娘子关传来了令人非常沮丧的消息:

日军在忻口战役陷入困境后的同时,将平汉线上的全部兵力集结起来,以步、炮、空联合猛攻守军阵地。

敌我两军士兵搅在一起,展开肉搏。

由于日军不断增派部队，而增援守军的部队迟迟未到，守军血战十四天，终于被日军攻陷。

娘子关失陷后，日军又迅即攻陷平定、阳泉，忻口阵地陷入日军南北两面大包围中。

阎都督下令忻口守军全线撤退。

至此，极有可能成为一次漂亮的歼灭战的忻口战役，由于国民党中央军没能给予及时有力的支持而告失败。

韩成根、韩四小和王二毛虽然参加了整个忻口战役，但却没有看见日本兵长得是啥眉眼，因为他们三人是给守军做饭的炊事兵。

虽然没有到阵地上和日本兵作战，但他们三个却全都挂了彩。

忻口守军开始撤退那天，日军飞机扔下一颗炸弹，正好落在背上背着灶具的三人附近。

韩成根被炸坏了左腿，韩四小被炸断了右臂，王二毛被炸飞了一只耳朵。

部队撤到太原后，他们三人一块随部队退了出来。王二毛因为家里没了亲人，就跟着韩成根和韩四小回到了绛州县。

韩成根回到家里，看见炕上睡着一个胎毛还没褪的小婴崽，迷惑不解地问黑妮："这是谁的娃？"

"是咱秀秀的娃。"

"秀秀嫁人了？"

黑妮朝韩成根"嗯"了一声。

"嫁谁了？"

"狗蛋家的大小子，铁柱。"

韩成根蹲在地上，气得差点儿晕过去。

二十一

日本军队没有放一枪一弹，就占领了绛州县县城。

那天晌午，十几个日本兵在耀眼的日头下坐着一辆绿色的卡车，沿着黄河岸边的石子路向绛州县开来。

临进县城前，车上的日本兵一个接一个从车上跳下来，排成长长的一溜，掏出生殖器向低声呜咽的被称为中华民族母亲河的黄河里一人撒了一泡冒着热气的尿水。

几个在城门外面玩耍的娃崽以为日本兵背过身往枪里头上子弹，吓得掉头就往城里面跑："日本人来了！日本人来了！"

城里人听见娃崽们的喊声，慌忙扶老携幼，向城北逃窜。

正在厅堂里喝茶的许县长急忙朝盘着腿坐在炕头上的太太喊道："快跑！快跑！"

许太太忙问："咋了？咋了？"

"日本人来了！"

许太太赶忙把放在被子底下取暖的小脚拿出来，一圪拱一圪拱地把尻子往炕边挪。挪到炕沿，不小心把尻子悬了空，咕咚一声从炕上栽了下来。

许太太感到尻子好像被蹾得裂成了两半，疼得一边"哎哟哎哟"地叫唤，一边在地上摸鞋。

许县长从厅堂里跑进来，拉起许太太就跑。许太太一边跑一边嚷嚷："我的鞋，我的鞋。"

许县长顾不了那么多，只是一个劲地拉着他的太太疯跑。

跑到县城后面的半山腰里，许县长这才发现自己的两只鞋不知啥时候跑丢了。

他气喘吁吁地坐在一块冰凉的石头上，豆粒大的汗珠顺着他瘦长而煞白的脸直往下流。

许太太"扑嗒"一下倒在地上，摸着三寸来长的小脚呲牙咧嘴地喊爹叫娘。

日本兵大摇大摆地进了县城，看见整个一个县城跑得连个人毛也没有了。他们呜呜哇哇地说着笑着，住进了绛州县的县衙里面。

夜幕降临后，山上渐渐地冷了起来。

从县城逃出来的官员百姓，三人一堆五人一群地圪缩到一起互相用体温取暖。

男人们抽烟发出的火光，像鬼火一样忽亮忽灭。

女人们钻进男人们的衣襟，呼哧呼哧地低声哭泣。

不懂事的小娃崽们在女人们的怀里，吱吱哇哇地哭闹着喊饿喊冷。

许县长搂着他的太太，望着满山遍野的男男女女，心里流淌着酸涩的苦水。

他的太太把那双被石子硌得往外渗血的窝窝脚，插进了他的裤筒里面，像小娃崽似的哭个不停。

挨到下半夜，山洼里刮起了大风，把人们冻得浑身哆嗦，一个个像打摆子一样，上下牙齿磕打得咋也合不到一起。

人们又冷又饿，再也顶不住了。

一些胆大的男人便领着自己的女人和娃崽陆陆续续地往县城返。到了后来，那些胆小的男人也领着自己的女人和娃崽跑回了县城。

许县长和太太一进衙门，就被站岗的日本兵逮住了。

那日本兵叽里咕噜朝衙门里面喊了一阵，里面出来一个日本兵，把许县长和他的太太一同带了进去。

日本兵把许县长和他的太太带进去后，朝一个又矮又胖的日本军官叽里咕噜说了一阵，矮胖子军官就用生硬的中国话问许县长："你是什么人？"

许县长不敢说他是县长，就撒谎说："我是县府里头打杂的。"

矮胖子军官诡秘地打量了一阵许县长，笑嘻嘻地摇了摇肉乎乎的脑袋："不，不。"

许县长圪圪颤颤地说："我是县长……我是县长手下一个小小的……小小的打杂工……"

矮胖子军官用食指把一个日本兵勾到跟前，用日本话对着那日本兵的耳朵咕噜了一阵，那日本兵就出去了。

过了不大会儿，那日本兵把牛干事带了进来。

"你是老实人。你说，他是什么人？"矮胖子军官指着许县长问牛干事。

牛干事刚要张开嘴说话，见许县长瞪了他一下，赶紧闭住嘴不敢说话了。

矮胖子军官看见，用日本话对那个日本兵嘀咕了几句。那日本兵就把牛干事带出去了。

过了一会儿，那日本兵返回来对着矮胖子军官低声耳语了几句，矮胖子军官神秘兮兮地笑了笑，转过身对许县长说："不说我也知道你是谁。你是县府里的许县长。"

许县长猜着是刚才那个日本兵把牛干事叫出去问出了实话，就愣愣地站在那里不说话。

矮胖子军官指了指旁边的凳子，示意许县长和他太太坐下。

许县长不敢坐，矮胖子军官就走过来把许县长拉到凳子跟前，把许县长摁到凳子上。

许太太见许县长被日本兵摁到了凳子上，怕日本兵也过来摁她，便也跟过来挨着许县长坐下。

矮胖子军官一边和许县长说着话，一边让日本兵准备酒菜。

矮胖子军官和许县长还没说几句话，那日本兵把酒菜端上来了。

许县长圪眯着一双小眼想了一下：这么快就能准备一桌酒菜？看来日本军官早就料到他会回来，早就坐在这里等他回来，早就把酒菜准备好反客为主地款待他这个"客人"。

矮胖子军官指着桌子上的酒菜，招呼许县长和许太太坐下吃喝。

许县长头上立刻冒出了一层冷汗，脑子里过电影似的飘浮起日本兵穷凶极恶、残杀中国军民的景象。

看着桌子上冒着热气的饭菜，许县长眼前当时就浮现出当年楚霸王项羽给汉王刘邦特意摆下的那桌"鸿门宴"，母夜叉孙二娘在人肉包子店为行者武松下了迷魂药的"蒙汗酒"，砍头行刑的刑场为死刑犯备下的酒肉丰盛的"断头饭"。

面对着热气腾腾的一桌子饭菜，许县长感到自己仿佛就是应邀赴宴的刘邦，仿佛就是被逼上梁山的武松，仿佛就是被押赴刑场的死刑犯。

望着眼前这桌极有可能是他这辈子的"要命饭""送命饭""绝命饭"，许县长仿佛听见天空中有个幽灵对他说了一句冰冷至极的话："吃吧，吃吧，这顿饭就是你今生今世的最后晚餐——"

这饭不能吃，这酒不能喝，这饭要是吃了，这酒要是喝了，早已等在门外的勾魂小鬼，立刻就会把他的魂魄摄去，送到十八层地狱般的阴间。

细思则极恐。

许县长痴痴地呆在那里，瘦瘦的脸上青一阵、白一阵，满面惧色，满眼冷光。

矮胖子军官对许县长如此恐惧的臆想和如此可怕的揣测，好像早已预料到。他笑眯眯地坐到桌子旁边，笑眯眯地用筷子夹了一块肉放进自己肉乎乎的嘴里，端起一杯已经斟满酒的酒杯，"吱溜"一声吮入口中，笑眯眯地对许县长说："怕我给酒里面和饭菜里面下毒？哈哈——你把皇军想得太狠毒了。你看——我这不是也吃了肉，也喝了酒，我不是还好好的，我不是一点儿事也没有？"

许县长骨碌了骨碌眼睛，赶忙换了一副表情，也笑眯眯地坐到凳子上，笑眯眯地吃了一口肉，笑眯眯地端起酒杯，笑眯眯地对矮胖子军官说："鄙人不是这个意思。鄙人的意思是，鄙人不能先动筷子，鄙人不能先动酒杯。鄙人要等皇军先动了筷子鄙人才能动筷子，鄙人要等皇军先动了酒杯鄙人才能动酒杯。鄙人如果先动了筷子、先动了酒杯，鄙人对皇军就有失礼节、有失敬仰。我们华夏之国，是礼仪之邦嘛——"

矮胖子军官指着自己又肥又大的脑袋，笑眯眯地对许县长说："狡猾狡猾的——不，聪明聪明的——哈哈哈哈哈——哈哈哈哈哈——皇军就喜欢聪明的人，皇军不喜欢不聪明的人——"

在矮胖子军官哈哈大笑声中，在许县长战战兢兢中，在矮胖子军官反客为主中，在许县长反主为客中，主客颠倒的矮胖子军官和许县长拉开了招待和被招待这场戏的序幕。

许县长饿了大半天，肚里空得肠子都快拧了个，再加上不胜酒力，被矮胖子军官敬了三杯就感到脸上发烧、肚里发烫。

矮胖子军官酒量很大，不一会儿就将瓶子里的酒喝了个精光。

矮胖子军官告诉许县长，他是日军派驻到绛州县的小队长。

矮胖子小队长边喝边说，许县长边吃边听。

喝完酒后，矮胖子小队长拍着许县长的肩膀说："你是一个大大的好人。绛州县的县长还由你干。"

许县长慌忙站起来，结结巴巴地说："鄙人不敢，太君你当，太君你当。"

矮胖子小队长摆摆手："只要你肯为皇军大大地卖力，你就一直是县长。"

许县长忙向矮胖子小队长叩头作揖："谢谢太君，谢谢太君。"

韩狗蛋和北韩村的人第一次见日本人,是在河边的柳树开始发绿的时候。

日本人之所以来北韩村,是因为他们追赶偷袭他们的游击队追到了这里,要在这里歇歇脚、喘喘气。

北韩村地处绛州县平川和山地的交接处。

平川和县城是日本人的地盘,山地是游击队的地盘。

游击队就是原先躲藏在后山里的那伙土匪,忻口战役失败后被南下的八路军收编成共产党的部队。

游击队的大队长就是原先的土匪头子刘老虎,政委是逃婚逃出去投奔了共产党的马区长的儿子马文魁。

日本人投降以前,北韩村一直是日本人和八路军游击队进行拉锯战的歇脚点,同时也是游击队和日本人的攻防转换地。

游击队每次偷袭县城的日军时,就在黄昏时分从后山里走出来在北韩村吃饭歇乏,天黑下后就从北韩村向县城运动。

日本人每次追击游击队追到山根前的北韩村,就不敢再往前追了,就留在北韩村吃喝一顿后才往县城返。

绛州县成了日本人的天下后,韩狗蛋以为他这个村长当不成了。

一来是日本人来之前他组织村里的年轻后生搞过抗日训练。二来是他的大小子铁柱和韩成根家的秀秀私奔到后山参加了八路军的游击队。

他觉得自己是一个既有抗日前嫌,又有家人抗日现行的人。在王旗已经变换成日本人的地盘上,他这个既有前嫌又有现行的人,是无论如何都不会被日伪政府重用的。

然而,他怎么也不会想到,这一切都没有变,这一切还是原来的一切。

许县长还是县里的许县长,马区长还是区里的马区长,他韩狗蛋的尻子也照样稳稳当当地坐在北韩村的村长这把交椅上。

日本人第一次进北韩村的时候,脸上没有一点儿凶气和杀气。

那天，矮胖子小队长和他的十几个日本兵笑眯眯地走进了北韩村，又笑眯眯地走进了韩狗蛋家的院子里。

在北韩村的汉子婆姨们的心里，日本人不应该是出现在他们眼前的这副模样。

在忻口战役打响之前和忻口战役打败之后的日子里，马区长的小舅子王警佐领着几个人来村里募捐时宣传过日本人烧杀抢掠、奸淫妇女的凶劲和全民抗日的紧劲。

王警佐站在村子中间的碾盘上，嘴角上嘟着白色的口水向全村人说："你们没见过日本人，我也没见过日本人，咱们谁也没见过日本人。你们说不清日本人长得啥眉眼，我也说不清日本人是啥脾性。但有一点可以肯定，日本人是世界上最坏最坏的坏人。日本人比土匪还坏，比强盗还凶，比野兽还野兽。他们见东西就抢、见男人就打，见女人就欺负。他们把男人绑到树上，当靶子练枪法，练刺刀。他们把女人弄到一起摁到肚子下面，当着男人们的面比赛着强奸。他们把娃崽们的肚子用刺刀劐开，把肠子挑出来喂狗。他们吃东西像狗一样像狼一样，不等煮熟了就连血带毛嘎吱嘎吱地乱啃乱嚼。日本人要是打进来，咱们就全都没命了，咱们的下场就比狗还惨。日本人就要攻进来了，前线的军队正在和日本兵拼死拼活地打仗。咱们不能睁着眼白白地看着前线的军队为咱们卖命，咱们要赶紧想办法支援他们。咱们要有钱的出钱，有人的出人，有东西的出东西。咱们要和前线的军队拧成一股筋，捆成一股绳，把日本人挡在咱们山西的大门外面，把日本人赶出咱们中国的土地，把日本人撵回他们的老家去。"

王警佐的一番宣传，当时就把全村的人吓坏了、吓急了。他们赶紧回到家里，拿上钱和东西送到了坐在碾盘上的王警佐那里。

尽管北韩村出了不少钱、出了不少东西，但却没有一个人站出来报名参加抗日。

然而，王警佐对这样的效果非常满意，他心里压根儿就没打算要他们出人，要钱要东西才是他到北韩村的真正目的。

王警佐前脚出了北韩，游击队大队长刘老虎就领着铁柱和秀秀紧跟着王警佐的后脚进了北韩。

与王警佐相反，刘老虎在北韩碰上了顶门棍。

刘老虎也像王警佐那样，把全村人集中到碾盘旁宣传抗日救亡的重要和紧迫。

刘老虎讲完后，韩茅勺从人群里站起来说："刘队长，日本人是不是坏透了？"

"是的，日本人坏透了。"

"有多坏？"

"比世界上最坏的坏人还坏。"

"有土匪坏吗？"

人群里发出好长一阵嘲讽般的哄笑。

刘老虎红着脸从碾盘上下来，领上铁柱和秀秀离开了北韩。

忻口战役结束后，韩成根和王二毛被北韩人当作和日本人打过仗的英雄恭敬。

当天夜里，人们稀奇地跑到韩成根家里，把韩成根家的屋里和炕上挤得连个插脚的地方都没有了。

韩成根先把自己在牢房里如何受刑，刘老虎如何半夜劫牢，他和韩四小如何坐火车北上，如何和红军打仗，如何参加了忻口战役，如何被日本人的炸弹炸伤一五一十地给众人说了一遍。

当然，他没有把他和韩四小、王二毛贩大烟的事说出来。

韩狗蛋和韩茅勺问日本人长得啥样，是不是长得像恶魔凶煞一样。

韩成根刚要说话，王二毛接住话茬吹呼开了：

"日本人长得啥样，你们没有见过，你们当然不知道。我们可是亲眼见了，我们可是和日本人真刀实枪地拼杀过、厮斗过。日本人嘛，个子长得一尿高高，鼻子和眼睛随了咱们中国人。要是日本人不拿枪,不和中国人打仗,和咱们中国人站一起不说话,那还真分不清哪个是日本人、哪个是中国人。

"别看日本人平常和中国人没啥两样,别看日本人不打仗的时候和咱们中国人一样慈眉善眼,但如果要和中国人动起手来,那日本人要多凶就有多凶,要多狠就有多狠,要多厉害就有多厉害。

"别的不说,单说人家打仗用的那家伙,就比咱们中国人用的家伙厉害得多。咱们的部队走路的时候,全靠两条腿一步一步在地上走,人家日本人走路,根本就不用腿,用的是坦克。坦克是啥东西,坦克是一种会自己往前走的铁疙瘩。里面是空的,有咱们这半间屋子大。日本兵就坐在这铁疙瘩里面,而咱们的兵却赤条条地把整个人暴露在外面。和咱们打仗的时候,人家就把枪从里面伸出来,'叭'的一下,'叭'的一下。人家那枪准头可好啦,你要是稍不留神躲闪得慢上一点,子弹就'曰'的一下飞到了你的身上。不把你送上西天,也把你打个半死。碰上咱们的碉堡啥的,人家就停下来,在坦克里面用炮打咱们。'轰'的一下,就把咱们的碉堡掀到了半天窝里。咱们的炮弹子弹打到人家的坦克上,就像一颗落花生一颗苹果落到了上面,连人家的皮也伤不着。

"地上是这样,天上就更凶了。满天都是人家的飞机。就像谁往天上放了一群鸽子,把太阳都遮得发不出一点儿光。那飞机一会儿飞得有树那么高,一会儿飞得有一人那么高。人家日本人坐在飞机里面,又是用机关枪朝咱们像下暴风雨似的扫射,又是像母鸡下蛋似的朝咱们的人扔炸弹。一开始,咱们的人没见过飞机,傻乎乎地站在那里看稀罕。人家的飞机就呜的一下冲下来,把咱们好几个兵的帽子都摘上走了。"

人们全被吓得把眼睛瞪得像鸡蛋那样大,好半天才缓过劲来问韩成根:"是不是?是不是?"

韩成根本想说王二毛瞎吹,但话到嘴边没有说出来。他朝众人笑了笑,既不说是,也不说不是。

人们见韩成根不说话，一再追问韩成根，非要韩成根说个是或不是。

韩成根看了看众人说："有倒是有那么点影子，不过我可没有看见，全是听人说的。"

人们回过头追问王二毛："你说的这些是你自己亲眼看见的还是你自己胡编的？"

王二毛见自己吹得露了馅，不敢正面回答众人的追问，只是不好意思地看着韩成根一个劲地傻笑。

人们对王二毛的话虽然半信半疑，但在他们的心目中，日本人就是一帮像土匪和强盗一样的坏人。

尽管日本人第一次来北韩村是笑眯眯地进来的，但北韩村的人还是像见了恶魔似的跑了个精光。

日本人第一次来北韩村，既不是追打和他们作对的游击队，更不是来北韩村烧杀抢掠。

他们是来踩点的，是要选择一个他们追打游击队临时歇脚的地方。

北韩村离县城二十多里，前临绛州平原，背靠吕梁山脉，是个理想的战斗间歇地。

矮胖子小队长站在碾盘上细细观察了一会儿，就把北韩村选定为他们追击游击队的歇脚地了。

王警佐把日军小分队领到韩狗蛋家后，矮胖子小队长就让王警佐到山上叫人。

王警佐在山洼里找见了韩狗蛋，笑嘻嘻地对浑身打抖的韩狗蛋说："怕啥哩？日本人吃你哩？"

韩狗蛋圪颤着对王警佐说："你不是给我们说日本人可凶可坏哩吗？你怎么和日本人搅和到一起了？"

王警佐仍然笑着说："耳听为虚，眼见为实。以前我也以为日本人凶透了，坏透了。日本人来了以后，我也和你们一样躲着不敢见。

后来和日本人打了几回交道，才觉得以前说的人家日本人那些坏话，全都是没影子的事。只要你不惹人家，只要你对人家好，人家也不惹你，人家也对你好。你看，我过去不是也怕日本人吗？我现在不是也和日本人在一起吗？我有啥事？啥事也没有。现在这个年头，只要能混碗饭吃，管人家谁让咱干事，管人家是中国人还是日本人！"

韩狗蛋听了半天，仍然不太相信王警佐的话。

王警佐也不管韩狗蛋信不信他，死拖硬拽地把韩狗蛋拉回了他的家门。

人们见他们的村长回到了村里，也大着胆子回到了村里。

王警佐一进门就把韩狗蛋介绍给矮胖子小队长，矮胖子小队长哈哈哈笑着说："好，好，只要你为皇军办事，好处大大的有。"

韩狗蛋以为矮胖子小队长是中国人，就抹着头上的汗说："长官不是日本人？"

矮胖子小队长摆着手说："不，不，我不是中国人。我来中国时间长了，就学会了中国话。"

王警佐对韩狗蛋说："狗蛋，你别和太君闲扯了。太君肚子饿了，赶快招呼人做饭。"

韩狗蛋就拽上刚要往院门里走的红果，在村里找了几个做饭利索的女人给日本人收拾饭菜。

红果和几个女人把酒菜端上来摆到桌子上后，韩狗蛋就和王警佐陪日本人吃喝。

喝了一阵，韩狗蛋就被矮胖子小队长灌醉了。

韩狗蛋迷迷瞪瞪地对王警佐说："王……王……王警佐，你陪太君……陪太君喝着，我去茅房……茅房尿去。"

韩狗蛋尿完，感到肚里的酒怎么也压不住，一个劲地往上涌，赶紧趴到猪圈的墙上"哇哇哇"地吐了起来。

猪圈里的猪大半天没有吃到东西了，饿得"吧嗒吧嗒"地吃开了韩狗蛋吐出来的酒菜。

韩狗蛋见猪吃他吐下的东西,伸出手打猪的脑袋。猪脑袋没打着,却"咕咚"一声,一头栽到了猪圈里。

矮胖子小队长不见韩狗蛋回来,以为韩狗蛋起了什么坏心,就起来跑到茅房里找韩狗蛋。

茅房里没有韩狗蛋,矮胖子小队长心里慌了,在院子里转着圈子找韩狗蛋。忽然听见猪圈里传来"呼噜呼噜"的鼾声,趴到猪圈的墙头上一看,看见韩狗蛋搂着和他一样醉了的猪呼呼大睡。

矮胖子小队长忍不住哈哈哈笑了起来,差点儿也一头栽到猪圈里。

矮胖子小队长笑了一阵,就领着几个日本兵到村巷里转悠。

娃崽们看见喝得东倒西歪的日本兵,吓得像受了惊的兔子似的撒腿就跑。

矮胖子小队长从兜里掏出一把花花绿绿的糖果,远远地朝一帮娃崽说:"好吃的,好吃的。"

娃崽们吓得把指头含进嘴里,愣愣地站在那里不敢往跟前走。

矮胖子小队长就像扔手榴弹一样,"呜"的一下把手里的糖果扔了出去:"吃,吃。"

矮胖子小队长见娃崽们你推推我、我揉揉你,谁也没有胆量往前挪一步,便笑了笑转过身和几个日本兵拐进另一条村巷里。

一帮娃崽见日本兵走远了,这才大着胆子慢慢挪到撒了一地的糖果那里,捡起来剥开纸试探着放进嘴里。

"真甜,真甜。"娃崽们你看看我,我瞅瞅你,哇的一下高兴得蹦跳起来。

不一会儿,矮胖子小队长撒到地上的糖果就被娃崽们捡光吃净了。

他们舔着甜丝丝的嘴唇,互相揪揪扯扯地一起去寻找矮胖子小队长。

矮胖子小队长看见这帮娃崽,又从兜里掏出一把糖果,笑嘻嘻地举到脸前:"过来,过来。"

娃崽们犹豫了一阵，还是没有一个敢往矮胖子小队长跟前走。

哗的一下，矮胖子小队长把糖撒到了离他一丈来远的地上。

娃崽们跑过去，低着头捡地上的糖果。

矮胖子小队长悄悄走过去，拽住了一个娃崽的衣裳。

那娃崽吓得叫了一声，其旁的娃崽抬起身子就跑。

"不要怕，不要怕。"矮胖子小队长说着，从兜里又掏出一把糖果往那娃崽的兜里装。

那娃崽看见矮胖子小队长脸上绵善绵善的，就把手里的糖举得高高的，让那帮跑远了的娃崽们看。

那帮娃崽跑过来，伸出脏兮兮的小手朝矮胖子小队长要糖吃。

矮胖子小队长不像前两回大方了，一次只掏一个给娃崽们发。

一人发了一个后，矮胖子小队长摆摆手说："没有了，没有了。"

娃崽们不信，你挤我拥地把手伸进矮胖子小队长的兜里掏。

矮胖子小队长哈哈笑着，任凭娃崽们在他兜里乱掏一气。

二十二

"爹!"

秀秀撩开门帘,喜眉笑眼地喊韩成根。

韩成根头朝墙坐在烟道口那片发烫的炕面上,两只脚插进炕头上叠得方方正正的被子下面暖和着。

听见有人喊他,扭过头看了看秀秀,脸色唰的一下就黑了下来。

"爹,你回来了?"

秀秀往前挪了一步,脸红得像只熟透了的苹果。

韩成根狠狠地瞪了秀秀一眼,扭过头梗着脖子不理秀秀。

"娃叫你哩!你咋不理娃?"

正在和面的黑妮抬起头对韩成根说。

"叫吧,我听见了!"

韩成根说出的话硬得像根棍子,冷得像坨冰块。

"娃叫了你半天,你咋连答应都不答应?你心里就是再有啥,也不能不理娃呀,也不能拿脸甩娃呀。娃两年不见你,头一回见你,你就给娃个脊背不理娃,娃心里能受得了……"

黑妮说着,眼泪"吧嗒吧嗒"掉进面盆里。

秀秀见她爹咋叫也叫不答应,难过得呜呜咽咽哭了起来。

韩成根恼火地从被子底下抽出脚,穿上鞋一阵风似的走了出去。

自从把秀秀从河滩地里捡回来,韩成根心里一直有个想法:等秀秀长大了，就托人在外面给秀秀找个上门女婿。实在找不下，就让秀秀嫁到外面。

他不愿意在北韩村给秀秀招亲，也不愿意把秀秀嫁给北韩村的后生。

北韩村的后生不是长得像个陀螺，就是骨头节子暴突得像根疙里疙瘩的枣树根，和他们结婚生下娃崽，那还不是黄鼠狼下耗子，能强到哪里去？在北韩村几十个后生里，没有一个他能看上的。

韩狗蛋家的铁柱还算能赖得过去，但他不能把铁柱招进门里做女婿，也不能把秀秀嫁给铁柱当媳妇。倒不是弹嫌韩狗蛋家的光景不如自己，也不是弹嫌铁柱的长相不如秀秀。主要是不愿意让红果做秀秀的婆婆。

红果是他娶进门里的第二个女人，也是被他家赶出门外的第二个女人。

头一个女人梅梅是他爹赶出去的，第二个女人红果是他自己赶出去的。

他把人家赶出去了，又和人家结成儿女亲家，那还不把村里人笑掉大牙？那还不把他这张老脸丢光丢尽？

他之所以把王二毛远远地带回家里，心里就有个让王二毛做上门女婿的盘算。

王二毛虽然长得瘦了点、单薄了点，但比村里的后生强多了。没想到离乡背井两年后回到家里，秀秀就给了他一闷棍。

秀秀不仅已经做了铁柱的女人，已经做了红果的儿媳妇，还把和铁柱生下的娃崽放到了他家的炕头上。这不是把屎往他脸上抹吗？这不是把尿往他头上泼吗？这不是让他嘴里含着茅粪吹喇叭——臭名远扬吗？

好在他事先多了一个心眼，没把招王二毛当女婿的事告给王二毛、告给黑妮、告给村里的任何人。要不然，他在村里就没法见人了。

韩成根一出家门，秀秀就伤心地失声哭了起来。

她知道她爹为啥给她甩脸,她知道她爹的心病害在哪里。

二十多年前,她爹拿他那张黑得吓人的脸把铁柱娘甩出了她家。

二十多年后,她做了铁柱娘的媳妇,还给铁柱娘生了孙子。

她也知道她的做法把她爹心里的伤疤划破了,把她爹的脸给丢了。

可她没有办法。

她不找铁柱找谁哩?满村子后生里头有哪一个能比得上铁柱?她不和铁柱私奔,她不早就成了马区长家的媳妇了?

两年前,她和马文魁成亲的那天,马文魁知道她不愿意嫁给他,打着上茅房的招牌从他家逃了出去。

她一个人空洞洞地在新房里哭到下半夜,忽听见一个人在窗户外面喊她:"秀秀。秀秀。"

她吓得缩到墙角,惊慌地看着黑乎乎的窗口。

外面的人又喊了起来:"秀秀,你别害怕,我是铁柱。"

她摸黑把门开开,铁柱进来对着她的耳朵悄悄说:"秀秀,咱们跑吧。"

她正在犹豫,铁柱拉住她的手就走:"快走,再不走就走不了了。"

铁柱拉着她一直跑到后山,投奔了当时还被人们叫作土匪头子的刘老虎。

刘老虎从县城的牢房里救她爹没救成,连夜渡过黄河跑到了陕西韩城那边的大山里。

过了半个来月,因为日军要打进山西的风声越来越紧,官府早都顾不上什么剿匪,刘老虎就领着他的那帮弟兄又回到了绛州。

后来,她才从刘老虎嘴里知道,官府因为从她爹嘴里啥也没审出来,把她爹弄到北边抗日去了。

忻口落到日军手里后,逃婚逃到陕北的马文魁回来在山里找见刘老虎,把刘老虎和他的弟兄收编成了共产党的抗日游击队。

刘老虎当了游击队的队长,马文魁当了游击队的政委。

她虽然是个游击队队员，但从不拿枪弄刀。她被刘老虎安排到后勤组当了一名女炊事员。

在游击队干了一段，她觉得马文魁是个心地善良的好人，也是个有知识有能力的好领导。

她觉得马文魁只是个好人，只是个好领导，如果做她的男人，她还是觉得不如铁柱和她合适。

她爹从忻口一回到北韩，马文魁和刘老虎就让她回北韩做她爹的工作，想把她爹发展成北韩村的地下党员。

她怕她爹因为和铁柱的事翻脸，心里虽然也很想和分散了两三年的爹见上一面，但又惧怕得不敢回去。

但是，这些心结和忧虑她没有表露出来，马文魁和刘老虎自然也就没能察觉出来，以为父女之间做这种工作情感上说比别人要便利一些。

推辞了几次，她便不好再推辞了，只好硬着头皮回来做她爹的工作。

从内心深处来说，她和她爹说这种事不会一说就通、一说就行。

但她没有想到，她刚见了她爹，她爹就甩下脸跑了出去。

秀秀没有完成马文魁和刘老虎交给她的任务，难过地哭了起来。

黑妮见韩成根和秀秀一见面就闹崩了，心里难过得也陪着秀秀流开了眼泪。

秀秀哭了一阵，在睡熟了的孩子脸上摸了摸，对正在擀面的黑妮说："娘，我走了。"

黑妮放下擀面杖，抹着脸上的泪珠说："着啥急，好不容易回来一回，吃了饭再走。"

"不了，我还有事。"秀秀用手背擦着脸上的泪水说。

"那也得让娃见上你一面呀？"黑妮说着，抱起炕上的孩子摇晃着说，"山山，山山，快醒醒，你娘来看你了。"

秀秀和铁柱生的这个孩子是个男孩。

因为生在了石头山里，就起名叫石山。

不过，秀秀和黑妮从来不叫他的大名，只叫他的小名山山。

山山醒了后，瞪着一双好看的眼睛看着黑妮，咧开肉乎乎的小嘴就笑了。

黑妮把山山递给秀秀："快抱抱娃。娃都不认识你了。"

秀秀接过山山，在山山圆鼓嘟嘟脸蛋上亲了一口："山山，叫娘。"

小山山看见秀秀，"哇"的一声哭开了。

小山山自从过了百天，就一直由他的姥姥黑妮带着。

他谁都不认，就认他的姥姥。别人要是抱他一下、摸他一下，他就像见了大灰狼似的吓得哇哇大哭。

秀秀流着泪把小山山递给黑妮，掏出手绢擦了擦山山脸上的泪水："娘，你老太苦了。把日本人打走了，我就回来好好伺候你。"

说罢，秀秀又看了一眼黑妮怀里的山山，剜心撕肺般地扭过头，非常割舍不下地走了出去。

秀秀走了好大一会儿，黑妮依然痴愣愣地抱着山山，眼泪像断了线的珠子直往下掉。

"啪啪啪，啪啪啪。"

刚刚入睡的韩成根和黑妮被一阵有节奏的拍门声惊醒。

韩成根竖起耳朵听了听，院墙外面又响起了"啪啪啪，啪啪啪"的拍门声。

韩成根一边嘴里应着，一边穿上衣裳往外走。

"我——"门外的人声音极轻地说。

黑妮在被窝里对韩成根说："谁这么晚了叫门？黑灯瞎火的，操点心。"

韩成根从门后面捞了一根木棍，踮着脚尖走出屋子。

"谁？"

韩成根站在院门里面轻声问。

"我，刘老虎。"

外面的声音从门缝里传进来。

韩成根听出是刘老虎的声音，就把门开开让刘老虎进来。

刘老虎看见韩成根手里拿着一根棍子，轻声笑道："你手里咋拿了根棍子？是不是想趁我不注意打我一闷棍？"

韩成根把手里的棍子扔到院里，也轻声笑道："深更半夜的，你也不打个招呼就来了。谁知道是土匪还是盗贼？"

话一出口，就觉得后面这句话不该说，扯住刘老虎的袖子就往屋里拽。

"谁来了？"里屋里飘出黑妮的声音。

"刘队长来了。你起来吧，拾掇两个菜，我陪刘队长坐一坐。"

刚把刘老虎让进客厅里的韩成根站在里屋的门口说。

黑妮听说刘老虎来了，便穿上衣服起来，走到客厅对刘老虎说："是刘队长呀，我还以为是谁呢。"

"深更半夜的能是谁？不是土匪便是盗贼呗。"刘老虎打趣地和黑妮说话，眼睛却带着几分戏谑地看着韩成根。

韩成根擂了刘老虎一拳："天底下哪有你这样的土匪和盗贼？要是土匪和盗贼都像你这样，天底下就没有土匪和盗贼这个词了。"

刘老虎也擂了韩成根一拳："你既然喜欢我这样的土匪和盗贼，那就和我一起上山入伙呀！"

两人互相看了一眼，"哈哈哈"笑了起来。

韩成根和刘老虎这头说着笑着，黑妮那头忙着给他俩准备酒菜。

黑妮忙活了一阵，端上来一碟腌萝卜条，一碟腌红辣椒，一碟生调白菜丝，一壶烫得热乎乎的烧酒，很难为情地对刘老虎说："深更半夜的，家里也没啥能拿出手的，你看这多寒碜……"

刘老虎忙站起来说："看嫂子说哪儿了，这不是挺好吗。半夜把你打扰得睡不好，真是让我心里过意不去。"

韩成根见刘老虎这么晚找他，心想肯定有要紧的事要说，便对黑妮使了个眼色："行啦，你睡去吧，我和刘队长说说话。"

黑妮走进里屋，韩成根就把里屋的门关上了。

两人碰了三盅，韩成根开门见山地说："老弟，黑咕隆咚地来到寒舍，莫不是有啥事情？"

"让你说对了，我是无事不登三宝殿。"

刘老虎也不拐弯抹角，直来直去地说："不瞒你说，我这次半夜里来，就是有一件大事要和你商量。"

刘老虎瞅着韩成根，想看看韩成根有啥反应。

韩成根也看着刘老虎，等着刘老虎的下文。

两人的视线碰到一起，就会心地笑了起来。

刘老虎抿了一口酒盅里的酒，品着嘴里的酒说："组织上计划发展你参加共产党。不知道你愿意不愿意？"

"不愿意。"

韩成根咽下一口酒，看着刘老虎说："不管是共产党还是国民党，我都不愿意参加。"

"要是游击队让你帮个大忙你帮不帮？"

"那要看帮什么忙。"

"打日本人，把日本小分队捂在咱们村全部干掉。"

"我虽然不愿意参加共产党，但我愿意帮共产党办事。日本人来了，中央军那么多人躲得远远的不敢和日本人干。共产党人手比国民党少得多，但却不怕日本人，敢在日本人的地盘上和日本人打游击。我对国民党和共产党都没兴趣，但我心里还是向着共产党。"

"听你说话的口气，你愿意帮这个忙？"

"这个忙我帮，你直说，咋个帮法？"

"每次日本小分队不是追游击队追到咱们村就停下来吃饭歇乏吗？咱们就在这上头打主意。七月初七这天，游击队派几个人到县城偷袭日本小分队，日哄日本人往咱们村追。游击队主要人手事先藏到你家。我们想办法把蒙汗药放到日本人吃的饭里。把日本人蒙翻后，我们就从你家出击，把日本人干掉。"

"人藏在我家能行，放蒙汗药的事不好办。日本人每次来了都在狗蛋家吃喝。"

"这事我们事先都想到了。到时候让秀秀和铁柱回来。秀秀和我们一起藏在你家，铁柱藏在韩狗蛋家。让秀秀把蒙汗药交给铁柱，铁柱把药放到饭里。同时，秀秀还有一个重要任务，就是担任游击队主力队员和铁柱的联络。"

"其旁的事都行，不要让秀秀回来。我不愿意见她。"

"这事只有秀秀干合适，换了其他人恐怕弄不成。"

"唉——"

韩成根叹了口气，咕咚一声喝了满满一盅："行！就这么定了！"

七月初七凌晨，睡得"嗬呼嗬呼"的矮胖子小队长被一声沉闷的土雷弹爆炸声惊醒。

他坐起来竖起耳朵听了听，知道是游击队瞎捣乱，躺下又"嗬呼嗬呼"睡开了。

天亮以后，瞎胡骚扰的游击队仍然没走，过一会儿打几下土枪，过一会儿打几下土枪。

矮胖子小队长被惹恼了，留下几个在县城看守，带着十二个日本兵追了出来。

担负逗引日军小分队任务的游击队队员见日本兵追了出来，抱起土枪转身就跑。

日本兵追了一阵，停下来不追了。

游击队员就又朝日本兵远远地打了几枪，日本兵就又追开了。

追了一个来时辰，游击队队员就钻进山里躲了起来。

日本兵看着游击队消失在连绵不断的山里后，就跑到韩狗蛋家歇下了。

懒洋洋的阳婆从地平线升起，慢慢腾腾往天空中间挪着。

秀秀穿着红袄，左手拿着一个挖野菜的小铲，右臂挎着一个装野菜的柳条筐，从家里出来直奔村前的高粱地。

在村口放哨的日本兵看见，小肚子下不知不觉伸出一根硬邦邦的小毛棍。

那日本兵热血奔涌，悄悄尾随在秀秀的后面追进了高粱地。

秀秀并不是专门到高粱地里挖野菜。

她是按照刘老虎给她安排的任务，明里打着挖野菜的牌子，暗里到高粱地里和铁柱接头。

这是他俩头一次接头，要办的事有两件：

一件是给铁柱送蒙汗药，一件是告诉铁柱藏在她家的游击队一切都准备好了，让他按事先约好的办法行事。

铁柱接住秀秀，拽着秀秀一直往里走。

秀秀喘着粗气："铁柱，你要把我往哪里弄？"

铁柱站住笑道："我能把你往哪里弄，就这儿吧。"

秀秀看着被露水和草上的尘泥浸染得泥乎乎的红绣鞋和裤腿，努着嘴说："你看你把人家弄成啥了？"

铁柱脱下一只鞋，垫到尻子下面坐到地上："你也坐下。"

"往哪里坐？坐我一尻子泥，一会儿我出去咋见人？"

一连半个来月，铁柱和大伙都忙着筹办伏击日本小分队的事，没有和秀秀在一起住。

他和另一个队员到外面买炸药，今天是他和秀秀头一回见面。

他朝秀秀笑着说："往哪儿坐？坐到我的腿上。"

秀秀听了，笑着伸出手拧他的耳朵。

铁柱也不躲，故意伸着脖子歪着脑袋把耳朵递给秀秀。

秀秀一边拧着铁柱的耳朵，一边狠狠地说："你这个坏东西，啥时候了你还有这心思！"

铁柱被拧得生疼，但嘴里却说："使劲！使劲！"顺势把秀秀搂进怀里。

秀秀放开铁柱的耳朵，两只手十指交叉，把自己吊在铁柱的脖子上。

铁柱用闪着火星的眼睛盯着秀秀的脸。

秀秀觉得那火星都快进到自己脸上了。

秀秀的脸羞得红灿灿的，就像秋霜染过的苹果似的。

铁柱觉得眼前的秀秀格外喜人：鼻子虽小但却很俏气，眼睛不大但却很清澈。特别是那长长的毛茸茸的睫毛，一忽闪一忽闪的，撩拨得铁柱浑身酥痒酥痒的。

铁柱一只手搂着秀秀，另一只手在秀秀身上摩挲着。

秀秀高高隆起的胸脯剧烈地起伏着，气都快喘不过来了，嘴里含混不清地说："不要……不要……"

那日本兵看得呆了一阵，突然醒过劲猛地扑了过来。

铁柱和秀秀赶紧爬起来撒腿就跑。

秀秀没跑几步，就被一棵粗壮的高粱秆绊住了，"咕噜"一下滚到地上。正要重新爬起来，那日本兵扑上来，把狗熊一样的身子压到秀秀身上。

秀秀使尽全身力气同日本兵撕扯着、挣扎着、反抗着。

日本兵使劲搂住秀秀的脖子，把自己肥胖的肉脸紧紧地贴在秀秀的脸上。

不一会儿，日本兵又像狗一样伸出舌头舔秀秀的脸、舔秀秀的嘴、舔秀秀的胸部。

秀秀这时忽然意识到什么。她任凭日本兵在她身上、脸上舔来舔去，手却伸到腰里把红裤带的活口一拽，使红裤带变成了一个结结实实的死结。

日本兵疯了似的在秀秀脸上、身上舔了一阵，就掀开秀秀的衣襟去解秀秀的裤带。

秀秀的红裤带日本兵解了半天也解不开，急得嘴里哇啦哇啦乱叫。叫了一阵突然站起身，把身旁的三八步枪端在了手里。

秀秀刚要往起爬，日本兵那明晃晃的刺刀就逼到了眼前。

秀秀不敢动了。再动一下，日本兵的刺刀就会戳进她的眼睛。

"嘣"的一下，日本兵用刺刀挑断了秀秀腰里的红裤带。

日本兵扔掉手里的三八步枪，又扑在秀秀身上。他使劲压在秀秀身上，用鹰爪一样的手把秀秀的裤子往下脱到了大腿下。

秀秀从腰里抽出被日本兵挑断了的红裤带，套在日本兵的脖子上使劲往死里勒。

这时，跑出去半天不见秀秀的铁柱又重新返回高粱地。

他见日本兵压在秀秀身上，就扑上去搂住日本兵的脑袋使劲往紧里收。

日本兵被铁柱蒙住眼睛啥也看不见而乱抓乱挠的当儿，秀秀用红裤带在日本兵的脖子上绕了一圈，使劲勒住不放。渐渐地，日本兵就不动弹了。

铁柱和秀秀放开日本兵，日本兵就"扑通"一声倒了下去。

秀秀见日本兵死了，就赶紧把刘老虎交代的事说给铁柱，把怀里的蒙汗药递给铁柱，蹲下身胡乱挖了半筐子野菜返回了家里。

铁柱回到家里，钻进饭厦里对红果说："娘，你做啥哩？"

"熬鸡汤哩。"

铁柱把鼻子放到锅沿上闻了闻，摇摇头说："娘，你熬的鸡汤咋一点儿也不香？"

红果撇了撇嘴："胡说。娘熬的鸡汤要不香，日本人每次来了要娘给他们熬鸡汤？日本人每次喝鸡汤的时候，为啥都把大拇指头竖得像根棍子似的举得高高的，夸娘做的鸡汤大大的好？"

铁柱从口袋里掏出包在纸里的蒙汗药，递给红果："娘，你把这东西放到鸡汤里，味道就更美了。"

"我不信。你别日哄我。"

"我好好的日哄你做啥？我们每次都用这，做出的饭能把人香死。"

"你这是啥？"红果拿到手里细细端详。

"是一种新调料,听说是从外国弄回来的。"

"娘不用。娘用不了这洋东西。"红果说着,就把蒙汗药放到了灶台上。

铁柱见说不通他娘,就趁红果不注意,拿起灶台上的蒙汗药,"哗"的一下抖进了冒着热气的鸡汤锅里。

"哎呀,这尿娃,胡闹啥哩?"红果说着,就把铁柱推了出来。

开饭的时候,矮胖子小队长刚要动筷子,一个日本兵慌慌张张跑来,说站岗的哨兵找不见了。

矮胖子小队长放下筷子,让所有的日本兵去找,最终在高粱地里找见了脖子上套着一条红裤带的日本兵。

矮胖子小队长立刻让韩狗蛋把全村的人集合到村子当间的碾盘前,查找勒死哨兵的凶手。

藏在韩成根家的刘老虎得了口信,知道伏击日本小分队的事砸了锅,连忙从腰里掏出手枪朝空中开了两枪,游击队员又将事先准备好的鞭炮扔进桶里点着。

矮胖子小队长以为被游击队打了埋伏,慌忙带着一帮日本兵逃回县城。

日本兵从北韩村一撤,刘老虎就赶紧动员村里人到山里躲一躲。

韩茅勺站出来说:"你们把人家日本人惹下了,关我们啥事?"

"是我们惹了日本人。可日本人翻了脸就不管你惹他不惹他了。我们不能看着村里人倒霉不管呀。"

"叫我看,日本人好着哩,哪有你们说的那么坏。每回日本人来了,不是和我们都欢欢喜喜的?不是都给小娃们发糖吃?日本人来了打你们又不打我们,我们怕什么?"

刘老虎说不动村里人,就让韩成根出面说。

韩成根刚说了两句,就让韩茅勺噎了回来:"你女子和狗蛋家的铁柱把人家日本兵打死了,你和狗蛋跑你们的,为啥拉上我们垫背?"

韩狗蛋听说自己家里的铁柱和韩成根家的秀秀把日本兵打死了,

吓得"唰"的一下脸白得没了一点儿血色："对，对，我们两家跑，我们两家跑。"

刘老虎让韩成根和韩狗蛋两家先跑，然后再劝村里人。

韩成根说："我不走，我走了不是让村里人白白地给我顶杠子？日本人要是杀人，就让日本人把我杀了算了。"

过了两个时辰，矮胖子小队长带着一帮日本兵和日伪军，杀气腾腾向北韩村开来。

刘老虎急忙带着游击队在村口阻击。

打了一阵，游击队就吃不住劲了，边打边往后撤。

日本兵和日伪军把游击队打退后，很快就把北韩村围了起来，挨家挨户向村子中心搜索。来回搜了几遍，也没找见打死哨兵的凶手。日本兵就把留在村里的人全都赶到碾盘那里，架起机枪要把北韩村的人统统打死。

这时，韩成根从人群里走出来，对矮胖子小队长说："打死哨兵的事和村里人没有牵挂。你们拿枪把我打死吧。"

矮胖子小队长叉着腰说："你们村和八路串通，你们村的人统统的坏了坏了，统统的死了死了。"

韩成根冷冷地笑笑："实话告诉你，你们的那个哨兵是我打死的。你把我打死，你们就不吃亏了。"

矮胖子小队长对两个日伪军说："把他捆起来带回去。"

韩成根抱住碾盘旁边的槐树不放。

两个日伪军正在揪扯韩成根，村外又响起了一阵密集的枪声。

这时，天色已经开始发暗。

矮胖子小队长怕黑夜和游击队打仗吃亏，抽出腰里的指挥刀朝韩成根的后背"噗"的一下扎了进去。

黑妮从人群里跑出来往韩成根跟前扑，矮胖子小队长从韩成根身上抽出血糊糊的指挥刀，转过身又"噗"的一下刺进黑妮的胸口。

黑妮抓住矮胖子小队长的指挥刀，软软地倒在鲜红鲜红的血地上。

矮胖子小队长指挥日本兵和日伪军点着几户人家的房子后，领着日本兵和日伪军一边放枪一边撤离了北韩村。

从此以后，日本兵再也没有在北韩村歇过乏吃过饭。每次来了，都要在北韩村杀几个人、烧几座房子。

矮胖子小队长之所以常来北韩，是想把经常出没在这里的游击队剿灭在北韩村。

矮胖子小队长在北韩村一连扑了几次空，气得把牙齿咬得咯嘣咯嘣响，发誓不亲手把游击队全部剿灭誓不为人。

正在矮胖子小队长苦思冥想如何为死了的哨兵报仇时，八路军在北线发动了一场震惊中外的百团大战。

在百团大战中，日军的后勤主干线不断遭到铁道游击队破坏。

为了保障被铁道游击队搞得首尾不接的后勤供给线的畅通，总队发来了一封加急电报，急令矮胖子小队长立即北撤，火速增援守卫铁道线的日本部队。

临撤之前，矮胖子小队长又对北韩村进行了一场惨无人道的疯狂报复。

村里的猪羊鸡驴能带走的都带走，不能带走的就捅两刀。

没来得及跑的几个婆姨被日本兵糟蹋了。其中一个六十多岁的老太太再三磕头求饶也没能幸免。

在往县城撤的路上，日本兵和日伪军遭到了游击队的袭击，丢下十几具尸体才逃出了包围。

二十三

韩狗蛋命大福大。日本小分队几次洗劫北韩村，其实是冲着儿子和儿媳都在游击队里的韩狗蛋。

但韩狗蛋却每回都能从日本兵和日伪军的眼睛下面逃出北韩村。

命大福大的韩狗蛋躲过了日本人的枪口，命薄福浅的马区长却做了矮胖子小队长的刀下鬼。

马区长听说日本兵几次洗劫北韩村后，就料想自己往后的日子不好过了，因为他和韩成根、韩狗蛋一样，都有亲人在游击队里做事。

韩成根和他的女人黑妮已经被矮胖子小队长用指挥刀捅死了，韩狗蛋几次从矮胖子小队长的刀下逃走了。用不了多长时间，矮胖子小队长就会知道他的儿子马文魁也在游击队里做事的事。一旦这事让矮胖子小队长发觉，矮胖子小队长的东洋刀很快就会架到他的脖子上，在他体内流动的鲜血也将如同韩成根和黑妮一样，把矮胖子小队长那白晃晃的指挥刀染成血红血红的颜色。

不祥的预感不断地袭扰着马区长的心窝，带着血腥味的厄运一天天的向他逼近。他不得不为这一天的到来做准备了，必须做好一切应对之策。

天刚麻麻亮的时候，他心里极度恐慌地和他女人马王氏拾掇好东西，准备到马王氏的娘家躲一段日子。然而，他万万没有想到，他所做的这一切还是慢了一步。

惊弓之鸟似的马区长和马王氏前脚刚迈出院门，呼啦一下就被早已把村子围得铁桶一般的日本兵堵了回来。

日本兵把他和马王氏用刺刀逼到区公所的院子里，交到了矮胖子小队长面前。

矮胖子小队长用生硬的中国话问道："你的儿子，是不是叫马文魁？"

马区长结结巴巴地说："是……是……"

"你的儿子，是不是领着游击队炸皇军的碉堡、杀皇军的人？"

"是……是……"

矮胖子小队长抽出腰里的指挥刀，两只手举得高过头顶，"唰"的一下就把他女人马王氏的脑袋削了下来。

马区长的脑袋"嗡"的一下就昏死过去。

不知过了多长时间，马区长慢慢苏醒了过来。他刚一睁眼，就看见被日本兵摆在他眼前的马王氏的脑袋。

马王氏血糊啦的脸上，一双充满怨气和怒气的眼睛圆睁睁地瞪着。

马区长的脑袋"嗡"的一下又晕死过去。

马区长再一次醒来的时候，已经不见了他女人马王氏的脑袋。

两个日伪军把他从地上架起来，用手指了指前面不远的一块地方。

马区长顺着日伪军的手指往前一看，看见一只日本大狼狗正在他女人马王氏的身上大口大口地撕咬。

日伪军又朝另一个方向一指，又有一只日本大狼狗嘴里叼着马王氏的脑袋，在离他一丈来远的地方看着他。

他嘴里含混不清地"嗷"了一声，身子软软地瘫了下来。

两个日伪军把马区长架到一棵柳树下，用麻绳把他反绑在树干上。

矮胖子小队长把手一挥，一个日本兵端着三八步枪朝他走来，用刺刀在他的腿上和胳膊上动作极慢地刺进去，又动作极慢地拔出来。

撕心裂肺的疼痛使马区长像牛一样地狠命叫唤，整个村子的上空都飘着马区长哭爹喊娘的惨叫声。

日本兵用刺刀刺了一阵，矮胖子小队长摆摆手，把一个日本兵叫到跟前，呜哩哇啦朝那日本兵说了一阵日本话，把沾满血垢的东洋刀递给那日本兵。

那日本兵接过刀把，走到马区长面前，"扑哧"一下扎进马区长的小肚子里，然后又用力向上一挑，马区长肚里的肠子就流出来耷拉到外面。

矮胖子小队长朝两只大狼狗一指，那两只狼狗"嗷嗷"叫着扑上来，把马区长的肠子撕扯下来，扔得满院都是。

矮胖子小队长再一挥手，一个日本兵冲上来，把马区长当成了活靶练开了刺杀。

日本小分队和日伪军对北韩村连续不断地洗劫，使北韩村四十多号人含着被日本人一开始的假亲善、假友好蒙骗的懊悔，怀着对日本兵的疯狂屠杀的刻骨仇恨，离开了这兵荒马乱的世界。

几次从厄运中逃脱出来的韩狗蛋再也没有心思当这么个烂村长了，再也不敢让儿子铁柱在惹祸生害的游击队里干了。

在日本人占领绛州县的这几年里，北韩村的人口不仅没有增加，反而又减少了几十口子。

而黄河对岸的南韩村却躲过了兵乱之祸，村里的人头还在不知不觉中增加了百十来号。

原本人口还不到南韩村一半的北韩村，越发显得单薄弱小。如果啥时候再因为啥事和南韩村打闹起来，那还不是让人家踏在脚底下想咋欺负就咋欺负？

新上任区长的王警佐王小眼说了几次好话，想让韩狗蛋继续做北韩村的村长。但韩狗蛋任凭王小眼区长把门槛踢烂、把嘴皮磨破，总也不点头应承。

王小眼区长没法，只好做了另找人选的打算。结果一连找了四五个人，竟没有一个愿意揽这个瓷器活。

日本人走了好长时间，北韩村的村长这个位置一直空缺。

铁柱受政委马文魁和队长刘老虎的指派，回来做他爹韩狗蛋的工作，并以此为立脚点在北韩村发展共产党的基层组织。

阳婆婆歪到天空西边的时候，铁柱抱着三岁半的石山，秀秀抱着刚断了一个来月奶的石峰进了家门。

"娘——"铁柱叫了一声坐在炕上缝衣裳的红果。

"哎——"满头白发的红果一边答应着，一边把身子往炕沿方向挪。

"娘——"秀秀跟着也叫了一声红果。

"哎——"红果昏花的眼里溢出了泪花，接过秀秀怀里的石峰，把皱得像核桃皮的脸贴在石峰红嫩的腮帮子上。

沉睡中的石峰露出了甜蜜的笑靥。

秀秀把躲在后面的石山推到红果前："叫奶奶，叫奶奶。"

"奶奶——"石山红着脸低着头叫道。

红果把怀里的石峰递给秀秀，把石山拉到脸前，用干涩得像枣树皮一样的手摸摸石山的头，摸摸石山的脸，又摸摸石山的手背。

"娘，我和铁柱这回回来，想和你商量个事。"秀秀坐在炕沿上看着红果。

"有事就说嘛，商量啥哩?"红果一边摸着石山，一边看着秀秀。

"我和铁柱工作忙，顾不上照看娃儿。山山和峰峰想托你老招呼。"

"我和你爹都老了，跟前也没个人，巴不得和我的孙娃子成天搅和到一起。就怕我老了，耳朵也背了，眼窝也花了，胳膊腿也不灵泛了，把娃招呼不好，让娃受了委屈。"

"娘，看你老把话说到哪里了。只要你不怪怨娃们拖累你，不怪怨我和铁柱不守在你老身边尽孝，我就心里过意不去了。"

婆媳俩正说得热乎，韩狗蛋黑着脸走了进来。

"爹——"秀秀急忙站起身叫了韩狗蛋一声。

韩狗蛋装出笑脸"嗯"了一声。

"爹——"铁柱笑着走到韩狗蛋跟前。

韩狗蛋瞪了铁柱一眼，扭转身走到院里，把院门的门闩插死，用一把大铁锁的锁鼻把两个铁环勾到一起，"呱叽"一下锁了起来。

锁死院门后，韩狗蛋捞起院门后面的顶门棍，朝卧在门楼底下的大黑狗打了起来。

铁柱跑出来，站在韩狗蛋身后说："爹，你这是咋啦？"

"咋啦？不听话！咋啦？害人哩！"韩狗蛋话头子虽然是指着大黑狗，而话把子却明显朝着铁柱。

"一个畜生，你能把它咋了？打两下吓唬吓唬就行了。不用打了，回吧。"铁柱虽然知道他爹手里的棍子明里打狗、暗里打他，但还是故意不把话说破，假装糊涂地劝他爹。

韩狗蛋甩开铁柱拉他的手："咋哩？管起你老子了？你比这不吃人饭的东西还坏！你害死了村里多少人？你害得你爹白天不敢下地，夜里不敢着家，你够人不够人？你是人不是人？"

"爹，你这话不对。我们不惹日本兵，日本兵也是那样。我们惹了日本兵，日本兵杀村里人干啥？那么多中国人也惹他们了？他们杀了那么多中国人干啥？"

"日本人为啥一开始对村里人那么好？日本人一开始为啥不杀村里人？还不是你们这帮人把人家惹翻了？还不是有一些像你们一样的人老害捣人家日本人？"

"一开始我们也没有惹日本人呀，一开始中国人也没有惹日本人呀，为啥日本人就打中国人？为啥日本人就杀中国人？"

"啪"的一声，韩狗蛋的手掌在铁柱的脸上印下五个红红的指头印："你现在长成人了，你现在有了本事，你现在翅膀硬了，你会顶你老子了，你会害你老子了！"

"你这是咋哩吗？你这是咋哩吗？娃常不回来，回来你就不给娃好脸，不让娃说话。"红果一边流着眼泪，一边埋怨韩狗蛋。

"叨叨你娘的蛋哩？不是你惯他他能成了这样？这家里有我没他，有他没我。"韩狗蛋瞪着血红的眼珠，怒不可遏地看着红果。

"你不容娃，就让娃走吧。"红果哭着，冷不防从韩狗蛋手里夺下钥匙，气呼呼地朝院门方向走。

韩狗蛋追上去把钥匙夺到手里："走！门儿也没有！谁也别想再出这个门！"

晚上，铁柱和秀秀、两个娃崽住在了被韩狗蛋上了锁的西房里。

天快亮的时候，铁柱把窗户卸下来，和秀秀丢下两个正在熟睡的娃崽，从窗口跳到院里，又从院里跳到院墙外面。

卧在房檐下的大黑狗见有人跳墙，汪汪汪叫了起来。

韩狗蛋听见狗叫，慌忙起身，打开院门追了出去。

黎明前的北韩村，响起了一阵又一阵的狗叫声。

日本人从绛州县一走，走得再也不回来了，走得没有了一点儿音信。

日子一长，韩狗蛋满肚子的恐慌就渐渐地退散了。他听了王小眼区长的话，又做起了北韩村的村长。

日本人走了之后，绛州县又成了晋军的天下。

王旗变幻的黄河岸边，官场上的不倒翁许世宏仍然是绛州县的一县之主。

许县长为了稳住自己的乌纱帽，又挖空心思地琢磨开了他惯用的那套讨好上司的花花点子。

快到腊月的时候，许县长带着一干人，在区长王小眼的陪同下，又一次来到了北韩村。

许县长这次来北韩村，是专门推行"兵农合一"新经济制度的。

他再一次把北韩村的人集合到碾盘周围，滔滔不绝地大谈特谈为啥要实行兵农合一，咋样实行兵农合一，实行兵农合一有啥好处：

"日本人很快就要投降了，中国军民的抗战很快就要胜利了。我们用我们的鲜血,用我们的生命,很快就要把日本人这条凶恶的豺狼赶出去了。可是,我们不能就觉得天下太平了,就觉得没有兵乱了。因为我们的家里还藏着一只恶虎。这只恶虎就是比土匪和强盗还坏的共产党,比日本人还坏的八路军和八路军的游击队。他们要共产,他们要共妻。他们什么也要共,他们要把老百姓的钱财都共到他们的手里,把老百姓的女人都共到他们的炕上。我们必须做好和共产党打一场大仗、打一场恶仗、打一场长仗的准备。但是,我们今天的困难,是种地的人少,打仗的人更少。怎样才能使种地的人多起来?使打仗的人多起来?兵农合一就是一条最好的办法。

"什么是兵农合一哩?简单地说,就是把所有成年的男女组织起来,壮丁打仗,妇女纺织,老幼种地,各种技术工人做工。分开来说,有两个方面:一个是士兵除作战外,每天要劳动四个小时,使我们的部队变成生活、生产、战斗合一的形态,也就是把武装作战和经济作战扭到了一起,合到了一起。从另一个方面来说,就是把十七到四十五岁的男人,每三个人编成一个互助兵农小组,其中一人当常备兵,到军营当兵打仗受优待,其余两人当国民兵,在家种地或做工,优待现役兵。当国民兵的,再与村里其他有劳动能力的一人到三人,编成耕作小组,以国民兵为主耕人,以其他人为助耕人。然后再把村里所有的土地,按照年产量纯收益的二十石小麦或小米为标准,平均划分成若干份地,分给耕作小组耕种。

"那么,打下粮食后怎么分配哩?一、田赋征购和村摊粮占三成。二、地租按粮银额向地主交纳半成,余粮五成归自己。种子、肥料和一切铺垫开支占一成半,由主耕人和助耕人合谋分配。另外,每个当国民兵的主耕人,对其所在的兵农互助小组里面受优待的、入营打仗的常备兵,负担小麦二石五斗和棉花五斤。常备兵三年轮换一回。每年十一月一号是兵农节,服役期满的常备兵回家,新常备兵入营。"

韩茅勺站起来问:"许县长,你说的这我听不懂。我听了半天,觉得这兵民合一和前些年的村本政治就是一回事。"

"不是一回事。"

许县长接下来说:"村本政治换句话说,其实就是土地村公有。它是把土地收回村里,再由村里把地分下去。土地由村里所有,由村民耕种。兵农合一是土地的所有权不变,原先是谁的还是谁的。地少的和没地的,从地多的人家手里租到自己名下,打下粮食一部分给出租者,一部分交官粮,其余的归自己。"

"这样做有啥好处?"韩茅勺又问。

"好处多得很。"

许县长扳着指头说:"头一个好处是对地少和没地的人家好。光有人没有地的人家,劳力多而地少的人家,就不用再为没活干和地不够种犯愁了。地多的人家可以匀出一部分给他们种。第二个好处是对地多的人家好。地多的人家忙不过来,得自己雇人来种。兵民合一后,地多的人家就省了这些麻烦。第三个好处是对村里好。村长村官派兵收税以后就不用再东家劝西家说,求爷爷告奶奶了。第四个好处是对国家好。咱们县要是全都实行了兵农合一,就可以编出两万多个兵农互助组,就能抽出两万多常备兵到前线打仗,另外还可以有十多万国民兵。一个县能出这么多常备兵和国民兵,把咱们全省的加起来,少说也能出一二百万常备兵,七八百万国民兵。一个省实行了兵农合一能出这么多兵,要是全国都实行了兵农合一,那该有多少常备兵?那该有多少国民兵?这么多常备兵到前线打仗,不要说咱们打日本兵了,就是排成一排让日本兵用机枪扫,恐怕他日本兵连子弹都不够,恐怕他日本兵的枪管都会烧红烧软,恐怕他日本兵的手都抖得扣不动扳机。这样一来,用不了多长时间,日本兵就顶不住了,日本兵就会乖乖地滚回他们的老家。再加上咱们这么多国民兵排着队等着上前线,不用说个顶个地和日本兵拼了,就是吓也把他吓跑了。咱们的国民兵又不是一般的兵,又不是一般的民。既能种地,又能维护村里的秩序。这样一来,什么盗贼啦,什么土匪啦,什么八路军的游击队啦,村里就不用再担心了。第五个好处是对家里有常备兵的人家好。不管谁家有兵入营,家里的地有人种,家里的人有人管,在前线打仗的人不用为家里的人牵肠挂肚,在家里的人不再为少了劳力熬煎。第六个好处是对家里没有常备兵的人家好。不管是哪一个互助组,只要你这个组里出了常备兵,不到三年头上就不会再给你家派兵,你也就可以安安心心地在家里种地过日子。总起来说,兵农合一是解决过去派兵不平等、种地不平等、收入不平等、享受不平等、负担不平等的好办法,实现了当兵和务农合一、耕种和作战合一、劳动和享受合一、收入和负担合一,可以使人人有工作、人人有饭吃,是人类幸福的聚宝盆,是幸福生活的保护伞。"

仰着头眼巴巴地听会的男人们低下头闭着眼睛心里暗暗思谋,觉得兵农合一虽不像许县长说的那样是啥聚宝盆,但或许要比现在的情况好一些。

许县长讲完,看着黑压压的人头说:"乡亲们说,兵农合一好不好?"

男人们没有一个答话。

许县长又提高嗓门问:"乡亲们说实话,这兵农合一到底好不好?"

韩茅勺站起来说:"好也不至于好,赖也不至于赖,凑合。"

"凑合,凑合。"其他人附和着说。

"那好,大家要没啥意见,咱就这么定了。"许县长说完,背起手就走了。

三天以后,村里的地全都分到了各户头上。地一分完,就开始派兵。全村共分了十八个互助组,第一批就要派出十个青壮男人到部队。

六六、九九和韩茅勺自愿结合组成了一个互助组。

按村长韩狗蛋的意思,这个互助组是让九九到部队。

九九知道后，哭着不去。

韩茅勺劝他说："你先去吧，到了三年头上我去把你顶替回来。我回来后，再让六六去。"

九九抹了一把鼻涕："你说的比唱的还好听。你们看我小，就编下圈套日哄我。为啥你不去，六六也不去？咱们由大往小轮，头一回你先去，第二回六六去，第三回我再去。"

韩茅勺搓着手"哎呀哎呀"地在屋子里转了两圈："你这个娃，人小鬼大。你去就去，不去就不去，说这么难听让谁听？我去就我去，怕尿啥？三年头上轮一回，躲过初一躲不过十五，迟早的事情。"

六六叹了一口气说："你们不要推了，我看还是我去合适。九九还小哩，过几年再说。茅勺你也先别去。七女憨不叽叽的，把她丢在家里也不放心。这一回我就先去，到了三年头上，你们有人去就把我顶回来。如果没人愿意去，我就再顶三年。"

绿豆听说六六要去当兵，哭了整整一天。她不愿意叫六六去。

六六块头又大，脑子又活泛，家里要是没有了他，就失去了一根硬邦邦的顶门棍。

可要让九九去，她更放不下心。

九九还小，还不懂事。要是有个闪失，就剜下了她心头的一块肉。

茅勺去倒是好一点，可把七女一个人撇在家里，再有个三长两短还不把人丢死？

十指连心，咬咬哪个指头她都心疼。

她把六六叫到跟前，拽住六六的手，睁着一双瞎眼看着六六："好娃哩，外头可不比家里，没有一个沾亲带故的，两眼一睁一团黑。你可要想好呀。"

"娘，你放心吧，我都想好了。"六六难过地看着绿豆。

"我娃还没成人哩。"绿豆眼里流出了泪。

六六眼里也流下了泪，但却强笑着说："娘，你看你说到哪里了,我都这么大了还没成人?"

绿豆用手背擦了一下脸上的泪:"好我的憨娃,你连女人也没娶过咋能算成了人?"

"不要紧,三年完了,我再娶也不迟。"

"好娃哩,娘能放下心?你这一去,娘还不知道能不能再见上你。我看,你还得个半月二十天才能走。依娘的心思,你还是先娶个女人再走。"

"娘,咱家现在这个样子,人家哪个女娃愿意跟我?"

"我娃说得对。咱家不比你爹在的时候。要我说,你也别挑肥拣瘦了。能和你过日子生娃崽就凑合了。"

"娘,你要非要这的,我就顺了你。我走以前,能凑合一个就凑合一个,凑合不下我也没啥。"

"茅勺,这几天你就把其旁的事先放下,给六六好歹扯揽上一个。"

一连跑了几天,韩茅勺托人上门求了好几家,竟没有一家搭茬儿的。实在没有办法,就求到了韩狗蛋门上。

他觉着韩狗蛋好歹是个村长,经常到上面和外面和人拉搭,人面广,路子多,兴许能碰一半个搭茬儿的。

韩狗蛋见韩茅勺觍着脸低三下四地求到他们门上了,也没好推辞傻了韩茅勺的脸,便"嘿嘿"一笑,故作留有余地样子不把话说死:"旁的事好说,这事我也不是那么好办。你既然开口求我,我也不好一个'不'字就把你推到沟里。我尽我的心,我尽我的力,你看这样行不行?"

韩茅勺鸡啄米似的直点头:"行,行,行。"

韩狗蛋"唉"地叹了口气,脸上显出一副为难的样子:"不过,这个事情说起来就是一句话,办起来可就不是那么容易轻巧。就剩这么几天了,叫我到哪里找合适的?"

"啥合适不合适,看着差不多就行了。"韩茅勺急忙点头哈腰,用自己的热脸去贴韩狗蛋的凉尻子。

韩狗蛋不高兴地"啊"了一声:"说得倒轻巧。敢是配猪哩,掀开尾巴是母的就行?"

"这话说起来是不好听,这事做起来还就得这样。"

"话说到这个份儿上,我就试搭试搭。不过,咱可丑话说到前面,成不成可是两可。"

"这事不怕,有啥说道你朝我说。成了咱感谢你,不成咱也感谢你。"

韩狗蛋把两只手往起一端,故意把脸板了起来:"你说这话是啥意思?好像我给你办这事就是图了让你谢偿似的。男婚女嫁,一辈子的大事,哪有你这样卵把子滴出尿了才脱裤子、屎到了尻子眼了才盘茅房的?"

"求你了,求你了。"

韩茅勺一边给韩狗蛋作揖,一边心里暗想:你娘的鳖,求尿你办个事,把话说得那么难听干啥?不过,话说得好听难听也扯淡,只要能把事情办好就行。

求人难啊。

既然求到人家门上了,还能嫌人家给你冷脸凉尻子?

第二天一早,韩狗蛋就起身急匆匆地赶往马家庄。

韩茅勺昨天夜里和他说了六六要在当兵前找媳妇的事,想了半夜也想不下个合适的主。他把这事和红果一说,红果连想都没想就给他指了个道:"嗨——这有啥难的,马区长那小老婆不就挺合适吗?"

见了水白菜,韩狗蛋笑着说:"小嫂子,这些日子过得好吗?"

"好啥哩。原先那死鬼和那死婆子在的时候,成天吵儿八闹的烦死人,现在剩下一个人,倒要把人闷死。"

"让老弟给你扯揽一个?"

"扯揽啥哩?女人还能和男人一样?一嫁过男人,再好的女人也一文不值了。"

"我家村里有个小后生，不知道小嫂子愿意不愿意？"

"啥后生不后生，只要差不到哪里就能凑合。"

韩狗蛋见水白菜有心思，就卖开了关子："要说这后生，可是不赖哩。个头长得五大三粗，胳膊腿上全是筋筋道道的疙瘩肉；眉眼长得排排场场，四方大脸，浓眉大眼；家里光景舒舒贴贴，在村里也是数一数二。"

"你不要给我胡卖派了，你就说是谁家吧。"

"谁家？说出来你肯定没说的。"

"到底是谁家，你不要再和我绕弯子了。"

"谁家？老村长韩六娃家的六小子，六六。"

"人家后生愿意？"水白菜坐在炕头上抿着嘴笑着问。

"愿意，愿意，人家后生可愿意了。"韩狗蛋把头凑到水白菜跟前。

"人家要愿意，我也愿意。"水白菜粉嘟嘟的圆脸喜欢得笑成了一朵花。

"我给你办了这么个好事，你就不谢谢我？"韩狗蛋脸上露出了淫淫的笑。

"你想叫我咋个谢法？"水白菜红着脸扭了过去。

韩狗蛋笑淫淫地用手摸着水白菜的脸："我啥也不要，就让我钻进你的被窝里和你睡上一会儿。"

水白菜咬了咬嘴唇，轻轻说："讨厌。"

韩狗蛋抱起水白菜，两人一同滚到了炕上。

"啪啪啪，啪啪啪。"

韩狗蛋刚把水白菜的裤带解开，院子外面传来了粗野的拍门声。

韩狗蛋一下像跑了气的尿脬，软软地瘫在了炕上。

水白菜系好裤带，把被韩狗蛋揉乱了的头发和衣服整了整，跳下炕走到院里轻声问："谁呀？"

"我！"一个男人在院门外面粗声粗气地说。

"哎呀，是小眼？"

"是——"

水白菜把门开开，王小眼走了进来。

韩狗蛋一见王小眼，吓得脸都白了："王，王区长。"

王小眼把眼睛一瞪："你怎么在这里？"

"我……我……"

水白菜笑着说："韩村长给我找了个人家。"

"是哩，我给小嫂子找了个人家。"韩狗蛋这才稳住了神。

"找下人家了？"王小眼半信半疑地看着韩狗蛋。

"找下了。"

"谁家？"

"韩六娃家的小子，六六。"

王小眼转过脸看着水白菜："你找人家我不反对，这房子啦什么的咋办？"

"这有啥熬煎的，卖了。"

"卖了能行。卖了以后咋办？"

"咋办？那你说咋办？"

"不管咋办，总不能让你一个人吃独食吧？"

"不让我一个人吃独食，难道要我再给你分一份？"

"你不要门缝里看人，把我看扁了。我再没本事，还会稀罕别人的家产？"

"那你说吧，到底要咋办？"

"我姐夫死了，可这房产里头还有我姐的一份，还有文魁的一份。"

"你要从这里头拿走两份？"

"你咋能把话说这么难听？我要这干啥？我是说把这两份先留下，我先保管着。"

水白菜大声哭了起来："你是大区长，你有权有势，你欺负人哩——"

"不管你说啥,要不留下两份,我就看你能不能出了这个门?!"王小眼硬邦邦地丢下这句话,转过身"咚咚咚"走了出去。

"那我也走了。"韩狗蛋没趣地跟到王小眼尻子后就走。

水白菜把韩狗蛋一把扯住,故意放开嗓门喊叫起来:"我不管他别人说啥,我明天就把这房子卖了!"

第二天,水白菜果真把院宅卖了个精光。但她没有拗得过王小眼,很不情愿地拿出两份给了王小眼。

六六不愿意,绿豆跪到他面前:"你要不把这事办了,我就碰死不活了。"

看着眼泪都哭干了的瞎眼娘,六六一咬牙,把水白菜娶回了家里。

六六是个有心计的后生,娶水白菜那天,他发现韩狗蛋和水白菜眉眉眼眼的,便悄悄防了一手。

一连两天,六六愁得唉声叹气,眉头紧锁。

水白菜问他,他长长地叹息一声:"唉——没法说。"

"我都和你成了两口子了,还有啥不能说?"

"我给你说了你可不敢和旁人说。"

"不说。"

"你说狗蛋这人咋样?"

"好着哩。"

"我也觉得这人不赖。这一回分地,狗蛋对咱家照顾得满碟子满碗。我要当兵,狗蛋为了给我找媳妇,十里八村地求爷爷告奶奶,嘴也磨薄了,腿也跑短了,好不容易才找上个你。人家给咱费了这么大的劲,咱还能不好好报答人家?"

"是要好好报答人家。"

"有一件事我想报答人家,可就是想不出个办法。"

"啥事?"

"你知道狗蛋这几年为啥不生娃了?"

"老了。"

"不是。他得了一样怪病。"

"啥病?"

"说是病也不是病,说不是病也是病。"

"你倒说清楚呀,到底是不是病?"水白菜搂过六六娇滴滴地说。

六六一本正经地说:"不知道咋日弄的,他那东西一下长得和个驴家伙似的。"

水白菜扑哧一下就笑了:"瞎说,瞎说。"

六六推开水白菜:"你看你这人,人家都愁死了,你还不当回事。"

"真的?"

"可不是。昨天他还给我说,六六,你出去打问打问,看有没有治我这病的方子。要是打问到了,就托人给我捎回来。"

"那你就帮帮他。"

"帮。不帮能行?我这回出去,一定想办法帮他找到这个方子。"

"你真是好人。"水白菜又把六六搂进了怀里。

看着愁眉苦脸的六六,韩狗蛋"嘿儿"一笑:"你看你这娃,娶了那么一个仙女一样的女人,咋不高兴?"

六六长长地叹息一声:"唉——高兴不起来。"

"咋啦?"

"没法说。"

"咋的没法说?"

六六低下头,眉头锁得更紧了。

"咋了吗?有啥不能说?"

"我给你说了,你可别笑话。"

"不笑话。"

"我给你说了,你可不要给人说。"

"不说。"

六六把眉头又往紧里锁了锁:"我媳妇得了一样病。"

"啥病?"

"我也不知道是不是病。"

"是就是,不是就不是。咋的能不知道是不是?"

六六又长长地叹了一口气:"唉——算了,不说了。"

"说吧。说了我还能给你胡说?"

"我说了你可别给人说。"

"不。"

"我说了你可别笑话我?"

"不。"

"那我就说了?"

"说吧。保证不给旁人说。"

六六低下头:"不知道咋的回事,我媳妇那里面长了牙。"

韩狗蛋憋不住笑了:"胡说,那里面长的牙干啥?吃人的肉哩?"

"你看,你这不是笑话我吗?"

韩狗蛋急忙把脸绷住:"你说吧,我不笑了。"

"我走了,你把我家招呼好。我出去给她打问打问,看有没有治这病的方子。要是有,我就托人捎回来。"

"你放心走吧,我肯定把你家招呼好。"

六六一走,韩狗蛋当天晚上就偷偷摸摸地溜到了水白菜的屋里。

对六六和他说的话,他信一半疑一半。他怕万一水白菜那里面真的长了牙,心里暗暗防了一手。

水白菜对六六的话,也是信一半疑一半,也操了韩狗蛋的心。她准备了两把梳子。心想韩狗蛋那东西如果不像六六说的那样,再让韩狗蛋那东西往里进也不迟。如果真的像驴家伙那么大,就用梳子把他那东西夹住。

两人脱了裤子,韩狗蛋还记着六六的话。他没有直接用他那东西往里进而是用膝盖先往里蹭了蹭。他想：如果她那里面没牙，他再和她动真的；如果她那里面真的有牙，也不至于被她用牙咬坏他的本钱。

韩狗蛋用膝盖一蹭，水白菜当时就吓了一跳：好家伙！这家伙比驴家伙还大。"噌"的一下就用梳子把韩狗蛋那东西死死地夹住。

韩狗蛋"哎呀"大叫一声，吓得提起裤子就跑。

水白菜呼哧呼哧地喘粗气：多亏我多了个心眼，要不然，那东西真的进来，还不把我撑死！

韩狗蛋一边跑一边想：多亏我防了她一手，要不然，还不把我这本钱连根给咬下来！

二十四

大象打架，小草遭殃。

国民党绛州县党部书记蓝巨魁一上任，就和县长许世宏像乌眼鸡似的斗了起来。

在军界深耕多年的蓝巨魁，本身就比许世宏后台硬、来头大。上峰之所以要在各县派驻党部书记，目的就是要挟制和压制各县县长的权力和势力。

背靠大树，再加上党部书记这个压在县长头上的头衔，许世宏自然就不是蓝巨魁的对手。

在江湖闯荡多年的许世宏对这一点看得十分清楚，只好采取缩头乌龟的战术应对周旋。

自从蓝巨魁到了绛州县后，许世宏一改过去那种老子天下第一和说话行事独断专行、一手遮天的做派，从不造次出头，凡事能缩且缩。遇到蓝巨魁逼他非得表明态度时，总是唯唯诺诺地"是是是"，总是点头哈腰地"行行行"。

许世宏即便尿到这个地步，蓝巨魁依然不依不饶，步步紧逼，不达到他挖其心腹、毁其耳目、卸其臂膀、断其腿脚、斩其根蔓、绝其窝崽的目的，绝不善罢甘休。

面对气势汹汹、咄咄逼人的蓝巨魁，许世宏心中暗骂：他娘的，遇到狠人了，遇到我官场生涯中最狠最狠的狠人了。

蓝巨魁眼下虽然还不便直接拿许世宏开刀，但许世宏原先的左膀右臂和死党跟班，却一个接一个地在这场强者之间的厮杀中，成了冤大头、替罪羊，甚至连仕途最底层的村长这样的尾巴官，也有一些未能幸免。完全是一种斩草除根、赶尽杀绝的节奏。

天寒鸟先知，地冷草先枯。

因为北韩村是许世宏推行"兵农合一"的模范村，作为许世宏得势时最得力的村级干部，韩狗蛋隐约感到蓝巨魁这把沾满鲜血的利剑已经悬在了他的头上，不定什么时候就落到他的头上。

想着想着，韩狗蛋不禁心惊肉跳、头皮发紧。

恐慌之中，韩狗蛋又想起了一宗让他十分后怕的事——

去年下耧种麦之前，许世宏县长和王小眼区长在北韩搞"兵农合一"的试点。种子还没下到地里，村里先走了十来号年轻后生到队伍里当了常备兵，留在村里的都是一些老弱病残、痴憨傻呆。要不，就是一些小鸡鸡还没长毛毛的小娃和那些光会蹲在地上撒尿的女人们。赶到麦种顺着耧眼流进地里的时候，河边的水洼洼里已经结开了冰碴。好多下得晚了的麦种还没来得及发芽就赶上了数九寒天。一亩地里拱出的麦苗，满打满算还没有男人们裤裆里的毛毛多。

展展一冬天，老天连个雪花也不给飘。

开了春后，老天还是一点儿不下，干得人鼻子和嘴都裂开了缝。

过了惊蛰，老天却像尿管管没了松紧的老婆婆，滴滴答答下了二七一十四天。圪缩成一团的麦苗还没有蹾起来，灰条草、狗尾草却"日日日"地一个劲疯长起来。可村的男的女的老的小的，一个个日急慌张地跑到地里撅起尻子锄的锄、薅的薅。

全村人没死没活地受了一个来月苦，但站在地里一看，眼窝里却只见杂草不见麦子。

光景没法过了，但官府却不管百姓死活，该交的粮一斤也不给减，该上的税一分也不给免。半数以上的老人小娃跑到外面讨饭去了，守活寡的小媳妇抱起娃崽回了娘家。

"韩村长，区里叫你开会。"

韩狗蛋抬头一看，见是区里跑腿的一个小娃，便一脸苦相地干笑着说："开尿啥会？地里不长粮食，开鸡巴啥会也扯尿淡！"

"不知道开啥。"那小娃怕韩狗蛋不去，就又叮咛了一句，"你可不要不去，我可是告给了你。"

韩狗蛋不情愿地哼了一声："我知道了。"

"你可别忘了。不只是你去，村里的男人们都去。"

"啊——去那么多人干啥？是到区里撵贼哩，还是到区里赶狼哩？"韩狗蛋叉着腰凶凶地质问送信的小娃。

"不知道，不知道。"送信的小娃见韩狗蛋脸色很难看，扭转身就跑出了他家的院子。

韩狗蛋怎么也没想到，区里竟然开的是斗争会。然而，更让他万万没有想到的是，斗争的竟是区长王小眼。

区公所大院当间摆了几张长条桌子，国民党县党部书记蓝巨魁和县长许世宏，还有刚刚由看守所小队长提拔成自卫团团长的胡三魁，以及县里的一干官员们已经坐在了那里。

王小眼区长低着头哆哆嗦嗦地站在桌子前面，旁边摆着一副没有上漆的白色棺材。

瘦长脸的蓝巨魁披着一件黄呢子军大衣，凶神恶煞般地扫视着黑压压的人群。

蓝巨魁瞪着鹰一样的眼睛扫视了一阵，站起来咳嗽了两声开始讲话，沙哑的嗓门就像喝了油一样：

"今天，我们在这里开斗争大会。这个斗争大会的召开，拉开了我们绛州县'三自传训'的序幕。

"什么叫'三自传训'？为啥要搞'三自传训'？根据县党部的安排，'三自传训'就是要肃清我们内部的共党分子和共党嫌疑分子。

就是要我们自己开展'自清''自卫''自治'。首先,我们要自己起来斗争自己。同级要斗争同级,下级要斗争上级,民众要斗争干部。

"'三自传训'怎么搞?说起来也很简单。也就是让所有的民众都自己起来,把那些假装成好人、勾结上土匪、扰害着地方、残害着好人的人,把他们一个一个地清出来,一个一个地铲除掉。要把所有的人一起组织起来,拿枪的拿枪、巡查的巡查、种地的种地、做饭的做饭、缝衣的缝衣,配合上军队,剿除扰乱社会治安、抢夺民众财产、杀害民众性命的土匪和共匪。要实行村民选村长、选闾长,由民众选好人、办好事,做到无一事不公道、无一人不公道、无一家不安生。"

蓝巨魁喘了一口气接着说:"我们绛州县有多少土匪?有多少共匪?有多少和土匪共匪有关系的?据我们掌握的可靠情报,至少也有几百人、几千人。要把这几百人、几千人,从几万人、几十万人里面找出来。我们有一个很好的办法,这就是有关系的交关系,没关系的找关系,有了关系交关系,交了关系没关系。"

蓝巨魁降低嗓门说:"站在我们面前的这个王小眼,别看他表面上蔫不叽叽、软不拉耷,但他肚子里有一肚子坏水,脑子里有一脑子脓水。他支持他的外甥马文魁上山当了共匪,还当了什么叫政委的鸟官。他的外甥领着共匪,杀了我们多少干部,杀了我们多少百姓。他暗地里和他的外甥土匪勾勾搭搭干坏事,明里却装成好人混在我们的干部队伍里头。他的手上沾满了我们的鲜血,沾满了百姓的鲜血。"

"王小眼——是不是?!"

蓝巨魁突然提高嗓门喝问王小眼。

"不是,不是。"王小眼慌忙说。

"什么?!"蓝巨魁瞪着眼睛厉声喝道。

"是,是。"王小眼慌忙改口。

蓝巨魁又把嗓门降低说:"他不仅和共匪勾结,还欺压民女,搜刮民财。这——就是王小眼搜刮的民脂民膏。"

蓝巨魁一边说着,一边从桌子底下拿出一块金砖、五根金条放到桌子上。

"王小眼——是不是?!"蓝巨魁突然又把嗓门提得很高。

"不是。"王小眼抬起头看了看蓝巨魁。

"不是?"蓝巨魁把手一挥,两个小兵冲到王小眼跟前,一人朝王小眼的腰里撑了一枪托。

王小眼"哎呀"叫了一声,趴在地上抬起满是尘垢的胖脸:"是,是。"

"人证物证俱在,永世不能翻案。"蓝巨魁又向小兵们一挥手:"就地处决!"

十几个小兵排着队走到王小眼面前,挨个儿向王小眼一人刺了一刺刀。

每刺一刺刀,王小眼就抽缩一下、号叫一声。

刺了一阵,王小眼就也不动弹也不号叫了。

蓝巨魁冷冷一笑:"好!这就是和共匪勾结的下场!把他装进去!"

小兵们抬起王小眼,"咕咚"一下就扔进了棺材里。

"今天的斗争大会就到这里。明天到北韩村去开。"蓝巨魁说完,背起手就走了。

韩狗蛋"扑腾"一下软瘫在人群里头。

北韩村的斗争会是直接冲着韩狗蛋来的。

斗争会开始之前,韩狗蛋就被几个小兵揪到了会场中间。

小兵们还没把韩狗蛋押进会场,韩狗蛋早已吓得不省人事了。

主持斗争会的依然是蓝巨魁。

蓝巨魁一开始并没有把矛头对准韩狗蛋,他绕了一个很大的弯子:"北韩村一直是我们全县的先进典范,也是我们全县开展'兵农合一'最早的村。大家说,'兵农合一'好不好?"

人们愣怔着眼,没有一个人敢回答。

"大家说,好不好?"蓝巨魁重复了一遍。

仍然没人回答。

"你——"蓝巨魁指着韩茅勺,"你来回答。"

韩茅勺吓得赶忙往人群里钻。

两个小兵从队列里走出来,把韩茅勺揪扯出来推到蓝巨魁面前。

"你说,'兵农合一'好不好?"蓝巨魁死死地盯住韩茅勺。

茅勺哆哆嗦嗦地嗫嚅:"我……我……我……"

"不要我我我,你就如实说说,好,还是不好?"

"我不敢。"

"怎么不敢?啊——说了怕什么?啊——"

"我怕说了,说了……"

"不要害怕。有我给你做主。"

"那……那我就说了。"

"说吧。"

"我也不知道好不好。我听人说……"韩茅勺看看蓝巨魁,又看看许世宏,吞吞吐吐地把后半截话咽了回去。

蓝巨魁看了一眼许世宏:"不要怕,谁也不要怕。有我在这里,谁敢把你怎么样?"

"我听人说,听人说'兵农合一'的坏话。"

"不怕。坏话也可以说。"

"兵农合一聚宝盆,村里跑得没了人。编组分地抓壮丁,地里长的全是草。"

韩茅勺用怯怯的眼神看着蓝巨魁:"这不是我说的,我是听人说的。"

"好,就这么说。"蓝巨魁温和地看着茅勺,鼓励韩茅勺继续往下说。

韩茅勺见蓝巨魁不但不怪罪他,还说他说得好,胆子就大了起来:"兵农合一好,财产保不了,后生当了兵,老汉把饭讨,地里长满草,百姓活不了。"

"好!说得好!"

"兵农合一好,人人上天堂,男人当了兵,女人守了寡,老人逃了荒,小娃填了坑。"

"好,越说越好。"

"兵农合一实行了,茅坑满了没人掏,十亩地里九亩草,留下一亩长黄蒿,百姓受死吃不饱,只有官府闹个好。"

"太好了,太好了。接着说,接着说。"

韩茅勺摸着脑袋想了想,咧着嘴笑了笑:"没了,就这些。"

蓝巨魁收住脸上的笑,霍地站起来,凶凶地看了一眼坐在他身旁的许县长和一干官员:"听见了没有?啊——听清了没有?啊——这么坏的祸民政策,有人非要在绛州县推行?难道就是要像王小眼一样欺压百姓,搜刮民财?绛州县为什么会被'兵农合一'搞得乌烟瘴气、乱七八糟?就是因为有韩狗蛋这样的坏人,就是因为有王小眼这样的坏人,就是因为上面有人支持王小眼、韩狗蛋这样的坏人。"

许世宏掏出手绢,哆哆嗦嗦地擦着脸上的汗。

"韩狗蛋,你说你这几年贪污了村里多少粮食?多少税款?给支持你的人送了多少好处?"蓝巨魁突然把锋芒直指韩狗蛋。

韩狗蛋看见蓝巨魁眼睛里闪出的寒光,当场就吓得昏了过去,连屎带尿屙了一裤裆。

"韩狗蛋,你说你这几年欺负了村里多少女人?"蓝巨魁用咄咄逼人的眼神瞪着韩狗蛋。

两个小兵把韩狗蛋提起来:"说——"

韩狗蛋耷拉着脑袋,浑身软得像一根面条一样。

"他自己不说?他自己不说大家说。"蓝巨魁一边说着,一边用眼睛在人群里扫视。

村里的人你看看我，我看看你，没有一个人接蓝巨魁的话茬。

"有没有？啊——"

村里人还是没人说话。

"没有？我就不信没有！"

"有——"

七女挤到人群前头："他日过我。"

众人"哗"的一下笑开了。

"笑什么？啊——有什么好笑的？啊——"蓝巨魁厉声呵斥众人。

七女把脖子一梗："他到我家借筛子，把嗓子变得细细的，哄我娘说他叫敌一下。我娘叫他到屋里叫我给他拿筛子，他搂住我就亲我，就脱我的裤子。我娘听见他在屋里和我闹，就喊他，敌一下，出来。他又哄我，你听，你娘叫我敌一下就出去。我还以为我娘叫他敌一下就出去，到后来我才知道，我娘是叫他给我娘编的假名字。"

绿豆拄着拐杖从人群里跑出来："你们不要听她胡说。这女子脑子不够数，胡说哩。"

"谁胡说了。你不是还叫他赔了咱家五百斤麦子吗？"

绿豆一下就晕倒了。

蓝巨魁"叭"的一下一拍桌子："流氓！恶棍！给我把他乱棍打死！"

一帮小兵上去就要拿枪托打。

"慢！"蓝巨魁用手止住："这位受害妇女的丈夫是谁？"

韩茅勺看了一下蓝巨魁，把头低了下来。

蓝巨魁指着茅勺问："你是受害妇女的丈夫？"

韩茅勺怯怯地看着蓝巨魁不说话，等于以默认的方式回答了蓝巨魁的话。

蓝巨魁对韩茅勺说："他欺负了你的女人，今天就把他交给你来办。"

韩茅勺愣了一下。

"去！找一根棍子！"蓝巨魁对着小兵们说。

一个小兵走到人群外面，找了一根柳木棍递给韩茅勺。

韩茅勺接住棍子，抡起来就朝韩狗蛋身上打了起来。打了几下，韩茅勺就不打了。

"打！给我往死里打！"蓝巨魁喊道。

韩茅勺打了几下又停住了。

"打！"

韩茅勺见蓝巨魁凶凶地瞪着他，对韩狗蛋说："狗蛋，不是我非要打你，是蓝巨魁非要叫我打你。"说完，就又朝韩狗蛋打了起来。打着打着，就软软地坐在了地上。

蓝巨魁朝小兵们递了个眼神。

小兵们接过韩茅勺手里的棍子，雨点般地朝韩狗蛋打了起来。

韩狗蛋被打死后，蓝巨魁当场指定让韩茅勺当了北韩村的村长。

韩茅勺指挥几个女人给蓝巨魁准备了一桌饭菜。

刚把饭菜摆好，村后"噼噼啪啪"突然响起了密密麻麻的枪声。

蓝巨魁霍地一下站起来，对胡三魁说："快走！"

胡三魁眼皮一翻："怕什么？就凭他们那几个鸟人，那几条鸟枪，能打过咱们？"

"撤！"蓝巨魁骑上马就走。

胡三魁和一帮小兵跟在后面撤出了北韩。

刘老虎和马文魁领着游击队来了，一直追到县城才停了下来。

胡三魁摸着脑袋问蓝巨魁："咱们比他们人多，比他们枪好，为啥一见他们咱们就跑？"

蓝巨魁嘿嘿笑道："这你就不懂了。单从经济和军事上比，咱们和共产党一个在天上、一个在地下。他们嘴里吃的、身上穿的、手里拿的，哪一样能和咱们比？可为啥吃亏的老是咱们，占便宜的老是他们？原因很简单，就是他们学会个跑，咱们没学会跑。咱们有飞机、有大炮，可咱们没沾飞机大炮的光，反倒受了飞机大炮的害。他们打不过咱们的时候，他们就不和咱们打。咱们一打他们就跑。咱们要是在那里驻上一个排、一个连，他们就从几百里、千儿八百里之外调上几个连、几个营打咱们。赶咱们把比他们还多的兵调过来，他们就像兔子一样，早不知道跑到哪里了。才一年多时间，就因为他们会跑，咱们不会跑，不知道有多少县城、多少个兵，从咱们手里跑到了他们手里。老这么让他们跑来跑去，要不了几年，咱们的县城、咱们的兵，还不全跑到人家手里？"

"那咱们咋办？"胡三魁迷瞪起干涩的眼。

"这很简单。"蓝巨魁显得极为自信，"他们会跑，咱们也要会跑。咱们和他们比试比试，看谁跑得快，看谁跑得好，看谁能跑过谁。"

"那咱们咋的个跑法？"

"刚才咱们不是从北韩跑回来了吗？咱们不是连个人毛也没跑丢？待一会儿，咱们还要和他跑。"

"咱们再也不能跑了。再一跑，咱们的县城就丢了。"

"你真是猪脑子。我给你说了半天，你还是没有弄清跑的奥妙。咱们不能老是采取一种办法跑，要学会多种多样的跑。有时候，咱们要被动地跑；有时候，咱们要主动地跑。咱们没他们的人多，没他们力量大，咱们就被动地跑；咱们比他们的人多，比他们的力量大，咱们就主动地跑。"

"刚才咱们比他们人多，比他们力量大，为啥咱们要被动地跑？"

"这你就又不懂了。刚才我不是给你说了，咱们要有多种多样的跑法。咱们还要有一种跑法，就是以咱们的被动跑对付他们的主动跑，以咱们的主动跑对付他们的被动跑。他们主动地跑来了，咱们的兵摸不清他们有多少人、有多大势，咱们的兵心里就没底、心里就害怕。尽管咱们比他们人多、比他们力量大，但要真打起来，由于咱们的兵心里没底，心里害怕，就不一定能打过他们。现在，他们在城外瞎胡闹，咱们的兵就一眼看出了他们那两下子。过不了多会儿,他们就会掉过头往他们的老窝跑。他们一跑,咱们就跟在他们后面跑。他们是边跑边逃,咱们是边跑边打。再加上咱们的兵不像刚才那样心里没底、心里害怕了,今天咱们肯定要把他们打个乱七八糟。"

"那咱们现在咋办?"

"不忙。刚才你没发现?他们的人头上都戴着一顶草帽?咱们现在就给上面联系,让上面出动飞机,看见戴草帽的队伍就扔炸弹。今天不把他们炸得上了西天,也得把他们炸得缺胳膊少腿。"

游击队在县城外打了一阵,果然开始往回跑。

蓝巨魁得意地笑道:"好!他们已经被动跑开了,咱们马上开始主动跑。咱们追着他们的尻子,边跑边打!"

快进山的时候,游击队的队员们跑不动了,坐在地上大口大口地喘气。

天空中传来飞机"隆隆"的马达声。

坐在地上的游击队的队员们一起抬起头,睁大眼睛一起看向茫茫的天空。

不一会儿,一架飞机从高空俯冲下来,在游击队歇息的上空盘旋。

游击队的队员们慌忙站起来要跑,马文魁喝道:"不要跑!原地休息,把草帽戴好!"

刘老虎问道:"马政委,你这是为啥?"

马文魁笑道:"这是架侦察机,上面没有炸弹。过一会儿,真正的轰炸机才会来。"

刘老虎会心地笑了起来,一边在队员们中间穿行,一边大声喊着:"都不要动!都把草帽戴好!"

过了不一会儿,天空中又传来飞机的马达声。

刘老虎当即下令:"把草帽一律放在地上,往那边的树林里撤!"

刘老虎一边说着，一边用手指了指左边大约有五百来丈远的一片柳树林。

队员们放下草帽，快速撤进树林里面。

蓝巨魁和胡三魁领着倾巢出动的二百多号官兵追到这里，和游击队员们一样累得上气不接下气的小兵们，抓起游击队员们放到地上的草帽，有的急忙戴到头上，有的拿在手里扇风。

蓝巨魁惊慌地喊了起来："快放下草帽！快放下草帽！"

三架飞机低空飞来，把炸弹一股脑儿扔了下来。

一些小兵赶快往小树林跑，被游击队用子弹顶了回来。

小兵们被游击队员们猛烈的火力拦住之后，又掉过头往北韩村方向跑。

空中的飞机紧追不放，一直追着飞到了北韩村上空。

小兵们见头上的飞机紧追不放，又扭转方向向村南的河滩跑。

天上的飞机也掉过头来，紧紧地追着小兵们往河滩飞。

有的小兵也不管水深水浅，跳进黄河往南韩村方向跑。

天空中飞机又追着飞到河上，把最后一批炸弹扔了下来。

南韩村的河坝被炸弹炸开了，汹涌的河水咆哮着涌进了南韩村的河滩地里。

蓝巨魁、许世宏和胡三魁逃走了，而他们手下的小兵十有三四被炸死，剩下的又被游击队打死了二十多人。

北韩村被飞机扔下的炸弹炸死了三十来人，南韩村被飞机炸开的河水淹死了七十来人。

这样的结果蓝巨魁和胡三魁没有想到，马文魁和刘老虎也没想到。

二十五

将帅无能,累死三军。

自以为深谙用兵之道的蓝巨魁,为了摆脱被共产党的游击队昼扰夜袭的被动挨打局面,竟然别出心裁、独树一帜地以跑对跑、以跑制跑,亲自率领绛州县自卫团,同游击队将计就计地斗开了比谁跑得快、比谁跑得好的游击战术,被游击队牵着鼻子在崇山峻岭中跑来跑去、在黄河两岸蹿去蹿来,反而被游击队擅长的疲劳战术把自卫团搞得疲惫不堪、晕头转向。

然而,一向刚愎自用的蓝巨魁并没有意识到自己在战术上犯了以短击长、自暴软肋的致命错误,反而认为手下不会跑、不善跑,跑得不得要领,跑得不得章法。

自卫团团长胡三魁迷瞪着一双还没睡醒的耷拉眼,有气无力地对蓝巨魁说:"我们再也不能和游击队比跑了。再这样跑下去,不要说游击队给我们打冷枪放暗箭了,就是游击队一枪不放、一弹不发,我们自己倒先被累垮。"

蓝巨魁"啪"地一拍桌子:"你放屁!你放你娘的圪溜拐弯屁!游击队凭哪头能跑过我们?就凭他们的两条腿?我们凭哪头不应该跑过游击队?游击队的两条腿还能跑过我们的三个轮子(挂斗摩托)和四个轮子(汽车)?"

胡三魁不敢明着顶撞蓝巨魁,但心里却是一肚子不服气。他没有在嘴上反驳蓝巨魁，但却把已经耷拉得不能再耷拉的惺眼闭上，脸上泛出不满的神色。

蓝巨魁看出了胡三魁心里不服气，看出了胡三魁心里在想什么。

"对我不服气？对我不服气算什么本事？有本事对游击队不服气去，有本事把游击队打服气去！不检讨自己跑得不好，跑不过游击队，倒反过来怪怨我让你跑，怪怨我让手下跑？"

胡三魁睁开眼，换了一副自怨自艾的口气："我确实跑得不好，我确实没有领会了跑的奥妙。请蓝书记教教我，咱们怎样才能跑过游击队？怎样才能比游击队跑得好？"

蓝巨魁闭住眼睛，显出一副老谋深算、城府很深的样子："兵法云，避其锐气，击其惰归；以己之长，击其之短。游击队的锐气在哪里？在他们的两条腿上，在他们的两条腿比我们的两条腿跑得快上；我们的锐气在哪里？在我们的机械化轮子上，在我们的三个轮子和四个轮子上。我们的惰归在哪里？在我们的两条腿上，在我们的两条腿跑不过游击队的两条腿上。我们的长处在哪里？在我们的武器装备上，在我们用的长枪洋枪上，在我们的枪比游击队的枪打得远、打得准；游击队的长处在哪里？在他们的土枪大刀上，在他们用土枪大刀和我们近战、夜战、混战上。我们的短处在哪里？在我们和游击队贴身肉搏厮杀上，在我们不擅长的山地战、丛林战、芦苇战上；游击队的短处在哪里？在他们的武器装备不适宜和我们在平川地、开阔地、远距离对阵对打上。因此，我们今后说什么也不要和游击队再打近战、夜战、混战，说什么也不要和游击队再打山地战、丛林战、芦苇战了，说什么也不要再靠我们的两条腿和游击队的两条腿比谁跑得快了，而要用我们的三个轮子和四个轮子和游击队两条腿，比谁跑得快，比谁跑得好；要在视野开阔、能见度高、啥也看得见看得清的大白天，把游击队引诱到平川地带、开阔地带、无遮挡物地带上，远距离比武器射程、比枪弹精准、比兵力多少。这样，我们还愁跑不过游击队？还愁跑不垮游击队？还愁打不败游击队？还愁消灭不了游击队？"

一番高谈阔论，听得胡三魁瞪起耷拉的眼睛："蓝长官果然高人、高见、高明。这下我懂了，这下我知道我们怎样才能跑垮游击队、跑赢游击队、跑死游击队了。"

蓝巨魁听了胡三魁夸赞他的话，脸上显出满满的得意："我现在给你个锦囊妙计，保准你旗开得胜、马到成功。"

"什么锦囊妙计？"胡三魁眼睛里放出了亮光。

蓝巨魁不说话，用手把胡三魁招到脸前，贴着胡三魁的耳根，声音压得极低，如是这般、这般如是地向胡三魁密授了他绞尽脑汁想出的将游击队引虎下山、一举聚歼的计谋。

胡三魁听了，竖起大拇指悄声说："好！好！明天我就……"

两人眼神一碰，"哈哈哈"大笑起来。

阳光灿烂，晴空万里。

绛州县后山半山腰里，马文魁和刘老虎正在给游击队员们讲解当前国共两军对峙态势，部署游击队近段时间的各项任务。

马文魁站在一个土台子上讲述整个解放战场面临的形势和地方武装的重点工作。

马文魁讲道："同志们，毛主席、共产党领导的人民军队，经过与国民党反动军队开展的辽沈战役、平津战役、淮海战役三大战略决战，已经使敌我力量、敌我形势、敌我战备，发生了根本性的、决定性的、战略性的大反转，在长达几千里的战场上，我们的主力部队，由守变攻，如虎下山，向国民党部队展开了全面推进、全面进攻，人民解放军的主力部队很快就要打到我们绛州县了，就要彻底解放我们绛州县了。我们现在的主要任务和重点工作，就是要以更加积极主动的方式和方法，拖住国民党驻扎在绛州县的所有部队，配合和迎接人民解放军主力部队的到来，力争不让国民党的部队有一兵一卒从绛州县逃离出去，力争使国民党的部队全部葬身于人民解放军解放绛州县的炮火当中。同时，我们要积极发动群众，壮大人民力量，为建立绛州县人民政权和各乡村基层人民政权，从思想上、组织上、人员上做好充分的准备工作。好，现在由游击队队长刘老虎同志给大家讲一讲我们当前的军事斗争和战斗任务——"

刘老虎是笑着走向土台子的，也是笑着站到土台子上的。

"同志们，现在的形势就像现在的太阳，喷薄而出，冉冉升起，这是任何人也阻挡不了的，这是任何人也改变不了的。但是，任何人都阻挡不了不等于没有人想阻挡，任何人都改变不了不等于没有人想改变。比如说，现在已经惶惶不可终日的绛州县反动军队和反动政权，就想做最后的顽抗，就想做最后的挣扎。"

讲到这里，刘老虎笑了起来。

"从军事上来说，由于我们的游击队人少、力小、装备差，我们不得不和国民党的部队开展运动战、游击战。这种战术和打法，用我们的土话就是一个字——跑。然而，人多、力大、装备好的绛州县国民党部队，竟然学开了我们，也用跑的战术和打法，和我们比开了跑。这不是一个又高又大、又肥又笨的大胖子，和一个身瘦体轻、身轻如燕的人比谁跑得快吗？这不是一头体形巨大的大象和一只善于奔跑的老虎比谁跑得好吗？"

队员们听到这里，一齐笑了起来。

刘老虎大手一挥："大家不要笑。现在还不是我们笑的时候。蓝巨魁和自卫团用跑的战术和打法，和我们交了几次手，过了几次招，吃了不少哑巴亏，挨了不少暗逼斗。但是，再笨的猪也不会老在一个地方撞头，再蠢的驴也不会总在一个圪堆上跌跤子。蓝巨魁这头笨猪可能会长点心眼，自卫团这匹蠢驴可能会变得不像原来那么蠢。我想，前几次蓝巨魁和自卫团用他们的两条腿和我们的两条腿比谁跑得快、比谁跑得好，累得他们腿瘸脚拐，累得他们骂爹骂娘，到最后还被我们打得丢兵损卒、抱头鼠窜。我估测他们很可能改变战术、改变打法，不再用他们的两条腿和我们的两条腿比谁跑得快，比谁跑得好了，而是换一种跑法，换一种打法、用他们的三轮摩托和四轮汽车和我们比跑。以变应变，该变就变。如果蓝巨魁和自卫团用三个轮子和四个轮子代替了他们的两条腿，我们就要静观其变，以静制动，把他们引到深山，引到狭窄地段，然后居高临下，突然攻击，以迅雷不及掩耳之势，集中所有人员和所有火力，给予他们猛烈打击、饱打暴揍，最大限度地歼灭他们的有生力量。达不到这些必备的条件，我们绝不盲目出战、应战，最大限度地消耗他们、消磨他们。等到没有月亮的大黑天，等到啥也看不清的大雾天，我们再主动出击，继续对他们进行干扰和袭击。采取什么样的方法和方式对敌人进行干扰和攻击哩？我想……"

刘老虎正要给游击队员们详细讲解对敌人的干扰法和袭击法，在山口放哨的游击队哨兵冲进会场，冲到刘老虎站着的土台子上，用手卷成喇叭形状，对着刘老虎的耳朵悄声说："敌人开着汽车和摩托到了山前。"

刘老虎笑了一下说："来得正好。你去山口把他们引到山里。"然后，对着游击队员们说，"今天先讲到这里，大家准备战斗——"

游击队哨兵返回山口，站在蓝巨魁身旁的胡三魁，按照蓝巨魁密授的秘诀进行挑逗，企图将游击队勾引到山下，勾引到开阔地段。

胡三魁朝汽车和摩托车司机挥了一下手。

汽车司机和摩托司机便一齐摁响了喇叭。

"嘀——嘀——嘀——"

鸣了一阵喇叭，胡三魁止住，脖筋暴突地朝山头喊了起来：

"马文魁，你有本事给老子出来，出来和我们摆开阵势大干一场——"

"刘老虎，你下来，下来和老子一对一较量较量——"

"游他娘的什么鸡（击）队，敢不敢和我们决斗一下——"

喊了一阵，胡三魁朝车上的自卫团士兵挥了一下手。

自卫团士兵一齐朝山上鸣枪。

胡三魁指挥士兵朝山上放了一阵枪后，又指挥汽车和摩托车司机鸣喇叭。

然后又朝山上喊了起来：

"马文魁，你算他娘的什么魁，有种和我们蓝书记，和我胡三魁，和我们的两个魁比比谁才是真正的魁，谁才是他娘的冒牌魁——"

车上的士兵一齐笑了起来，蓝巨魁也忍不住笑了起来。

胡三魁朝山上笑了几声，接着喊道：

"刘老虎，你是他娘的什么虎？你是一只老得没了牙的虎，你是一只老得快要死了的虎，你是一只画在纸上的假老虎。你是一只尿老虎，你是一只假装老虎的尿老猫，你是一只钻进洞不敢出来的尿老鼠——"

喊到这里，胡三魁带头笑了起来。

士兵们也跟着一起笑了起来。

笑了一阵，胡三魁又指挥士兵朝山上鸣枪。

第三轮鸣过喇叭后，胡三魁叫战的方式改了一下。

叫战叫骂的时候，他不再一个人朝山上干喊了，而是他先朝山上喊一句，然后叫士兵们照着他的样子也朝山上喊一句，然后才叫士兵们朝山上放枪。

骄阳似火，烈日炎炎，胡三魁和自卫团士兵一遍又一遍地朝山上鸣笛——叫骂——放枪，被晒得一个个头上冒汗、浑身出水。再加上长时间大声喊叫并不是一件轻松的体力活，胡三魁和士兵们的喊叫声便一次不如一次有劲了。

快到正晌午的时候，胡三魁喊得嗓门都有点哑了，士兵们连晒带累，一个个都成了抬不起头的蔫茄子。

就在这时，老天突然变脸，顿时狂风大作，飞沙走石，天日无光，昏天黑地。

蓝巨魁急忙大喊一声："快撤——"

刚钻进驾驶室，马文魁和刘老虎带头游击兜屁股追了上来。乘车而逃的自卫团士兵眼睛得啥也看不清，但还是朝追在后面的游击队胡乱放枪。

慌忙逃脱中，自卫团士兵被游击队干掉了五个、干伤了七个。

战场失意，官场得意。

职场失意，情场得意。

蓝巨魁和自卫团在与游击队以跑对跑、以跑制跑的对垒博弈中，连战连败，屡败屡战，虽然他自己仍然不服气，仍然不服输，但这种长时间的劳兵累将、损兵折将的战术，使兵卒们的士气越来越低落，战斗力也越来越弱。

由于他把绝大部分精力都消耗在与游击队周旋缠斗上，在党务、政务上没有任何作为，在同行里面垫底排尾。

虽然在战场上、职场上很失意，很不如意，但在官场争斗中、在情场争风中，蓝巨魁却春风得意，颇有斩获。

最让他得意的，是许世宏暗养的小情人"水蛇腰"被他重金收购，钻进了他的被窝，投进了他的怀抱，成了他包养的"暗老婆"。

"水蛇腰"天生丽质，妖娆娇媚，勾魂销魄，荡神怡心，每次行欢作乐之时，能把蓝巨魁爽得嘴都歪到一边。

与其他女人相比，"水蛇腰"的腰肢特细，宛如蛇腰，而且浑身发凉，冰如蛇体。行淫高潮之时，下面水流如喷，且不热反凉。

蓝巨魁被游击队风暴尘沙中追着尻子赶回县城后，第一件事自然是找"水蛇腰"排泄发泄。

泄完之后，蓝巨魁搂着"水蛇腰"的蛇腰淫淫地说："你的腰细得和蛇一样，你的身上凉得和蛇一样，你下面的水也和蛇的体温一样，莫非你真的是蛇变成的？专门来迷惑本官的？"

"水蛇腰"努着红红的樱桃小嘴，用纤细而长的手指点着蓝巨魁的脑门嗲声嗲气地说："去你的——"

蓝巨魁一把搂住"水蛇腰"的细腰，又一次把"水蛇腰"按到了身下。

没有最得意，只有更得意。

让蓝巨魁更加得意的，在绛州县官场上，在清剿县长许世宏的死党上，他拔寨掠地，连战连胜。

正当蓝巨魁对许世宏的势力斩草除根、一网打尽的时候，共产党的大部队挥师南下，将绛州县的国民党部队和国民党政府连锅带窝，一举端掉。

蓝巨魁和许世宏这对官场冤家，在共产党大部队的攻城混战中，一起举起双手，被押进了战俘营中。

二十六

绛州城南门外广场上,黑压压的人群把青灰色的石头地覆盖得严严实实。

城门前面,用木板搭起的主席台上方,挂着一条非常醒目的横幅:绛州县公处反革命分子斗争大会。

前国民党绛州县党部书记蓝巨魁、县长许世宏、自卫团团长胡三魁被五花大绑,低着头站在主席台前的边沿上。

绛州县人民政府县长刘老虎把黑铁皮卷成的喇叭筒撑在嘴上大声喊道:"绛州县人民政府公处反革命分子斗争大会现在开始!请中共绛州县委书记马文魁讲话!"

马文魁走到主席台正中,从刘老虎手里接过喇叭筒讲道:

"同志们,乡亲们!在人民解放军的强大攻势下,在我们绛州游击队的全力配合下,在全县人民的大力支持下,我们终于推翻了压在我们头上的反动政府、土豪恶霸和一切反革命分子。从此之后,我们再也不用忍受反动政府的野蛮欺压!再也不用害怕反动军队的残酷镇压!再也不用担心土豪恶霸的敲诈掠夺!再也不用惊恐一切反革命分子的谋害报复!绛州县解放了!绛州人民翻身了!绛州的一切事情从此之后就要由我们绛州人民当家做主了!

"绛州人民是勇敢的人民!绛州人民是英雄的人民!绛州人民在中国共产党的领导下,不畏强暴,不怕流血,同惨无人道的日本帝国主义展开了艰苦卓绝、顽强不屈的英勇斗争，终于打败了强大的日本帝国主义，取得了抗日战争的全面胜利；在国民党八百万军队的进攻下，英雄的绛州人民和全国人民一道，拿起武器，奋勇反击，取得了辉煌的胜利。

"在同反动派的长期斗争中，不知有多少人流出了鲜血，不知有多少人献出了宝贵的生命，不知有多少家庭家破人亡。

"是谁让我们的人民流血牺牲？是谁让我们的人民付出了昂贵的代价？这些人不是别人，就是站在我们面前的蓝巨魁、许世宏、胡三魁和全国许许多多像他们这样的贪官污吏、土豪恶霸和反革命分子。他们榨尽了我们的民脂民膏，他们的手上沾满了人民的鲜血。他们与人民为敌，残酷剥削和压榨劳动人民，杀害了许多仁人志士和革命群众，犯下了不可饶恕的滔天罪行，必须受到坚决镇压和严厉惩处。

"伟大的中国人民解放军遵照毛主席、朱总司令的命令，正在以排山倒海之势横扫国民党军队的残余势力。历史的洪流不可阻挡。全国胜利的日子已经不远了。绛州人民有幸先于全国解放了。我们要珍惜这难得的机会，立即在全县掀起镇压反革命分子和土地革命高潮，巩固和发展革命胜利成果，把胜利成果分到人民手中，让全县人民过上幸福美满的好日子。"

绛州县人民法院院长走上主席台对蓝巨魁等人公开宣判：

"国民党原绛州县党部书记蓝巨魁，在绛州县多次策划、组织和指挥反革命镇压活动，致使大批革命军人、革命军人家属和革命群众受到无故残害，罪大恶极，民愤极大，判处死刑，立即执行。

"国民党原绛州县伪县长许世宏，勾结日本军队残酷镇压抗日游击队和抗日群众，残害了大批游击队队员和革命群众；日本投降后，又与绛州县国民党党部书记蓝巨魁相互勾结，参与策划了绛州县一系列反革命镇压活动，罪行极大，罪责难逃，判处死刑，立即执行。

"国民党原绛州县自卫团团长胡三魁,亲自组织和指挥绛州县的反革命镇压活动,直接杀害了大批游击队员、革命军人和革命群众,罪行累累,十恶不赦,判处死刑,立即执行。

"现在我宣布:把反革命分子蓝巨魁、许世宏、胡三魁押赴刑场,执行枪决。"

刚刚吐出嫩芽的柳树被初春的微风吹拂得浑身抖动。

黄河水在春光的照耀下开始解冻,水面上漂着一些零零碎碎的冰块。它们相互碰撞着、挤压着,不时发出"嚓嚓嚓"的声音。

在绛州城通往马家区的路上,马家区区委书记兼区长韩铁柱和北韩村支部书记韩秀秀并排走着。

"按照县委的安排,咱们区和各个村子的党组织已经全部建起来了。下一步的工作主要有两项:镇反和土改。具体到区村来说,主要是开好斗争大会,把土地分到农民手中。县委要在咱们区抓试点。我想了想,咱们区的试点就放在北韩村。"

韩铁柱一边走,一边侧过头对身边的韩秀秀说。

韩秀秀扭过头看了看韩铁柱,无声地笑了笑:"咱们这地方历来是县里的试点。过去就搞过村本政治试点、兵农合一、三自传训试点。"

"这一回不一样。过去是反动政府的试点,现在是新政府的试点。过去的试点都是摆花架子,都是敲诈老百姓的。咱们这次搞试点绝不摆花架子,一定要搞得扎扎实实,要真正为老百姓谋利益,要实实在在让老百姓得实惠,要想方设法让老百姓欢迎,要确实让老百姓看到咱们的新政府与过去的旧政府就是不一样。"

韩秀秀瞥了韩铁柱一眼:"要你说这么多了?要你说这么多了?就你知道得多?就人家啥也不知道?"

韩铁柱站住"嘿嘿"笑道:"我不是这个意思,我是说……"

韩秀秀也站住:"你是啥意思?小看人哩!"

"你看你，你看你。我小看你做啥？我是说人家县委那么重视，咱们可不能给县委丢人，给新政府丢人。"

"人家又不是三岁两岁的小娃，连个轻重也不知道？你以为人家心里不着急？你以为人家不想给县委争光？不想给新政府争光？人家心里急得像猫抓似的，你却啰里啰唆地给人家说这些倒二不着三的大话。"

"那你叫我说啥哩？"

"你是上级，你是领导，这工作怎么搞，你给人家作指示呀。"

"作啥指示，按上面的办，把北韩村的反革命分子揪出来，把村里的地全部收回来再分下去。"

"谁不知道把反革命分子揪出来？谁不知道把地收回来再分下去？你现在具体告诉我，揪反革命分子揪谁？分地咋分？"

"具体揪谁，具体咋分，你先拿上个方案报到区里研究一下。"

"说得轻巧。我要能拿出方案，还要你这个上级干啥？"

"我领导你还是你领导我？看来我是领导不了你，干脆建议区委把你换了算了。"

"你敢！"

韩秀秀踮起脚尖，把韩铁柱的耳朵够到手里，像拧螺丝似的拧韩铁柱的耳朵。

韩铁柱"哎呀哎呀"地叫着："疼死了，疼死了。快不敢拧了，再拧就把我的耳朵拧下来了。"

"作不作指示？作不作指示？再不作指示就把你的耳朵拧下来喂狗。"

"我作，我作。"

"快说，快说。"

"你放了我我再说。"

"不！你先说。你说了我再放。"

"我也没谱。咱们回去一块商量行不行？"

"说话算数?"

"算数,算数。"

"不算数咋办?"

"不算数把我的耳朵拧下来。"

"不,不要你的耳朵。"

"那你要我啥哩?"

"我要你答应我一件事。"

"别说一件,一百件也行。"

"不要一百件,就一件。"

"一百件也行,一件也行。快说吧,再不说我的耳朵就掉下来了。"

"我说了你能做到吗?"

"能做到,能做到。"

"以后到了夜里睡觉前我不提尿盆了。"

"我提,我提。"

"以后早上起来我不倒尿盆了。"

"我倒,我倒。"

"要是说话不算数,我可真把你的耳朵拧下来。"韩秀秀丢开手,笑吟吟地看着韩铁柱。

韩铁柱捂住红辣辣的耳朵:"快看看,是不是把耳根子拧出来了。"

韩秀秀把眼睛凑近韩铁柱耳朵看了看,笑嘻嘻地说:"掉倒没掉,倒是红得像抹了口红一样。"

"快给吹吹。"

韩铁柱半蹲下身子,把头递到韩秀秀胸前。

韩秀秀抱住韩铁柱的头,嘴对住耳朵吸溜吸溜吹开了凉气。

韩铁柱猛然搂住韩秀秀的肩膀,"吧唧"一下使劲亲了一口。

韩秀秀用自己两个小巧的拳头,敲鼓似的在韩铁柱宽大的胸膛上雨点似的捶打起来。

韩铁柱用两只手轻轻拧了一下韩秀秀的两只耳朵,在韩秀秀的额头上亲了一口，转过身撒腿就跑。

韩秀秀努着嘴在后面紧追不放。

收地分地的事韩秀秀倒没有怎么犯愁，犯愁的是斗争对象一直确定不下来。

和韩铁柱商量了半天，也没找下一个合适的斗争对象。

韩秀秀扳着指头，过筛子似的把北韩村斗争大会的候选对象排了一遍队：

"从实来说，在北韩村房子和地最多的就数我家了。我爹虽然参加过反动军队，但后来为了保护游击队，保护全村人，被日本鬼子杀害了。按说，我爹还应该算个抗日英雄。再说，我参加游击队，我爹娘死了后，我家的房子也没人住，我家的地也被过去的村政权分给别人种了。

"第二家就是韩六娃家了。可韩六娃因为咱们村和南韩村争地打架，早早就被吓死了。现在他家一窝小娃，外加一个瞎了眼的老婆婆。让全村的人斗争一个瞎了眼的老婆婆，咋的个也说不过去。

"再下来就是你家。你爹在村里名声不好，也算帮旧政府干过坏事的人。可他也在前些年国民党搞'三自传训'的时候被整死了。单从这头说，也算是反动政府的受害者。你家和我家的情况也差不多，地倒是不少，后来也被村里的旧政权分给旁人种了。剩下几间烂房子，按规定也算不上斗争对象。

"还有一个人就是'水白菜'了。从根底上来说，'水白菜'其实是个穷苦人家出身，她后来给旧政府的马区长做了小老婆，作风也不好。嫁给韩六六后，因为婆媳不和，只住着一间烂房，地也是和婆婆伙着，斗争她倒是能赖过味儿，但总觉得不是十分合适。"

韩铁柱愁了好大一阵，也没能想下一个合适的斗争对象。他搓着脸说："要不这样吧。咱们先把分地的事办了，斗争大会的事往后靠靠。不过，咱们得先把成分划了。我家、你家、韩六娃家定上个富农，几家稍微富裕一点的定个中农，其余的都差不多穷，都定成贫农。斗争对象要是实在选不下太合适的，就不要硬拿不合适的凑数。"

"行啦。就这吧。"

"那咱睡吧？"

"睡吧。"

"我提尿盆去？"

韩秀秀"扑哧"一下笑了。

"笑啥哩？不是说好的吗，从今天开始，每天都是我提尿盆，我倒尿盆？"

"不。我现在又变了。提尿盆、倒尿盆的工作还由我干。"

"你怎么想变就变、说变就变？"

"你以为你是领导你就啥都说了算？工作上的事你说了算，家里的事我说了算。回到家里，我是你的领导，我是你的上级。我现在以家长的名义命令你：脱衣服，钻被窝。待会儿我提尿盆回来，你要是胆敢不执行我的命令，我就罚你光着身子冻一宿。"

韩秀秀用指头狠狠地点了一下韩铁柱的脑袋，笑嘻嘻地扭转身到外面去提尿盆。她从茅房里刚把尿盆提到手里，院门就被人在外面"啪啪啪"拍响了。

"谁呀？"韩秀秀一边放下尿盆，一边应着声去开院门。

"我。"

韩秀秀把门打开，就着月光看了看，看见门外站着区人武部的马部长。

马部长旁边还站着个人，浑身哆哆嗦嗦地打抖。

韩秀秀凑近看了半天，也没认出是谁。

"这是你们村的，韩六六，在国民党部队当兵。打西安的时候，被解放军抓获的。现在被遣送回来，交给你们村监管。"

"行。进家坐坐吧。"

挺着胸脯的马部长和惊惊颤颤的韩六六，跟在韩秀秀后面一同走了进来。

这时，韩铁柱已经光着身子钻进了被窝。

韩秀秀指着韩六六说："他是韩六娃家的六小子，在国民党部队里当兵，被遣送回来交给村里监管。"

韩铁柱穿上衣服，严肃地说："你回来后，要老老实实，规规矩矩，不许乱说乱动。你先回去。明天有事组织上再叫你。"

"是。"

"你回去吧。"

"是。"

韩六六怯怯地看看韩铁柱，又怯怯地看看韩秀秀和马部长，怯怯地退了出去。

按照夜里和韩铁柱商量好的土改方案，韩秀秀一五一十地讲给乡亲们——

"乡亲们：我们县的解放斗争胜利了，我们县的革命胜利了。现在，我们村立即开展土地革命，把我们村的所有土地分给每个农户。

"大家知道，我们村历史上一直是个小村，全村人口最多的时候才三百多一点。每次刚一超过三百，不是遇上灾荒，就是碰上瘟疫，要不就是兵乱。不管是啥原因，我们村大多数时候总是在二百来人上打转转，最少的时候才一百来人。因为我们人少，我们村总是吃亏，总是受人欺负，总是在人前抬不起头，总是在人前直不起腰杆。

"经过请示区委，我们村的土改在其他地方土改经验的基础上稍微做一些改动。其他地方的土改分地时，十六岁以上按人头一人分一份地，十六岁以下的按人头一人分半份地。我们村不这样。

我们村不论大人小孩，每个人都有一份，谁也不比谁多，谁也不比谁少。

"我们村之所以这么做，就是为了鼓励大家多生娃崽，就是为了使我们村的人口尽快多起来，把我们村尽快发展成不受欺负的大村子。"

"好！"

三尺来高的韩茅勺从人群里站起来带头鼓掌。

村里的男男女女跟着"哗哗哗"地鼓掌。

看样学样。

南韩村的分地工作是学着北韩村的办法，照猫画虎、照葫芦画瓢地进行的。

不过韩黑虎虽然是照猫画的虎、照葫芦画的瓢，但还真把猫画成了虎、把葫芦画成了瓢。

韩黑虎也召开了一个村民大会。

他在会上叉着腰说——

"其实，这土改的事也没啥说的。北韩村已经给咱们做出了样子。他们分地没有完全按上面的规定。他们把大人和小娃崽搅和到一起，大人分多少，小娃崽也分多少。他们为什么要这么做？叫我揣摸，他们这是叫女人们多生娃崽，是想叫他们村变得比咱们村大，是想反过来欺负咱们村。叫我来看，他们咋样做咱们也咋样做。他们给大人和小娃崽分一样多的地，咱们也给小娃崽分摊和大人一样多的地。不仅吃奶的奶娃子和大人分一样多的地，连女人肚子里的胎娃子也分一份和大人一样多的地。咱们就憋着劲和他们比试比试，看看你北韩的女人能生还是咱们南韩的女人能生。我就不信，你北韩的女人再能生，还能生出一个比咱们南韩还要大的村？大家说，我这个分法行不行？"

"行！"众人齐声说。

"既然大家没啥意见,一两天咱就量地打桩。好,今天的会就到这里。"

韩秀秀一边坐在小凳子上吃饭,一边把五小子石岭按到怀里喂奶。

刚喝了一口汤,韩秀秀被烫得"哎呀"叫了一声。

怀里的小石岭被吓了一跳,慌忙抬起头看,一下把韩秀秀手里的碗顶翻了,黏糊糊的饭食撒到了韩秀秀的怀里和小石岭头上。

韩秀秀把小石岭使劲一推,照着小石岭的尻子就是一掌。

小石岭站在一旁咧着嘴哭,头上的饭糙滴滴答答地往下流。

韩秀秀被小石岭哭火了,拉起小石岭就打。

"这是咋哩?这是咋哩?"

韩茅勺走进院里,把韩秀秀拉到一边。

韩秀秀走到屋里拿了一条毛巾,一边擦小石岭头上的饭糙,一边问韩茅勺:"咋哩?有事?"

"你先吃饭。吃了饭咱再说。"韩茅勺笑着说。

"不怕。你有事就说吧。"韩秀秀把小石岭头上的饭糙擦完,又回过头擦自己衣襟上的饭糙。

韩茅勺不好意思地说:"你看我,来得太不是时候,弄得你连饭也吃不成。"

"不要紧,有啥就说吧。"

"其实也没啥多要紧的事。我想给你反映个问题。"

"啥问题?"

"你听说南韩村分地的事了吗?"

"人家南韩村分地,和咱们北韩村有啥挂连?"

"有没有挂连我也说不清,我说给你听听行不行?"

"这有啥不行的。"

"韩黑虎心眼可毒哩。他见咱们村给小娃崽和大人分一样多的地，也学着咱们的样子分。"

"人家的地由人家分，不关咱们的事。"

"这狗小子不仅给小娃崽分地，还给女人肚里的胎娃子分。"

韩秀秀瞪起眼不吭气了。

韩茅勺见韩秀秀听得入了心，话里头也就来了劲："你猜这狗小子盘算啥哩？日捣啥哩？他是想叫他们南韩的女人比咱们北韩的女人生娃生得还欢，他是想叫他们南韩的人永远比咱们北韩的人多，他是想叫他们南韩永远把咱们北韩压在下面欺负咱们。"

韩秀秀看着韩茅勺不说话。

"你说，你说他们这样子咱们能光干瞪着眼？"

韩秀秀仍不说话，但脸色却由红变白。

"你说呀。你说咱到底该咋办？"

"咋办哩？我也不知道该咋办。"

"好我的韩支书哩，你可不能看着这狗小子这么张狂不管呀。"

"管啥哩。人家是南韩的支书，我手再长还能管得了人家？"

"咱管不了他狗小子，可咱还管不了咱北韩吗？"

"咋哩？北韩的事我没管好？"

"不是说你没管好。我是说他狗小子能学咱们的样子干，变着法儿和咱们对着干，咱们为啥就不能学着他们的样子干，为啥就不能也变着法儿和他们对着干？"

"咋个干法？"

"咋个干法我也说不好。但我觉得他狗小子敢给胎娃子分地，咱们也给胎娃子分地。"

"娃崽还没生下来就分地，这样做合适不合适？"

韩茅勺把嘴一努："韩支书，你可不要以为我这样是为我茅勺自个儿划算。再过几天，我老婆就要生娃了。可我不眼馋那一份地。我多分一份地，也把我好过不到哪里。我是想，人家南韩村那样干，咱们北韩村哪年哪月才能翻过身？"

308

"我不是说你，你不要多心。我是说按人家县里的规定，咱们村给小娃崽和大人一样平分就已经不合适了，这次再给没生下的娃崽和大人也一样平分，怕上面不同意。"

"韩支书，闹了半天你不同意我的办法？"

"不是不同意，我觉得这事应该请示上级同意了再做。"

"请示谁哩？请示韩书记？"

韩秀秀也不说是，也不说不是。

"韩书记不是北韩人？韩书记不为咱北韩人着想？韩书记在组织里领导你，韩书记回到家里还不是受你领导？"

"看你把话扯到哪里了。我是党员，党的话我总不能不听。"

"党是给人民办事的，党是给人民做主的。北韩村二百来口子人，你不给北韩二百来口子人办事你算什么共产党？"

"不是我非要和你作对。这分地怎么分，上面是有政策的。党的政策不管你是谁也得执行。"

"党的政策咋了？党的政策也是为咱老百姓的。老百姓愿意的事、老百姓拥护的事，咋就能和党的政策不对卯？"

韩秀秀"唉"了一声，圆圆的脸上布满无奈的愁云。

"韩支书，你就不要前怕狼后怕虎了，咬咬牙定了吧。"

韩秀秀咬了咬牙："好，按你说的办。"

韩铁柱从专区政策学习班回来，韩秀秀笑吟吟地说："回来了？"

"不回来咋？不回来还能死到外面？"韩铁柱铁青着脸，硬硬地给了韩秀秀一冷棍。

"你咋啦你？你吃了火药了？"

"你才吃了火药！你不仅吃了火药，你还吃了豹子胆！"

"我咋了我？"

"谁知道你咋了？你咋了我咋知道？"

"我咋了我？我干下啥事了？我丢了你的人了？还是丢了老先人

的人了？"

"你丢了我的人我怕啥？你丢了我先人的人我怕啥？"

"那你说我丢了谁的人？"韩秀秀推开怀里的娃崽，霍地站起来："我今天就不能让你糊糊涂涂乱下手！"

"你干的事你不知道？你干的事你问我？"

"你……你……你太欺负人了！"韩秀秀气得脸色发白，眼窝里流泪。

韩铁柱嘴唇打战，眼窝里冒着火焰："你丢了谁的人？你丢了共产党的人！你丢了人民政府的人！"

韩秀秀心里明白了几分，但话头子仍然不软："你胡说！你胡诌！"

"谁胡说了？谁胡诌了？你分地是咋分的？你分地执行了党的政策了吗？你分地执行了政府的政策了吗？"

"咋啦？我分地咋啦？"

"你说你咋啦？你说你咋啦？政府明明规定成年人分一份地，未成年人分半份地，你怎么给蛋大的小娃也分了一份？你怎么连女人们肚里的胎娃子也分了一份？"

"这咋就不对？党的政策还有灵活性哩！"

"你这是灵活？你这是胡来！"

"这咋是胡来？这咋是胡来？"

"你连党的原则都不要了你不是胡来？你连政策的大框框都揉烂了你不是胡来？"

"我这么做也是全村人的意思呀。"韩秀秀话头子软了下来。

"什么全村人的意思！全村人要你不按党的原则办事？全村人要你不执行政府的政策？"

"那这也不是我一个人定下的。"

"谁定下的？"

"全村人都同意才这么定的。"

"你这个支书是干啥的？你这个干部是咋当的？你犯了错误推到

全村人头上就没事了？"

"我这么做也不是为了我，是为了全村的人。"

"为了全村的人？有你这样为全村人的吗？"

"你不要火气这么大，你也是这村长大的。咱村的人少，老受人家南韩的气。我这么做，是想让咱村的女人多生娃崽，是想让咱村不受南韩人的气。"

"你以为你这么做咱村的人就能超过南韩的人？你让咱村的女人多生娃崽，人家南韩就不会让女人多生娃崽？现在是新社会了，光靠人多就比别人厉害？就能欺负别人？"

"事情已经弄成这了，你说咋办？"韩秀秀不敢跟韩铁柱厉害了，眼巴巴地看着韩铁柱。

韩铁柱的火气一点儿也不减："咋办？全部推倒！"

"你是说重分？"

"咋哩？你想咋哩？"

"我能咋哩？我还敢咋哩？我怕再重分工作不好做。"韩秀秀一脸为难地干笑着。

"地不重分可以，但你这个支书就不要当了！"韩铁柱不容韩秀秀分辩。

"好。就按你说的办。你是领导，你说了算。下级服从上级。这地明天就重分。"

韩铁柱余怒未消，狠狠地瞪了韩秀秀一眼。

韩秀秀不敢再和韩铁柱顶牛了，默不作声地钻进灶房支起鏊子，一声不吭地给韩铁柱烙开了他平日最爱吃的葱花烙饼。

韩秀秀没能做通村里人的工作。

她苦口婆心给村里人说了半天，没有一个人同意重新分地。

众人说出的话全是一个调："这事你就不用管了，我们不会让韩书记知道，也不会让上面任何一个人知道。要是有人问起这事，我们就说按上面的规定重分了。"

韩黑虎挨了韩铁柱的批评后,本来也打算重新分地。听说北韩村日哄了韩铁柱,也照着北韩村的样子装模作样地到地里量了量地,但地原先是谁家的还是谁家的。